〈変態〉二十面相

hentai nijumenso

もうひとつの近代日本精神史

竹内瑞穂＋「メタモ研究会」＝編

六花出版

〈変態〉二十面相——もうひとつの近代日本精神史●目次

総論

〈変態〉を繙《ひもと》く——江戸川乱歩と梅原北明の〈グロテスク〉な抵抗

竹内 瑞穂

江戸川乱歩　1894-1965

〈変態〉への嫌悪と好感

戦場で華々しい武勲を立てながらも、酷い怪我を負い「廃兵」となった夫を一人で介護するようになって三年。時子は、夫の元上官にあたる老少将にその献身と貞節を誉め称えられるたびに、自分の秘密を責め立てられるような恐ろしさを覚えるようになっていた。もちろん老少将の賞賛に他意はない。夫の怪我の具合を知る者には、彼女の苦難は察するに余りあるものだったからだ。夫は砲弾によって四肢を根元から切断され、さらに聴覚と発声機能さえも奪われていた。意思の疎通をしようにも、鉛筆を歪んだ口でくわえての筆談か、無傷のまま残された眼に浮かぶ表情を読み取るくらいしか方法はない。彼は「人」というよりも、「大きな黄色の芋虫」に成り果てていたのである。

だが、行末の望みを失った二人だけの生活を繰り返すうち、時子は次第に夫を性的に「自由自在にもてあそぶことのできる、一個の大きな玩具と見なす」ようになっていた。彼女は世間から取り残された夫婦の離れ家の中で、「この全く無力な生きものを、相手の意にさからって責めさいなむこと」で、昼夜を問わず「この上もない愉悦」をむさぼっていたのである……。

このエロスとグロテスクな感性に満ちた小説『芋虫』（初出時のタイトルは『悪夢』）が、探偵小説の第一人者であった江戸川乱歩によって発表されたのは、一九二九（昭和四）年一月の『新青年』誌上であった。〈畸形〉への不可解な愛着と、抑えきれないサディスティックな衝動。〈変態〉ということばに対してどのようなイメージを思い浮かべるかは人それぞれにせよ、こうした逸脱的な欲望が詳細に描き込まれた物語を〈変態〉的であるといいきっても、さほど異論は出ないのではないだろうか。

本作を〈変態〉的とする見方は発表当時も同様だった。批評家の平林初之輔には、乱歩の想像力が「変態的な、異常なものにのみ向けられ」、「はじめから大衆性を失つてゐる」作品として手厳しく批判されている（『東京朝日新聞』一九二九・一・五）。乱歩自身の回想（『探偵小説三十年』岩谷書店、一九五四）によれば、芸妓たちから「あれを読んだら、ごはんがいただけなかつた」といわれ、妻からも「いやらしい。こんな残酷なものおよしなさい」と嫌な顔をされたという。だが一方で「一般には好評の方が多かつた。又、年がたつほど、この作を思い出して好評するものが多くなつた」とも記されているのは見逃せない。『芋虫』とその反響の中にかいま見える、〈変態〉を嫌悪するまなざしと好感をいだくまなざしの交錯。そこには、近代日本における〈変態〉という概念の展開の歴史がしっかりと刻み込まれているように思われる。

〈変態〉概念の源流——変態性欲・変態心理

現代の日本社会で〈変態〉ということばは、しばしば「「過剰／異常な性」から「単に性的」までを、非難的なニュアンスをこめて指摘する」ために使われる（斎藤光「「変態」——H」『性の用語集』講談社現代新書、二〇〇四）。辞書を調べてみても、「普通ではないことやその様」、「カエルなどが幼生から成体へと転換する過程」などと並んで、「変態性欲の略」という説明が付けられていたりする。しかし、〈変態〉＝〈変態性欲〉という図式のみで近代以降の〈変態〉概念をとらえてしまうのは、あまりに一面的にすぎる。この点について理解するためにも、まずは日本の〈変態〉概念の成り立ちを、歴史的な経緯を踏まえつつ概観しておこう。

「変態」ということばそのものが、社会の広い範囲で使われだしたのがいつ頃であったかは定かではない。ひとまず近代に限定して調査してみると、明治初頭の一八七〇年代にはすでに「変態百人一首」と題されたシリーズ本の刊行が確認できる。現在の語感からすれば、思わずいかがわしい本を想像してしまいそうなところだ。しかし「変態百人一首」は、「異種百人一首」や「変わり百人一首」ともいいならわされてきた、「小倉百人一首」の後に編まれた様々な百人一首の総称である。ここでの「変態」には、あくまで正統ではないものという意味しかない。一八九〇（明治二三）年あたりには生物学の分野で「変態」という表記が見られるようになるが、これも幼生から成体への変化を示すmetamorphose《メタモルフォーゼ》の訳語であり、それ以上のニュアンスを含むものではなかった。

ならば、現在の〈変態〉概念の源流はどこにあるのか。結論からいえば、一九一〇年代に急速に社会へと浸透した「変態性欲」と「変態心理」という二つのことば、そしてそれらを理論的に支えた変態性欲論と変態心理学という学問がそれにあたるとみて間違いないだろう。

変態性欲論は、一九世紀末から二〇世紀初頭の欧州で大きく発展をとげた性科学（セクソロジー）の一分野である。同性愛やサディズム・マゾヒズム、またはフェティシズムなど、〈正常〉からは逸脱しているとみなされた性行動を研究対象とする。代表的な研究者としては、数多くの性的逸脱の「症例」紹介と分類とを行った精神科医リヒャルト・フォン・クラフト＝エビングなどがいる。クラフト＝エビングの主著『Psychopathia Sexualis』（一八八六年刊行、直訳すれば「性的精神病質」）は、サディズムやマゾヒズムという用語を日本に持ち込み、日本人の性欲観に多大な影響を及ぼしたことで知られるが、実は「変態性欲」ということばもまた、その邦訳版のタイトル『変態性欲心理』（大日本文明協会、一九一三）が起源だと考えられている。

もう一方の変態心理学は、精神病や精神上の発達障害、さらには催眠術、神懸かり、テレパシーといった、種々の〈普通〉からは逸脱した心理的作用を扱う心理学の一分野である。西洋から日本に導入される際、abnormal psychology の訳語として採用されたのがこの変態心理学という呼称であった。この分野については、日本初の心理学者とされる帝国大学教授・元良《もとら》勇次郎《ゆうじろう》による早い時期からの言及があり（『心理学十回講義』冨山房、一八九七）、また一九〇六年には元良の弟子・福来《ふくらい》友吉《ともきち》が東京帝国大学で「変態心理学」の講座を開くなど、正統なアカデミズムの世界でも強い関心と期待が寄せられていたことがよくわかる。ただし、変態心理学が日本のアカデミズムに根づくことはなかった。この分野を牽引してゆくはずであった福来が、一九一〇年に透視や念写といった超能力の真偽をめぐる「千里眼事件」と呼ばれる騒動に巻き込まれた結果、大学から追放されてしまったのである。事件を契機として、変態心理学もまた正統なアカデミズムの研究対象からは外されることとなり、その研究は民間の有志たちへと引き継がれることになった。夏目漱石の弟子であった中村《なかむら》古峡《こきょう》による雑誌『変態心理』の発刊（一九一七・一〇）は、そうしたムーブメントを象徴する出来事であったといえよう。弟の精神病発病と死を経験するなかで、既存の精神医学の限界を痛感した古峡は、それらを乗り越える可能性をこの異端とされた学問分野に求めたのである。

近代日本に登場した二つの〈変態〉をめぐる学問を並べてみると、単に「変態」という字面の一致だけにとどまらない、いくつかの共通点があることに気づかされる。まず挙げられるのは、両者がともに〈変態〉を治療あるいは管理するための学問としてスタートしたものだったという点だ。クラフト゠エビングやその追随者たちが、サディズムやマゾヒズムを研究する意義として強調したのは、法医学への貢献であった。これまで手をこまねいているだけだった〈わけのわからない異常行動〉を、性的な〈病〉として診断できるようになれば、より効率的な刑事裁判や逸脱者の管理、ひいては社会の安寧維持に役立つと訴えたのである。

また、変態心理学を背負って立つことになった古峡にとっても「精神上故障もしくは精神疾病の根本的研究」こそが、この学問の「最も大なる部分を占めて居るもの」であった（「発刊の辞」『変態心理』一巻一号、一九一七・一〇）。先にも触れたように、変態心理学は催眠術から心霊学までをも含む広範な領域を対象とするものだった。それでもやはり、精神医学や心理療法といった医療的側面への関心が、この学問を支える主要な柱だったことは忘れてはならない。

つまり、両者は〈逸脱〉を扱いながらも、その根底に強い〈正常〉志向を抱え込んだ学問だったといえるだろう。現在の〈変態〉に対する認識からすると、拍子抜けするほどの〈真面目〉さである。興味深いのは、こうした〈真面目〉な学問がともに正統なアカデミズムの内側ではなく、一般社会の中でこそ受け入れられていったという点だ。たとえば、変態性欲論の社会への普及を促したのは、クラフト゠エビングの著作そのものというよりも、それを種本として書かれた数えきれないほどの通俗性欲学関連の書籍群であった。変態心理学においても、実情は似たようなものだった。古峡らはアカデミズムから排除されてしまった変態心理学の復権のために、雑誌『変態心理』や『変態心理学講義録』シリーズ（一九二一）のような入門書を市販することで人々を啓蒙する手法をとった。だが実際に「変態心理」の知識を広める契機となったのは、古峡らの比較的硬派な出版物のみではなかった。催眠術や霊術あるいは心理療法などに関する、いささか怪しげな書物群の果たした役割も無視できない。

もちろん、逸脱的な性欲や精神をなんとかしなければならないという危機感から、変態性欲論や変態心理学に接近していった人々も少なくなかっただろう。しかし、それ以上に多くの人々を〈変態〉へと引き寄せる原動力となったのは、逸脱的なものへの漠然とした好奇心や期待感であったように見える。そして、社会の中で高まりつつあった〈変態〉への欲望を最も巧みに利用することに成功したのが、エロ・グロ・ナンセンスの流行の中で大立ち回りを演じた梅原北明《うめはらほくめい》であった。

梅原北明の〈変態〉とエロ・グロ・ナンセンス

梅原北明は、一九二〇年代後半から三〇年代前半、昭和初期に活躍した出版人・文筆家である。本名は貞康。北明という筆名は「北が明るい」こと、つまりはロシア革命への期待が込められたものであったという。その筆名が示すように、もとは左翼系作家としてスタートしたはずの北明だったが、彼にはもう一つの仕事の軸があった。それがジョヴァンニ・ボッカチオ『デカメロン』の翻訳といった、好色文学の出版であった。左翼思想と好色文学趣味という、一見相容れることのなさそうな二つの軸の奇妙な共存。こうした北明の個性が〈変態〉と結びついたとき、〈変態〉という概念はそれまでは曲がりなりにも身にまとっていた〈真面目〉さを剝ぎ取られてしまうことになる。一九二六（大正一五）年、主宰していたプロレタリア文芸誌『文芸市場』が経営不振に陥った北明は、起死回生を狙い「変態十二史」と名付けたシリーズの出版に打って出る。『変態社会史』から始まる一五巻すべてに「変態」を冠したこのシリーズは、一五〇〇部くらい売れればと内心考えていた北明の予想を大きく超える六〇〇〇部に近い注文を受け、大きな利益をもたらしたという（梅原正紀「梅原北明」『アウトロウ』学芸書林、一九六八）。息を吹き返した北明はその勢いのまま会員制月刊誌『変態・資料』を創刊（一九二六・九）し、エログロ出版の道を邁進することになる。

まさに時代は、のちにエロ・グロ・ナンセンスということばで総括されることになる時期を迎えようとしていた。あたかも前時代までの道徳倫理を笑い飛ばそうとするかのように、盛り場では「カフエー」の女給たちが濃厚なサービスを競い合い、バラバラ殺人事件の現場は「猟奇新名所」として賑わいを見せる（「事件の現場今や猟奇新名所と化す」『朝日新聞』一九三二・三・一七）。そして雑誌には軽妙な、しかし明確なオチもとくにないような意味不明《ナンセンス》なコント（掌編小説）や漫画が誌面を飾った。北明の〈変態〉は、そうした新しい時代の潮流を先取りしたものだったといえる。「変態十二史」シリーズの中には、そもそもなぜ〈変態〉と付けられているのかがよくわからないものも少なくない。北明自身、担当した『変態仇討史』（一九二七）の序文で「こぢつければ敵討と云ふ存在は確に変態」なのだと、しどろもどろな言い訳をするありさまである。どうやら、ここでの「変態」にはすでに実体的な意味などない。残されているのは、〈普通ではないもの〉といったような曖昧な印象だけだ。

とはいえ別の見方をすれば、だからこそ北明は〈変態〉というイメージを自由に流用することができたともいえる。彼が〈変態〉を用いて行ったのは、〝〈普通〉であれ〟と高圧的に命じてくる公権力への抵抗であった。売り上げを順調に伸ばしていた「変態十二史」シリーズであったが、ついに官憲に目を付けられて三冊が発禁。以後、北明は『変態・資料』やエログロ誌へと転向した『文芸市場』などで頻繁に発禁をくらうことになってゆく。この頃になると、北明の目的が〈変態〉的な出版物を世に出すことなのか、〈変態〉による公権力への抵抗を見世物としてひけらかすことなのかが判然としなくなってくる。エログロ転向後の『文芸市場』が三号連続で発禁となり、追いつめられたかに見えた北明だったが、すぐさま上海に飛んで継続誌『カーマ・シャストラ』を創刊（一九二七・一〇）。編集後記の文中に、上海では「言論自由国の名に恥ぢないもの」が作れたと官憲への

梅原北明　1901-1946

小さな嫌みを入れ込みつつ、当地で印刷した創刊号を日本の会員読者へと送っている。もちろん、そう簡単にやりたい放題が見過ごされるわけもなく、帰国後に北明は市ヶ谷刑務所に投獄されてしまった。だが仮釈放されるやいなや、次のエログロ誌『グロテスク』の創刊を企画し、その出版を告げる案内パンフレット（一九二七）には次のような挑発的な宣言を書いている。

> どうせ私は、前後参拾壱会も禁止勲章を頂戴した国家的功労者です。今更の研究替をした所で禁止勲章の辞退がゆるされるわけのものでもなく、巳《ママ》れの欲する所、猪の如くばく進する迄です。
> （「亡者が娑婆に帰宅を許されたる話」（「グロテスク」創刊案内）。傍点原文。引用は『えろちか』四二号、一九七三・一より）

栄誉ある「金鵄《きんし》勲章」を「禁止勲章」といいかえて誇る自虐的なユーモアは、どうも官憲の心にはまったく響かなかったようで、『グロテスク』も二号連続の発禁となる。それでもただでは起き上がらないのが北明である。一九二八年一月号が発禁となった際には、死亡広告を思わせる黒枠で囲んだ「『グロテスク新年号』死亡御通知」という奇抜な広告を『読売新聞』（一九二八・一二・三〇）に載せている。「急性発禁病」で永眠した新年号だが、所轄の警察署が「遺骸」を一年間保管の上「荼毘に付してくれる事」は「せめてもの光栄」であると神妙に述べるその文面は、北明お得意の洒落を効かせた辛辣な皮肉となっていた。

見てはいけない、といわれると逆に見たくなる。あるいは隠されると、ただ隠されているというだけでなぜだか貴重なものであるかのように感じてしまう。北明の戦略は、こうした人間心理をうまく活用したものだ。〈変態〉が公権力によって禁じられてゆくさまをあえて衆目に晒すことによって、〈変態〉について書くこと、さらには読むこと自体があたかも〈革命〉的な行為であるかのように印象づけていったのである。

ただし現実的には、こうした北明の抵抗も長くは続かなかった。満州事変（一九三一・九）以降ともなると、エログロ出版業者に対する官憲の弾圧は徹底したものとなり、北明もまた一九三二年あたりには出版業から手を引かざるをえない状況へと追いつめられてゆく。だが、北明の活動の意義を考えるにあたって重要なのは、最終的な結果ではない。注目すべきは、彼が官憲とのドタバタ劇という実演付きで提示した〝〈変態〉による既存の権威への抵抗〟というコンセプトが、同時代の無数の人々の心をつかみえていたということだ。〈変態〉に対する漠然とした好奇心や期待の底に潜む、ありきたりであったり閉塞的であったりする現状を突き崩してくれそうな何かを求める気持ち。北明が一時代を築くことができたのは、彼の打ち出した〈変態〉概念が人々のそうした欲望をうまく掬《すく》い上げることに成功していたからではないだろうか。

変態心理学や変態性欲論といった母体から生まれた近代日本の〈変態〉概念は、この時代を生きた人々の欲望を取り込みながら大きく成長をとげてゆく。結果この概念は、当初の〈真面目〉さとは対照的ともいえるような、反抗的で〈不謹慎〉なイメージさえまとうようになっていったのである。

〈誤読〉される〈変態〉性

冒頭で紹介した乱歩の『芋虫』への反応は、否定・肯定に大きく分かれていた。それはここまで確認してきたような経緯を経るなかで、〈変態〉概念に分裂と重層化が生じていたことを示しているのだろう。同時代を生きる人々であっても、ある人にとっては〈変態〉的な要素が軽々しく扱われているというだけで規制すべき対象になる。また別の人にとっては、反発されるようなものだからこそかえって擁護したくなるというわけだ。

乱歩の回想録によると、読者からの批評の中には彼を憤慨させるようなものもあったらしい。「左翼方面」から「激励の手紙」が幾通か来て、「反戦小説としてなかなか効果的である」ので、「今後もああいうイディオロギーのあるものを書け」といった内容がしたためてあったという（乱歩前掲書、一九五四）。似たような観点からの批評は、乱歩への手紙に限らず同時代の書評にも見ることができる。『福岡日日新聞』に掲載された武野藤介の「文芸時評」（一九二九・三・二）では、「変態性欲的な描写」の底からにじみ出る「戦争と云ふものに対する呪詛」と「反逆」、そして「反軍国主義」が絶賛されている。乱歩は「左翼イディオロギーで書いたわけではない」し、「反戦的なものを取入れたのは、偶然、それが最もこの悲惨に好都合な材料だったからにすぎない」として、反戦小説とみなす読み方を全否定する。しかし『芋虫』の置かれていた時代的な文脈を考えれば、左翼陣営による反戦小説としての評価も、一概に〈誤読〉として切って捨てるわけにはいかないことが見えてくる。反戦小説として『芋虫』を読む視線は、作品の掲載先を決める段階ですでに確認することができるものだった。

「芋虫」も実は「改造」の為に書いたのだが、反軍国主義の上に金鵄勲章を軽蔑するような文章があつたので、当時左翼的な評論などで政府から特別に睨まれていた改造社は、いくら伏せ字にしても、これではどうにも危くてのせられないというので、又しても、「新青年」に廻すことになつた。「新青年」は娯楽雑誌だから、思想的に睨まれるという心配もなかつたからである。それでも、右の事情で「改造」にのらないと伝えたものだから、編集部は伏せ字だらけにして発表した。　（乱歩前掲書、一九五四）

ここから推察するに、第三者から見れば『芋虫』が「反軍国主義」の作品以外の何ものでもないことを、乱歩も早い段階で自覚させられていたようだ。しかも、『改造』のような政治色の濃い雑誌に載せようものなら、ほぼ発禁間違いなしという判定まで下されていたのである。

また、ここでも「金鵄勲章」の問題がとりあげられている点は興味深い。金鵄勲章は一八九〇年、詔勅によって創設された武勲勲章である。「武功抜群」であった軍人や軍属に授与され、功一級から七級の段階に応じて年金が支給されることになっていた。日本で勲章（勲等賞牌）制度が正式に設けられたのは一八七五年以降であったが、事実上授かることができたのは上流階級の人間に限られていた。金鵄勲章が画期的であったのは、一般庶民出身の下級兵士も授与の対象としたことである。上流階級のみと関係するものだった勲章という制度は、金鵄勲章の登場によって初めて庶民にもかかわりのあるものとなりえたのだという（鈴木健一「明治期における勲等賞牌について」『比較文化史研究』七号、二〇〇五・一〇）。

つまり、それは一般庶民にとって、もしかすると手が届くかもしれない〈この上もない名誉〉であった。ゆえに『芋虫』でも、夫に金鵄勲章が授与されたという一報がもたらされると、「親戚や知人や町内の人々から、名誉、名誉という言葉が、雨のように降り込んで」くる。四肢を失った夫も、〈名誉〉にすがりついた。彼は勲章と自分の武勲を書き立てた新聞記事の切り抜きとを、「さも満足そうな眼つき」で眺め続けることで毎日をやり過ごした。

だが、そうした〈名誉〉の威力は長続きするものではなかった。〈名誉〉にすがりつく夫の姿は妻の時子にとって「なんだかばかばかし」く、彼女は「「名誉」を軽蔑しはじめた」。そして当の夫もまた、次第に「「名誉」に飽き飽きしてしまった」のである。最初に「名誉、名誉」と騒ぎ立てた世間の人々は、早々に二人のことなどは忘れ去ってしまったのか、それとも面倒にかかわり合うのを避けようとしてか、今では見舞う者もない。

この物語が淡々とした筆致で描き出すのは、〈この上もない名誉〉がいかに空疎なものであったかだ。勲章の〈名誉〉は、国家という絶対的な権威によって保証されているはずだった。しかし作中では、その価値を実際に裏付けていたのが何だったのかが、あぶり出されてしまっている。結局のところ、それを支えていたのは新聞記事や世間の「ことば」といった、移ろいやすくあやふやなものにすぎなかったのだ（なお、金鵄勲章の受章者には国家からの年金支給があったが、その「わずかの年金」は夫の〈名誉〉を裏付けるどころか、夫婦二人の暮らしすらまともに支えられていない）。

言い方は悪いが、金鵄勲章とはつまるところ、国家や軍隊が民衆の忠誠心を釣るためのニンジンであった。そのニンジンのあじけなさを暴露するのは、国家による統治システムへの反抗的な挑戦に他ならない。思えば、梅原北明が官憲への挑発に使ったのも、金鵄勲章を禁止勲章と読み替えることば遊びであった。『芋虫』に表れた、金鵄勲章の〈名誉〉を支えているのは実体のない「名誉、名誉という言葉」（傍点引用者）にすぎないのだという認識。それ自体が、ことばによって国家権力を茶化し、相対化しようとした北明的な感性と共鳴してしまっていたといえる。作者である乱歩がどれだけ意識していたかは別にせよ、『芋虫』は反権力の物語として読まれうるだけの条件を十分に満たしていたのである。

おりしも文壇では、反戦小説集『戦争に対する戦争』（日本左翼文芸家総連合、一九二八）が、田中義一内閣による山東出兵への反対を訴えるかたちで刊行されたところだった。『芋虫』からにじみ出る反権力の志向を嗅ぎとって、左翼陣営の人間が我が意を得たりと思わず膝を打ったのも無理はない。彼らの頭の中では、反権力＝反軍国主義＝左翼思想という認識の図式がすでにできあがっていたのである。つまり『芋虫』を左翼的な反軍国主義の物語と見る読解は、時流に乗りすぎていて、ややもすれば月並みともいえるものであった。にもかかわらず、乱歩が他の批評をさしおいて、左翼陣営の批評にだけ強い反発を示したのはなぜだったのか。

〈外〉を思考するための〈変態〉

乱歩は「政治が人間最大の問題であるかの如く動いている文学者の気が知れない。文学はそれよりもっと深い所にこそ領分があつたのではないか」（乱歩前掲書、一九五四）といったことばで左翼陣営への不満を語る。ここに示されているのは、ほとんど新味もない文学観である。文学の意義を政治的価値という観点から位置づけ直そうとする革新（左翼）勢力と、それに対する文学の絶対的価値を信奉する保守的な立場からの批判。日本の近代文学史上ではしばしば見る、ありきたりな光景だ。
しかし、その保守的なはずの乱歩が自作『芋虫』の文学的な価値を生み出すためにとった方法は、とても保守的とはいいがたい。

「芋虫」はしかし、そういうレジスタンスやイディオロギーの為に書いたものではない。戦争小説であろうと平和小説であろうと、ミステリ小説の面白さが強烈であれば、よろしいのである。「芋虫」は探偵小説ではない。極端な苦痛と快楽と惨劇とを描こうとした小説で、それだけのものである。強いて云えば、あれには「物のあわれ」というようなものも含まれていた。反戦よりはその方がむしろ意識的であつた。

（乱歩前掲書、一九五四）

乱歩が『芋虫』を書くにあたって意識したのは、「極端な苦痛と快楽と惨劇」と「物のあわれ」という二つの主題だった。「物のあわれ」（「もののあはれ」）とは、自然や人生の機微に触れた際に生じるしみじみとした感情や感動を指すとされることばである。江戸後期の国学者・本居宣長が『源氏物語』の中に見出し、日本文学の本質と位置づけたことでよく知られている。「極端な苦痛と快楽と惨劇」といった強烈な〈変態〉的刺激の果てに、「物のあわれ」のような文学的な情趣を描き出すこと。一見すると相当な無理筋である。だが、「物のあわれ」という概念が歴史的に担ってきた役割を踏まえて考えるならば、乱歩の方法の背後には思いのほか一貫性のある発想が流れていたことが見えてくる。

和辻哲郎は、宣長が文学とは「道徳的教戒を目的とするものでない、また深遠なる哲理を説くものでもない、功利的な手段としてはそれは何の役にもたたぬ、たゞ「もののあはれ」をうつせばその能事〔なすべきこと：引用者注〕は終る」ものだと力強く主張したことを評価する。それは「文学を道徳と政治の手段として以上に価値づけなかった」儒教全盛の社会に、文学の「独立」と「価値」とを打ち立てる「日本思想史上の画期的な出来事」であったという（『日本精神史研究』岩波書店、一九二六）。すなわち「もののあはれ」は、文学を分析し評価するための概念でありながら、それを論じること自体が硬直した支配的価値観からの「独立」の宣言ともなっていたのである。

こうした宣長の姿勢と、先の引用の乱歩の語り口はどこか重なり合う。乱歩は「レジスタンスやイディオロギーの為に書いたものではない」「探偵小説ではない」と、ひたすら否定を繰り返した末に「極端な苦痛と快楽と惨劇とを描こうとした小説で、それだけのもの」であると断言する。それは『芋虫』あるいは乱歩に対する、人々の固定観念──「グロテスクな「廃兵」を描く背景には、反軍国主義というイデオロギーがあるのだろう」「乱歩が書いたのならば、探偵小説であるはずだ」──をあえて覆そうとする行為だったように思われる。宣長は「もののあはれ」を踏み台としつつ、支配的な価値観の〈外〉に立って思考しようとしていた。同じく乱歩もまた、〈変態〉を用いてそれを成そうとしていたのではなかったのか。だとすれば、左翼陣営による『芋虫』礼讃が乱歩の気に障ったのも当然であろう。彼らは訳知り顔で『芋虫』の〈変態〉性を、反軍国主義の反映として読み解く。だがそうした読みは、無自覚のうちに〈変態〉をあるイデオロギーの枠組みに閉じ込め、飼い殺しにしてしまう。それに比べれば、〈変態〉への嫌悪をあらわにした批判のほうが、まだ容認できたのかもしれない。少なくともそこには、〈変態〉を自らの常識の枠内ではとらえられない、〈外〉にあるものとして認識できるだけの感性は残されているからだ。

『芋虫』は、『新青年』初出から一〇年後の一九三九年に当局から「発売禁止」を命じられている（厳密には「削除処分」。処分の詳細については、水沢不二夫「佐藤春夫「律義者」、江戸川乱歩「芋虫」の検閲」『日本近代文学』八三集、二〇一〇・一一が詳しい）。それに対する乱歩のコメントは、「左翼に最も気に入つたものが、右翼に最もきらわれるのは、至極尤もな話で、私は左翼に認められた時も喜ばなかつたように、右翼に嫌われた時も別に無理とは思わなかつた。戦争の最中に戦意を沮喪させるような小説が禁じられるのは当然のことである」というものだった（乱歩前掲書、一九五四）。彼は自作の発禁という大きな事件にもかかわらず、「当然のこと」として拍子抜けするほど淡々と説明を続けてゆく。その態度は表面上、国家権力の横暴を何の抵抗もなしに受け入れているように見えることは否めない。乱歩の想いを推し量れば、「左翼だろうが右翼だろうが、イデオロギーの枠内でしか思考できない奴らのすることなど、もうどうでもよい」ということだったのだろう。こうしたふるまいは、たとえ〈変態〉によって〈外〉を思考する契機を手にしたとしても、それが必ずしも既存の支配的価値観への抵抗活動を生み出すわけではないことを示しているのかもしれない。

一方で、彼のコメントの中に潜む棘《とげ》も見逃さないようにしておきたい。おそらく「戦争の最中に戦意を沮喪させるような小説が禁じられるのは当然のことである」という一節は、単なる受忍やあきらめの表明ではない。『芋虫』は、他の反戦小説のように「レジスタンスやイディオロギーの為に書いたもの」ではなく、ひたすらに「極端な苦痛と快楽と惨劇」とを探究した〈変態〉的な小説にすぎない。しかしだからこそ、この作品は初出から一〇年もの時を経てもなお、「挙国一致」（一九三七年から始まる国民精神総動員運動のスローガン）といったことばで人々の価値観を統制しようとした国家権力を戦《おのの》かすだけの威力を保ち続けられたのだ。そんな自負がここには込められていたように思われる。

本書の方法と構成

ここまでの議論が示すように、近代日本に現れた〈変態〉概念には、二つの側面があったと考えられる。一つは、同時代の欲望の反映としての側面だ。〈変態〉は新進の学問的概念であったときから、〈普通ではないもの〉という曖昧なイメージへと変貌をとげた後にいたるまで、常に現状に甘んじることができないあらゆるかたちの欲望を引き受けてきた。結果、〈変態〉概念自体が対象とする範囲を際限なく拡大することになり、それによってさらに多くの人々の多様な欲望を呼び起こすことになるという循環が生まれていた。また〈変態〉という概念にはもう一つ、時代の限界を超えるような思考を促す契機としての側面もあったことは特筆すべきであろう。〈変態〉はただの時代を映す鏡ではなく、そこから新しく何かが生み出される可能性を秘めた領域でもあったのである。

〈変態〉の二つの側面はそのまま、現代を生きる私たちが〈変態〉概念を研究する意義にも直接結びついてくると考えられる。〈変態〉概念が同時代の欲望の反映であるのならば、それを分析することで、ある時代や社会に底流していた欲望のかたちを鮮明に浮かび上がらせることができるはずだ。加えて、〈変態〉が時代の限界を超えるような思考を促す契機となっていたのであれば、場合によっては現代の私たちの限界さえも超えるような思考が、そこに芽生えていたかもしれないのだ。

ただ、〈変態〉概念を研究する際に忘れてはならないのは、それが重層的な概念であるということである。乱歩の『芋虫』への評価がいい例だろう。執拗に描き込まれた「極端な苦痛と快楽と惨劇」に対する否定・肯定は、同時代の人々のあいだでも大きく割れていた。その上ややこしいことに、なぜ肯定するのか否定するのかという理由については、それこそ個々人によって異なる。生理的に受け付けないから駄目だとする者がいれば、反戦的で国家の風紀を乱すから許せないという者もいる。はたまた純粋に文学として好感をいだく者がいれば、反軍国主義で左翼的イデオロギーに近いから応援したいという者もいる、というわけだ。それらの欲望が複雑に重なり合いながら、近代の〈変態〉概念は成立していたのである。研究する側にとってこの複雑さは、正直なところ面倒なものだ。しかし、この複雑さを無視してしまうのならば、〈変態〉概念の持つ研究対象としての豊饒な可能性の大部分が失われてしまうだろう。

したがって本書では、〈変態〉概念の重層性を損なわずに分析を進めるために、〈変態〉概念と深いかかわりを持つことになった人物たちに焦点を当てることとした。その一人一人の立場に視点をおいたとき、〈変態〉がどのようなものとして見えてくるのかに注目したいのである。個人を中心に据えた歴史記述としては、たとえば人物評を交えて書かれた伝記である「評伝」といった方法があるが、本書のめざすところとは少々異なる。人物をとりあげるのは、その人物のひととなりを明らかにするためではなく、あくまで〈変態〉を見る視点の一つとしてであることは強調しておきたい。

以上のようなもくろみにしたがって、本書では各章ごとに焦点を当てる人物を一人ないし二人ずつ設定し、そこを軸にしながら議論を展開してゆく形式をとった。また、それぞれの人物が活躍した時期や領域を踏まえて、各章を三つのセクション（部）にまとめている。加えて、それぞれのセクションのあいだには、各章ではとりあげきれなかったが、〈変態〉概念の文化的広がりと影響力を考える際にヒントとなるようなテーマや人物（〈変態〉と美術史（古川裕佳）、催眠術・暗示（西元康雅）、芥川龍之介（乾英治郎）、山崎俊夫《やまざきとしお》（月光散人）、酒井潔《さかいきよし》（大橋崇行））について論じたコラムを配することとした。

第Ⅰ部「〈変態〉と向かい合う――精神医学・心理学」では、「変態心理学」という学問領域をめぐる、当時の心理学者や精神医学者たちの動きを追った。第1章「呉秀三――とらえどころのない〈精神〉と〈正統派〉精神病学」（橋本明）では、日本精神医学の創立者とされる呉秀三《くれしゅうぞう》が、のちの変態心理学者たちがめざした地点を先取りしていた事実が指摘され、精神医学の〈正統派〉といった既存の見方ではとらえきれない呉の興味関心の広がりが論じられている。第2章「『変態心理』の頃の森田正馬」（安齊順子）では、雑誌『変態心理』とも関係の深かった森田正馬《もりたまさたけ》の臨床活動とそれを支えた独自の理論に焦点を当てることで、その再評価が図られている。第3章「小熊虎之助と変態心理学」（小泉晋一）では、変態心理学から臨床心理学へ、さらには科学的な心霊研究へと足場を移していった小熊虎之助《おぐまとらのすけ》の業績を追いつつ、心理学がアカデミズムの中で確立されていく過程で見失われてしまったものについて考察している。

続く第Ⅱ部「膨張する〈変態〉――変態心理・変態性欲・霊術」では、アカデミックな知であった〈変態〉に個々人が自らの欲望を流し込み、その結果大きく意味を変容させてしまう様を見てゆく。第4章「変態《メタモルフォーゼ》する人・中村古峡――結節点としての『殻』」(佐々木亜紀子)は、中村古峡の小説の読解を通じて、彼がこの時代の精神病者の家族として向かい合わざるをえなかった課題と、そうした問題意識が雑誌『変態心理』へと引き継がれていく軌跡を明らかにしている。第5章「文学が〈変態性欲〉に出会うとき――谷崎潤一郎という〈症例〉」(光石亜由美)は、通俗変態性欲論の首魁とも目された羽太鋭治《はぶとえいじ》と〈変態性欲〉作家の代表格とされた谷崎潤一郎を並べ、両者のイメージが性科学と文学の垣根を超えて結びつき、同時代を生きた人々の〈変態性欲〉観を生み出していたことを指摘する。第6章「田中守平と渡辺藤交――霊術家は〈変態〉か」(一柳廣孝)では、当時の霊術界を牽引した田中守平《たなかもりへい》と渡辺藤交《わたなべとうこう》の二人をとりあげ、霊術団体が変態心理学をはじめとする〈科学〉とのぶつかり合いの中で変容し、果てには学術出版社のような誰も想像すらしていなかった方向へと歩みを進めてしまった事例を分析している。

そして最後の第Ⅲ部「〈変態〉の水脈――テクスト・表象」では、現状に飽き足らない多様な欲望を抱え込むことのできる概念へと成長をとげた〈変態〉が、その後社会のどのような場面へと影響していったのかを戦後にまで射程を広げて探っている。第7章「性的指向《セクシャリティー》と戦争――大日本帝国陸軍大尉・綿貫六助の立ち位置《スタンス》」(島村輝)では、男性同性愛(男色)をしばしばモチーフとした作家・綿貫六助《わたぬきろくすけ》の一連のバイ・セクシャル小説に焦点を当て、そこに繰り返し現れる反戦主義と〈変態〉的な性的欲望との絡まり合いが検討されている。第8章「妄想される〈女ごころ〉――木々高太郎『折蘆』考」(小松史生子)では、探偵小説作家・木々高太郎《きぎたかたろう》が執着した〈女ごころ〉のモチーフに着目し、それが精神分析学が前提とするジェンダー・コードを踏襲しつつも、次第にその女性蔑視的な枠組みから逸脱してゆく攪乱的要素へと深化していったことを論じている。第9章「三島由紀夫――とてつもない〈変態〉」(柳瀬善治)では、三島由紀夫の作品群の中に、同性愛というわかりやすい主題の中には収まりきらない〈変態〉への欲望が密かに浸透していることが指摘され、その欲望と三島の世界観や生き様との連続性が問われてゆく。第10章「戦後空間を生きのびる〈変態〉――阿部定と熊沢天皇」（坪井秀人）では、戦時期・戦後にメディアを賑わすことになった阿部定《あべさだ》と熊沢《くまざわ》天皇をとりあげ、それぞれが総力戦体制へと傾き窮屈さを増していく時代、あるいは既存の価値観が崩壊し〈本物〉が失われてしまった時代を生きる人々の不安や欲望を引き受ける（場合によっては飛び越えていく）シンボルとして機能していたことを明らかにしている。

最後に、本書のタイトルについて一言述べておきたい。本書ではとりあげ方に大小の差はあるにせよ、二〇名以上の人物たちとそれぞれの視点から見た〈変態〉が論じられていく。その結果として、〈変態〉という概念がわれわれに見せる〈顔〉は、各人物の個性を反映して大きく異なったものになっている。『〈変態〉二十面相』は、そうした本書のありようを象徴的にいいあらわすものとして付けられた。お気づきのように、これは江戸川乱歩の生み出した怪人二十面相というキャラクターの名をもじったものである。変装を得意とし、知略を尽くした鮮やかな手口で犯行を重ねる二十面相であるが、『怪人二十面相』（一九三六）の「はしがき」によると、「二十種もの顔を持っているけれど、その内のどれが本当の顔なのだか、誰も知らない。イヤ賊自身でも、本当の顔を忘れてしまっているのかも知れ」ないのだという。ここで示唆されているのは、怪人二十面相を解する際に「本当の顔」を追究することがいかに無意味であるかということだ。おそらくその教訓は、〈変態〉を論じる際にも当てはまる。〈変態〉の見せる多様な〈顔〉の「どれが本当」かを問うても意味はない。重要なのは、二〇を超える〈顔〉を一つの総体として捉え直したときに初めて見えてくる、これまで見逃されてきたような〈変態〉の意味や可能性を思考することである。

本書を通読する読者たちは、これからの各章・各コラムで〈変態〉二十面相のさまざまな〈顔〉と繰り返し出会うことになるだろう。近代日本で神出鬼没の活躍を見せたこの二十面相との対決が、読者の中の既成概念を揺るがし、新たな思考へと導く契機となることを願っている。

第Ⅰ部

〈変態〉と向かい合う

精神医学・心理学

第1章

呉秀三——とらえどころのない〈精神〉と〈正統派〉精神病学

橋本 明

呉秀三　1865-1932

呉秀三《くれしゅうぞう》は、近代日本における帝国大学アカデミズムの代表格であり、〈正統派〉精神病学者の中心人物といってよい。東大精神科の初代教授・榊俶は若くして没し、二代目の片山国嘉の本務は法医学の教授で、精神科は兼任だった。榊のもとで助教授をしていた呉が欧州留学に出たのは、榊が他界して半年後の一八九七（明治三〇）年の夏のこと。一九〇一年に帰国した呉は直ちに三代目教授に就任する。明治から大正にかけておよそ四半世紀の長きにわたって教授職にあったため、日本の黎明期精神病学における教育・研究基盤の形成に与えた影響は甚大だった。以下では、呉の業績を中心にして、精神病学者の精神病理解について論じたい。なお、本章が対象としている時代を考慮して、「精神医学」ではなくかつての「精神病学」という呼称を使用している。ともに、Psychiatrie（ドイツ語）、psychiatry（英語）など、昔から変わらず今も使われている西欧言語からの訳語である。

精神病は精神の病ではない

呉秀三は近代日本の精神病学の教育・研究の中心にいながら、〈精神〉とは正面からは向き合わなかった、否、向き合うことができなかった。そういえば、不思議に聞こえるかもしれないが、それは近代（あるいは今でも）精神病学の方法論的な限界に由来するもので、呉個人の問題ではなかろう。

一九二九（昭和四）年五月一五日夜、東京朝日新聞社主催の「第七回通俗医学講座」が同社講堂で行われた。講師は南大曹と呉秀三の二人の医学博士。南の「胃腸病の話」に続いて、「精神病について」という講演をした呉は、冒頭で「精神病といふのは第一どんな病気をいふのかと申しますと、どなたにしても、それは精神の病であるとお考えになるでせう。しかしそれは大へんに間違ったことであります」と切り出し、「精神病といふのは脳の病」と述べる。もちろん、呉は同講演で「脳といふのは（中略）精神の宿る所である」とも説明しているので、〈精神〉というもの自体の存在を否定しているわけではない。しかし、精神作用の病気は「脳髄といふ物質的な」身体の病と深い関係があると説明している（呉秀三「精神病について」『通俗医学講座　第六輯』朝日新聞社編、一九二九）。

この考え方は、一九世紀中頃のドイツを代表する精神病学者グリージンガーによるものだろう。それまでのドイツではロマン主義的、思弁主義的な精神病学が台頭していた。ロマン派精神病学の時代の「心理主義者」を代表するハインロートによれば、神への終局的随伴者は理性だが、これが欠けるのは人間の罪であり、そのために精神病になるのだと主張した。しかし、心理主義者と、精神ではなく身体が病むのだとする身体主義者とのあいだの数十年にわたる論争の末、最終的には身体主義者が勝利したのである。その「身体主義者」の流れをくむグリージンガーは、精神現象を解明するのは哲学ではなく経験的生理学であるとし、「精神病は脳の病気である」と述べた。呉がおもにオーストリアとドイツに留学していた一九〇〇年前後は、まさに大脳精神病学の黄金時代だった（De Boor, W: *Psychiatrische Systemtik. Ihre Entwicklung in Deutschland seit Kahlbaum.* Springer, 1954.／神谷美恵子『神谷美恵子著作集8　精神医学研究2』みすず書房、一九八二）。

欧州留学で呉が最初に研究生活を始めたのはウィーンだった。受け入れ先は、中枢神経系の解剖生理学が専門でウィーン大学教授のオーバーシュタイナーの研究室である。この研究室で学んだ留学生は多く、日本人も呉をはじめとして数十人に及ぶ。呉はここでウサギを実験動物として使い、当時の先端技術である組織染色法（ニッスル染色）を駆使して三叉神経の細胞構造などを顕微鏡で観察し、その研究成果をドイツ語の論文にまとめ、ウィーンで編集されていた医学専門雑誌『精神医学・神経学年刊』（*Jahrbücher für Psychiatrie und Neurologie*）の第一八巻（一八九九）に載せた。これはのちに呉が東大に提出した博士論文の一部をなす業績となった（岡田靖雄『呉秀三――その生涯と業績』思文閣出版、一九八二／岡田靖雄『精神病医齋藤茂吉の生涯』思文閣出版、二〇〇〇）。

もちろん、こうした中枢神経系の神経組織に関するテーマは、当時のトレンドである大脳精神病学を背景にしていることは間違いない。だが、基礎的で最新の手法を導入した研究であることはわかるものの、ウサギの三叉神経の研究成果自体が、その後の日本の精神病学の発展にいかほど貢献したのかは不明である。おそらくは、比較的短期に確実に成果をあげるとすれば、実験研究が現実的で、それを外国語で専門誌に投稿して業績を積む、という戦略もあったのだろう。ちなみに、呉以降に欧米に留学した東大出身の精神病学者の研究テーマも、ほぼ例外なく神経組織研究をメインにしていた。たとえば、三宅鉱一「中枢神経系における神経纎維の再生機能」、斎藤茂吉「麻痺性痴呆者の脳カルテ」、斎藤玉男「過労によるネズミの神経細胞の変化」、杉田直樹「大脳皮質及びその神経細胞の成長に関する比較神経学的研究」、内村祐之「局所選択性アンモン角病変の発生機序」といった具合である。

精神病を分類する

とはいえ、精神病学者たちは、精神病が脳の病気であるからといって、脳組織を観察するだけで足りると考えていたわけではない。呉が「通俗医学講座」で強調したかったのは、精神病は特殊なものではなく、他の疾患と同じように身体の変調を基盤にしているということである。そこで、精神病学者は、身体疾患と同じように精神病の疾病分類を構築することに力を注いだ。それは精神病学が科学であるためにも欠かせないことだった。

呉秀三の功績の一つに挙げられるのが、精神病分類を築いたクレペリン体系の日本への導入である。クレペリンは一九世紀から二〇世紀にかけて活躍したドイツの精神病学者で、精神疾患の分類体系を自身の教科書を次々に改訂するかたちで構築してきた。画期的なのは、一八九六年の第五版で早発性痴呆（統合失調症）の輪郭を定め、一八九九年の第六版で躁うつ病を確立したことである。この段階で、今日的な疾患分類体系の基礎が作られたといわれる。教科書の改訂はのちの一九二七年の第九版まで続いた。呉はすでに留学前に『精神病学集要』（吐鳳堂書店、「前編」一八九四、「後編」一八九五）を出版し、クレペリンに言及しているものの、当時の分類体系はまだ発展途上にあった。しかし、呉が留学を終えて日本に持ち帰ったのは、最新のクレペリン体系、つまり教科書第六版であった（内村祐之『精神医学の基本問題』医学書院、一九七二）。ただし、補足しなければならないが、クレペリン体系がわが国に普及したのは、むしろ呉の弟子にあたる石田昇が一九〇六年に出した『新撰精神病学』によるといわれる。石田はアメリカ留学中の一九一八（大正七）年に同僚を射殺して収監されたが、一九二二年の第九版まで改訂を続けている（中根允文『石田昇と精神病学』医学書院、二〇〇七）。他方、呉は一九一六年に『精神病学集要』の第二版を出したものの未完に終わり、クレペリン体系の核心部分ともいえる早発性痴呆の記載にはいたらなかった。

クレペリンは身体主義者グリージンガーの反思弁的な姿勢を高く評価したが、グリージンガーが主張する「単一精神病説」には同調できなかった。単一精神病とは、一見多様に見える精神病が、実は一つの精神病が変遷するときの表現にすぎないという考えに基づくものである。クレペリンは、精神病は一つではなく、それぞれが独特の経過を持つ別々の疾病ととらえていた。だが同時に、個々の疾病単位を確立することにはかなり慎重だった。精神病として観察されているのは、ただの「症状群」（Symptomenkomplexe）にすぎないと考えた。われわれに見えているのは症状群という「影」であり、疾病単位という「実体」は別に存在する。いわばイデア論である。しかし、精神障害の病理解剖学、病因論、症候学という三つの側面から精神障害の分析を進めていけば、根本的な「自然の疾病単位」に到達できるという（P・ホッフ『クレペリンと臨床精神医学』星和書店、一九九六）。とはいえ、大半の精神病については、病理解剖によって脳組織の病変をつきとめることは難しく、また、発病の根本的な内因・外因をつきとめることも困難であるため、病気の経過を臨床的に観察し記述する症候学が最も重視された。つまり、脳組織の病変や病気の原因はとりあえず括弧に入れて、同じ経過をたどる症候をまとめて一つの疾病を見出すということである。クレペリンは数多くの臨床データに基づいて、「早発性痴呆」と「躁うつ病」という疾病単位にたどり着いたと考えた。だが、やがて彼の「疾病単位説」は批判される。晩年のクレペリンは再び「症状群」重視へと回帰したのではないかと見られている。つまり、症状と精神病との一対一の対応関係を否定し、人間が成長発達段階で普遍的に獲得する「既成装置」という生体内機構を仮定して、これを通して、異なる精神病でも同じ「症状群」が反復して現れると主張した。このような議論が示唆するように、クレペリンがめざしていた精神病の疾病単位を確立するという試みは完結したわけではなく、今なお課題として引き継がれているのである（影山任佐「精神医学の歩み②クレペリン以後」『こころの科学』八六号、一九九九）。

ところで、クレペリンは精神病の疾病単位の確立には関心を示したが、その治療自体にはほとんど貢献していない。また、クレペリンの理論からは、神経症や精神療法などの重大な領域が欠落していた。それを埋め合わせたのがフロイトだともいえる。だが、クレペリンは同い年のフロイトの精神分析理論にきわめて懐疑的であった

（神谷前掲書、一九八二）。それを反映するかのように、呉秀三、さらには日本の精神病学界全体がクレペリン学派の影響下にあったためか、一部の例外を除いてフロイト学説が大学アカデミズムの中で受容されることはなかった。

精神病学へのささやかな抵抗

〈正統派〉精神病学者たちが進めていた身体主義的な精神病学への一つの抵抗が、一九一七年に文学士・中村《なかむら》古峡《こきょう》が中心となって設立した日本精神医学会の設立趣意からうかがえる。そこには、「今日の医学では、所謂物質文明の余弊を受けて、精神と肉体との此の関係を閑却し、只管生理的療法のみの研究に努めて、精神的療法の必要を忘れてゐる」と述べられている。学会設立の背景には、実弟の精神病発病にかかわって、古峡が当時の精神科治療・患者処遇に対して抱いていた疑念がある。それは以下の引用からも明らかだろう。

私の一家、特に私と私の老母とは、此の弟の病を養ふために殆ど肉を剥ぎ骨を削るやうな苦しい思ひを経験致しました。けれども其後其の弟は、約二年間ほど病院生活を送りまして、主治医の方でも無論今日の医学に於ける最善の療法を施して呉れましたが、病勢は段々募るばかりで、終に某病院で悲惨な最後を遂げることになりました。私は此処に於て、我々今日の物質医学だけでは、人間の疾病、特に精神的疾患を治癒するには不完全であることを深く悟りまして〔後略〕

（日本精神医学会設立趣意、大正六年）

ただし、〈正統派〉に真正面から挑戦を挑んでいるわけではあるまい。あくまで学会というアカデミズムの制度に依存しながら、学会設立に際して評議員や賛助員に〈正統派〉アカデミズムに近い人々（医学士の評議員は黒沢良臣、斎藤茂吉、森田正馬《もりたまさたけ》の三人、いずれも東大出身で呉秀三の弟子）を数多く抱え込んでいる（佐藤達哉・溝口元編著『通史日本の心理学』北大路書房、一九九七）。この点が、日本精神医学会の抵抗の矛先を曖昧にしているように見える。また、学会が開設していた診療部では「神経質」などの患者の治療実績は多い一方で、「精神病者」（早発性痴呆などの重篤な患者を指しているようである）については精神病院（東京の根岸病院）に紹介するといった連携が見られ、学会診療部と医療機関とは相互補完関係にあるとさえ見える。他方、学会を主導する古峡は、精神病学アカデミズムという枠の中でしか自らの抵抗を実現できないと考えたのか、四〇歳を過ぎてから東京医学専門学校（現在の東京医科大学）に編入し、医師となり、最終的には名古屋帝国大学から医学博士の学位も取得している（小田晋（他）編『変態心理』と中村古峡』不二出版、二〇〇一）。

ここで筆者の脳裏を横切るのは、古峡とほぼ同じ年代に活躍したアメリカの元・精神病患者クリフォード・ビアーズである。ビアーズは、自らの精神科入院体験の苦痛をバネに一九〇八年から地元コネチカット州の一民家で、精神病院での処遇改善や精神的健康の増進をめざす精神衛生運動を始める。運動の初期にはアメリカ精神病学界の重鎮アドルフ・マイヤーの協力を得て自叙伝を出版し、それがベストセラーになって運動にはずみがついた。ビアーズは精力的に活動を積み重ね、精神衛生運動をアメリカ全土だけではなく国外にまで拡大させ、一九三〇年には事務局長としてワシントンで第一回世界精神衛生会議を開いた。世界中から三〇〇〇人以上が参加したというこの会議には、体調上の理由で呉は参加しなかったものの、日本を代表して〈正統派〉精神病学者である東大の三宅鉱一と慶応大学の植松七九郎が出席した（日本精神衛生会編『図説日本の精神保健運動の歩み』日本精神衛生会、二〇〇二）。社会的・文化的な背景を度外視すれば、ビアーズの「アメリカン・ドリーム」と比べたとき、結局のところ既存の精神病学アカデミズムの周辺で揺れ動くしかなかった古峡という存在が、近代日本における社会改革運動論の限界を体現してしまっているかのように見える。

とはいえ、この学会の機関紙として創刊され、一九二六年まで刊行された『変態心理』は、さまざまな読者を獲得し、一定の社会的な影響力を持ったようである。狭義の〈変態〉心理学だけではなく、文学、医学、生物学、教育学、社会学などの研究者たちが寄稿していた大正期の発信媒体として、二一世紀に入ってからも研究者の注目を集めている。〈正統派〉アカデミズムがそれぞれの専門領域の確定に躍起になっていた二〇世紀初頭にあって、『変態心理』が扱う領域の「広範化志向」は特異なものだった。それはこの学会が「肉体」に偏向した精神病学に新しいパラダイムを導入することを意図していたためである。また、学会名として、当時ひろく使われていた「精神病学」ではなく、「精神医学」を導入したところに、従来の「器質中心主義的な」精神病学に代わる、新たな「精神」の医学を建設する意図があったと考えられるという（竹内瑞穂『「変態」という文化』ひつじ書房、二〇一四）。しかしながら、日本精神医学会は、「変態心理学講習会」や「変態心理講話会」などを盛んに開催していた時期もあったが、そう長くは続かなかった。その活動は一九二三年の関東大震災後にじょじょに衰退の一途をたどったようで、一九二六年には事実上活動を停止している（小田（他）前掲書、二〇〇二）。蛇足だが、東大精神科教授の内村祐之は、一九三七年の日本精神神経学会で統一用語に関する試案を提出した際に、従来の「精神病学」に代えて「精神医学」という訳語を提唱したのは自分であると述べている。それより二〇年も前に発足していた日本精神医学会の存在には思いがいたらなかったのか（あるいは、かつての「精神医学」は造語だという認識だったのか）、この学会への言及はない（内村祐之『わが歩みし精神医学の道』みすず書房、一九六八）。なお、東大の「精神病学教室」が「精神医学教室」になったのは、内村が定年で退官した直後の一九五八年四月だった。

「見えないものを見る」統計という手法

日本精神医学会設立趣意にある「今日の医学では、所謂物質文明の余弊を受けて、精神と肉体との此の関係を閑却し、只管生理的療法のみの研究」をしている代表的な主体が、〈正統派〉の呉秀三および彼が主宰する東大精神病学教室なのだろうか。しかし、〈正統派〉精神病学のほうでも、脳研究や「生理的療法のみの研究」だけでは精神病を理解できないことは承知していた。

呉らの精神病学の目的は、精神病にともなう脳組織の器質的変化や症状の臨床的記述だけではなく、その発症原因（病因）をつきとめることにもあったことは当然である。呉の教科書『精神病学集要　第二版』（吐鳳堂書店、一九一六）には、精神病学の病因研究における統計の重要性が強調されている。

> 精神病の原因を講究するには、精神病の発生を善く明にしなければならぬ。其発生方《おこりかた》がよく分らなければ、原因要素の何であるかを弁へることも出来ない。原因要素の中で其関係の普浹なるものは、統計学の方法を借りて之を知るより他に途がない。〔傍点は引用者。原文のカタカナ文はひらがな文に変更し、適宜、読点を加えた〕

つまり、精神病の原因を知るためには、統計に頼るしかないという。これはどういうことか。
それに答える前に、呉がいう精神病の原因の構造を概略したい。まず、原因には素因と誘因とがあり、前者は発病の素地を作り、後者はその発条（バネ）となる。素因には普通素因と各殊素因（各人素因）とがあり、普通素因の一個人に与える影響は小さいが、各殊素因は病人の身体・精神の素質・発育史・生活史・生活方に基づく重大なものである。他方、誘因は身体上誘因と精神上誘因とに分けられ、各人の賦稟（素質）によってその影響は異なる、と。

続いて普通素因を、「社会及ビ生活状態」「人種」「気候」「男女別」「配偶者ノ有無」「年齢」「職業及生活状態ノ関係」「宗教帰依」の八つのカテゴリーから詳述している。ここに登場するさまざまな統計は、精神病の原因を推し量るための重要な根拠として利用されている。たとえば、「男女別」については、精神病罹患率は性別によらずほぼ同じであるという統計を起点にして、その理由を考察している。すなわち、女子は身体上・精神上の脆弱さから外来禍害に対する抵抗力が弱く、精神病の遺伝も女子に多い。一方、男子はその生涯が複雑で不規則で放縦である。また、一家を支えるために、あくせくしなければならないといった禍害を受けるのも男子で、酒と梅毒による惨禍もほぼ男子に限られる。しかし、女子には生殖作用に起因する精神病も多い。それやこれやで結局のところ男女の罹病数はどちらが多いとはいえない、と。

また、各殊素因については、「遺伝」「変質」「発育障碍」「神経病性体質」「個人的特性」「教育」「往時ノ精神病」の七つのカテゴリーから説明している。ここでも統計が欠かせない。たとえば「遺伝」については、精神病が子孫に遺伝する割合をさまざまな統計に基づいて詳述している。父母から継承する直接遺伝、祖父母から継承する間歇遺伝、おばおじ・兄弟姉妹などとの関係から見た傍系遺伝などによって、遺伝する危険度に違いがあることなどである。

呉の『精神病学集要　第二版』が出されたのと同じ一九一六年、ドイツのリューディンは最新の統計法を駆使した精神病の遺伝に関する論文を発表している。これは、脳組織研究と並んで統計的研究が国外の精神病学界でも重視されていたことを示している。彼はクレペリンらによって精神分裂病（統合失調症）と診断された七〇〇名以上の患者の家系を調査し、その遺伝的な発症危険率の大規模な系統的研究を始めた。ちなみに統計を駆使した精神病の遺伝的研究はのちに政治的に利用され、ナチス時代にリューディンはドイツの断種法制定と深くかかわり、民族衛生に貢献したとして叙勲された（坪井孝幸『遺伝精神医学』金剛出版、一九八〇／Kreuter A: *Deutschsprachige Neurologen und Psychiater*. K.G. Sauer, 1996）。

そもそも精神病学者の統計という手法は、個々の患者では見えないものが、集団で初めて見えてくるという考えによるだろう。脳組織研究は顕微鏡を使うきわめて微視的なものだったが、統計研究はそれとはまったく対照的に巨視的なものである。いわば精神病の素顔を真正面からとらえるのではなく、遠方に下がってその輪郭あるいは影をとらえるようなものである。その源流を、社会現象を可視化しようとする一九世紀ベルギーの統計学者ケトレーの道徳統計あるいは社会物理学に見ることもできよう。ケトレーは、自由意志を持つとらえがたい個々人ではなく、個々人が構成する集団を観察することで、それを支配する自然法則を見出そうとした。道徳統計の主題には犯罪、自殺、教育などがあり、数量的な処理を経て、比較検討や原因探求が可能になるのである（平野亮「道徳は〈測定〉可能か？」『神戸大学「研究叢書」』二〇号、二〇一四）。

呉は早くから統計への関心を持っていた。わが国に統計学を根づかせたといわれる兄の呉文聡か、あるいはドイツ留学中に統計学に深い関心を示していた森林太郎（鷗外）の影響かどうかは判然としないが、まだ医学生時代にドイツのエステルレンの医学統計学の教科書（一八七五）を翻訳し、一八八八年の『スタチスチック雑誌』に分割掲載している。さらに、一八八九年には、同じくドイツのヴァッペウスの統計学講義録（一八八一）に基づく呉文聡訳述・呉秀三校正の『統計学論』が、そして同年には先のエステルレンを訳出した雑誌掲載論文をまとめた『医学統計論』が出された（岡田前掲書、一九八二）。もっとも、呉自身が語っているように、恩師の榊俶もベルリン留学時（一八八二〜八六）に統計的方法を学び、帰国後には東京府巣鴨病院（現在の東京都立松沢病院）の患者統計に関する論文をドイツの医学雑誌に掲載するなどしていた。呉は榊の学問的な関心からも影響を受けたのではなかろうか（榊俶先生顕彰会『榊俶先生顕彰記念誌』一九八七）。

呉が統計的手法を自らの研究に活かした初期のものとして「精神病者ノ自殺症ニ就キテ」（『東京医学会雑誌』八巻、一八九四／九巻、一八九五）がある。呉は論文の冒頭で、わが国には自殺に関する論文は兄の呉文聡を含めて二編にすぎない、自殺は一国の生産力に少なからざる影響を与える、などと自殺調査の重要性を述べる。調査内容は、一八九三年のはじめから一八九五年三月末までに東京府巣鴨病院に在院した一三〇〇人あまりの患者のうち、自殺企図があった一四七人（企図の回数にして一八九回）についての分析である。性別や年齢といった基本的な情報に加えて、自殺の方法、溺死企図の場所、頸傷に使用した器具といった詳細を統計として示すと同時に、五九の症例も紹介している。この論文は一八九八年にドイツ語論文としても発表され、すでに述べた三叉神経の論文と同じく『精神医学・神経学年刊』（一七巻、一八九八）に掲載された。これも呉の博士論文を構成する論文の一つになった。

ところで、呉が『精神病学集要 第二版』で精神病の原因を知るための手法として強調する統計とは、精神病の社会構造的な決定要因をも視野に入れているという意味で、社会や環境と健康や疾病との相互関係を解明する疫学（epidemiology）への萌芽を見ることができよう。こうした呉の疫学的な関心の延長に、一九一八年に呉秀三と樫田五郎の連名で発表された「精神病者私宅監置ノ実況及ビ其統計的観察」（『東京医学会雑誌』三二巻、一九一八）を位置づけられる。タイトルの「統計的観察」には、これは科学的な分析手法としての統計を駆使した論文なのだという呉の自負が込められているのではあるまいか。この論文は、呉が一九一〇年から一九一六年にかけて東大精神病学教室の助手・副手一二人に全国各地の私宅監置や民間療法などの実況を調査させ、その結果をまとめたものである。視察した私宅監置室のうち、写真や図のデータが整っているものから選んだ一〇五例が掲載されている。今日では論文で多くのページを割いている私宅監置の「悲惨な」事例だけが引用されがちだが、最後の「統計的観察」にある精神病者の監置状態を分析したクロス集計にも着目したい。

「東大の源流」たる呉秀三の系譜とそのネットワーク

これまで呉秀三の研究業績を中心に述べてきたが、ここで呉が〈正統派〉たるゆえんを岡田靖雄による呉秀三の評伝（岡田前掲書、一九八二）などを参照しながら整理してみたい。

そもそも呉家は広島にルーツがあり、「呉」は中国系の姓ではない。秀三の父・泰元は広島に生まれ、医術を修めた。泰元は、一八二四（文政七）年に父（つまり秀三の祖父）で医業を行っていた山田隆貞（通称・山田黄石）に従って江戸（青山の浅野侯下屋敷）に出ると、一八三四（天保五）年から伊東玄朴の門で三年あまり蘭方を学んだ。のちに泰元は自分の父・山田黄石を慕ってか自らも黄石と称し、一八四九（嘉永二）年には「山田」姓を「呉」姓に改めた。「呉」は広島の地名などに由来している。呉秀三自身は一八六五（元治二）年に江戸に生まれ、幼少時の数年間を広島で過ごした後、一八七二年に一家で上京している。

呉の大学予備門（のちの第一高等学校）時代の友人ネットワークに注目すると、同期にはドイツ文学者の嚆矢で第一高等学校教授をつとめた菅虎雄、皮膚科の事実上の創設者であり鶚軒の号で漢詩を多く残した土肥慶蔵、森林太郎の弟で開業医であり歌舞伎の劇評家の森篤次郎（三木竹二）などがいた。篤次郎を介して、兄の林太郎と呉との交友も始まったという。また、医科大学（現在の東大医学部）を同じ年に卒業した中には、民俗学の柳田国男の兄でのちに東京で眼科を開業する井上通泰の名もある。

また、呉が精神科教授になってから、彼のもとで学んだ者の中から数多くの大学精神科教授が育っている。一九二五年までにわが国の大学で精神科教授になった者、いわば東大精神病学アカデミズムの縦のつながりにかかわる人名と着任大学（当時は医学専門学校だったものもあり、カッコ内は現在の大学名称）を紹介すると、今村新吉（京大）、松原三郎（金沢大）、榊保三郎（九大）、三宅鉱一（東大）、森田正馬（慈恵医大）、石田昇（長崎大）、黒沢良臣（熊本大）、斎藤茂吉（長崎大）、下田光造（慶応大、九大）、林道倫（岡山大）、中村隆治（新潟大）、丸井清泰（東北大）など大物が並ぶ。これら呉の弟子を通じて、さらに次の教え子世代にまで呉の影響は及んだと想像される。

呉のルーツである広島の人脈も忘れてはならない。広島出身の富士川游は呉とは同い年である。富士川は一八八七年に広島医学校を卒業後上京し、保険会社の保険医をやりながら医学雑誌『中外医事新報』（現在の『日本医史学雑誌』につながる）の編集主任を務めた。おそらく、一八八八年末頃に「広島県友会」で知り合った二人は、共通の関心事である医学史研究で意気投合したようである。だいぶ後になるが、富士川が主唱し、呉をはじめ土肥慶蔵や永井潜らが創立協議会のメンバーになって、一九二七年に日本医史学会が創設された。これはわが国の医学史の代表的な学会として今も継続している。また、富士川と広島医学校で同級だったのが尼子四郎である。尼子は同校を卒業した後、上京して医科大学の内科選科生となり、一九〇二年から東京・千駄木で開業、夏目金之助（漱石）一家の家庭医的存在だった。尼子は、呉秀三が院長を兼務していた東京府巣鴨病院で一九〇四年から一九〇七年まで医員として在職した。尼子は一九〇七年に呉が創立した音羽養生所の院長も任された。

呉秀三が医者の家系に生まれたことは上記のとおりであるが、その親戚筋には医者だけではなく近代日本の研究・教育の根幹にかかわった人たちがきわめて多い。ここでは呉の母方の祖父にあたる箕作阮甫《げんぽ》についてのみ述べておく。阮甫は一七九九（寛政一一）年に岡山の津山に生まれ、藩の侍医となった。のちの一八五六（安政三）年、幕府が蕃書調所を開設すると、阮甫は蕃書調所出役教授職を命じられた。一方、阮甫は伊東玄朴らと協議し、一八五八年に神田お玉が池に種痘所を設置した。その建設費と運営費の拠出人の筆頭が阮甫だが、その中には阮甫の女婿である呉黄石（秀三の父）も含まれていた。蕃書調所および種痘所の後身が明治になって東大の創立へと続くことを考えると、東大の源流が呉の家系と重なる。いわば、東大／アカデミズムと呉秀三とは、運命的に固く結びついていたのである。

逸脱者としての呉秀三

本論の冒頭から呉秀三を〈正統派〉精神病学の中心人物として描いてきた。学者の家系に生まれ、エリート校で教育を受け、欧州で精神病学を学んだ東大精神科三代目教授として、〈正統派〉であることは間違いない。ただし、呉が扱っていた精神病学は、一般的にイメージされやすい身体的医学、いわゆる脳研究に限定されていない。なるほど、彼自身の博士論文を構成する一つのドイツ語論文のテーマは、三叉神経にかかわる脳研究であった。また、教授就任後も、日本の精神病学を背負う立場として教科書や啓蒙的な文章の執筆のかたわら、脳の組織病理学的な研究を発表している。

ところが、教育者としての呉に着目すると、彼が指導に関与した学位論文には実験的な脳研究はあまりない。むしろ臨床的な研究が多く、精神病の物質的な側面ではない、いわば〈精神〉への志向が強く見られる。なかでも、森田正馬の神経質とその治療、加藤普佐次郎（千葉医学専門学校卒、東大・東京府立松沢病院で呉秀三の指導を受ける）の精神病者に対する作業療法などは典型である（岡田前掲書、一九八二）。さらに、統計研究を重視し、社会構造と精神病との関係にも関心が広がっていた。

そもそも、呉は学生時代に歴史学を志していたものの、家族に押し切られて医学を選択したという。ただ、教授時代の呉の代表的な論文とされる『我邦ニ於ケル精神病ニ関スル最近ノ施設』（東京医学会事務所、一九一二）および前掲の「精神病者私宅監置ノ実況及ビ其統計的観察」には、精神病にかかわる歴史的な記述も多く、かつての歴史への関心を髣髴とさせるものがある。実際、呉自身は一九二〇年頃から医学史研究に没頭していく。しかも、精神病学にかかわる歴史ではなく、華岡青洲やシーボルトの伝記など医学史全般の研究がメインだった。もはや精神病学のメインストリームから完全に外れてしまうのである。

このように、〈正統派〉精神病学の中心人物と目される呉の守備範囲は広い。中村古峡がいうところの「物質医学」の推進者ともいいきれず、あるときは歴史研究に逸脱し、あるときは精神病者の処遇改善や人権への発言を行い、良くも悪くも精神病学批判からすり抜けてしまう。どうやら一筋縄ではいかない呉のふるまいが、近代日本の精神医療の歴史を糾弾し、それを精神病者に対する差別と偏見の歴史として塗り固めたい人々にとっては悩みの種であるようだ。

第2章

『変態心理』の頃の森田正馬

安齊　順子

森田正馬　1874-1938

森田正馬の紹介

森《もり》田《た》正馬《まさたけ》は一九〇二（明治三五）年に東京帝国大学医科大学を卒業した精神科医である。森田は、彼独自の神経症治療法、一般に〈森田療法〉と呼ばれるものを開発した。彼の治療法は、第一期絶対臥褥期、第二期軽い作業、第三期重い作業、第四期複雑な実際生活の四期からなる。一九二四（大正一三）年、学位請求論文『神経質の本態及療法』を提出した。指導教官は呉秀三《くれしゅうぞう》であった。一九二六年一一月に一般向け図書『神経衰弱及強迫観念の根治法』（実業之日本社）が刊行された。この森田の治療法は、当時新しいメディアであったラジオ放送で紹介されるなどして世間の反響を呼び、多くの患者が殺到した。

森田について述べれば以上のようになるが、〈変態〉の歴史を論じようとする本論文にとって重要であるのは、この森田と中村古峡《なかむらこきょう》との関連性である。中村が雑誌『変態心理』を刊行する初期に重要な協力者となったのが森田であり、また、中村の重要な症例である『二重人格の女』の症例・まさ子が「被害妄想濃厚」となったときに、森田が顧問となっていた根岸病院に入院させ、診療にかかわったと考えられる（安齊順子、小泉晋一、中谷陽二「日本近代における催眠療法の受容と解離の事例に関する一研究」『心理学史・心理学論』一〇・一一巻合併号、二〇〇九）。中村の治療において、アドバイザー的な位置にいたのが森田正馬であったと考えられ、彼の変態心理研究において、森田はその存在を抜きにしては語れない人物であると考えられる。中村は文学者から、心理学研究者を経て精神科医となるが、中村が精神科医となるにあたり重要な立ち位置にいるのが森田正馬であると考えられる。

しかし、森田正馬については評伝などが多数書かれ、森田療法の本や論文は枚挙に暇がないほどである。そこで、本論文では森田正馬以前の日本の精神医学にも触れ、心理療法の歴史的流れの中での森田について述べてみたい。

ベルツ、呉と解離性障害

江戸時代の医学は、長崎における医学伝習から始まりその後東京大学において、ドイツ医学を中心とした教育が行われるようになった。西洋流医学における正式な精神医学の講義はベルツが来日してから初めて行われたと考えられる。お雇い外国人ベルツは一八七九年に東京医学校にて日本で最初の精神医学の講義を行った。この時期に診察の途中で「狐憑き」の事例に遭遇し、比較文化精神医学研究を行った。巣鴨病院には「狐憑き」の患者が多数入院し、精神医学教授であった呉秀三も一八九七年には広島・島根・山口に狐憑病調査に赴いている。秋元波留夫によれば、「黎明期のわが国の精神医学がまず当面しなければならなかったのは、狐憑をはじめとした憑依現象であった」ということである（「解題」門脇真枝著『狐憑病新論』復刻版、精神医学神経学古典刊行会、一九七三）。呉門下の門脇真枝『狐憑病新論』（博文館、一九〇二）によれば、巣鴨病院の狐憑きの事例一一三人は集計しなおすと躁狂病と偏執狂病が上位二位を占めるという。

このような流れの中で呉秀三の指導を受けていた森田正馬は医局員の一人として、土佐において犬神憑き調査を行った。一九〇三年九月一日には、犬神憑きが五件に伝染した事例を調査し、はじめの家に〈統合失調症〉の患者がおり、それが契機となって犬神憑きが伝染したことを明らかにした。九月三日には請われて鳥に催眠術をかけるのを村人の前で演じて見せた。九月八日には、バセドー氏病の患者を診察したが、周囲の者はそれを犬神憑きだといっていたという。これらのことから当時の土佐では、森田から見れば統合失調症、感応性精神病、バセドー氏病も「犬神憑き」に分類されていたことがわかる。森田は講演会を行い、「迷信の打破」に努めたと記録されている。土佐では犬神を恐れ、対抗することから名前に動物を意味する文字を用いることが多く「正馬」も森田の母の「亀女」もその理由から動物文字が使われている。森田家自体が、この土俗信仰を恐れていたのではないかという説もある（中山和彦「森田療法の成立に先立った「祈禱性精神症」の精神医学史的研究の意義」『精神医学史研究』一八巻一号、二〇一四）。森田の生家の近くでは調査当時も犬神憑きが恐れられていたことから、森田にとっては精神医学を用いて近所の人も家族をも迷信から解放するための活動であったと考えられる。迷信の打破については、雑誌『変態心理』上でも「迷信と妄想」を一五回にわたり連載していた。

精神医学の病態水準から見れば、〈神経症レベル〉と呼ばれる病態と、〈統合失調症〉を分類することは現代医学においては重要であるが、森田の時代は「迷信の打破」を行い、患者に病院に来てもらうようにし、その後に診断を行う方法をとるしかなかった。つまり、治療の前提となる病気の理解を一般の人がしていないため、治療のルートに乗せることが難しい状態にあった。この「神経症レベル」の治療は、当時は催眠療法や精神分析学が治療法として考えられるが、森田はこの中では催眠療法に力を入れたようである。

森田はこれらの犬神憑き、狐憑きなどの現象について検討し、一九一五年に「余の所謂祈禱性精神病に就いて」として『神経学雑誌』に発表している。

森田と催眠療法

森田は強迫神経症の症例に催眠療法を行い、一九〇四年一二月に治療に成功した。この治癒例は『中外医事新報』に発表された。しかし、赤面恐怖症の患者に催眠療法を行っても効果は見られず、森田はこの療法への関心を失ったといわれている。「私の神経質療法に成功するまで」（森田正馬『神経質の本態と療法』白揚社、二〇〇四復刻。原著は吐鳳堂書店、一九二八）の森田本人の叙述によれば、まず強迫観念の患者を催眠術で治療し、学会発表したが、赤面恐怖の患者は催眠で治療することはできなかった。その後、赤面恐怖の患者を森田は治療することができるようになり、多くの種類の神経質の患者を治療することが森田療法でできるようになったため、催眠術を用いる必要がなくなった、と述べている。強迫神経症は現代では統合失調症との連続性が研究されており、統合失調症の前駆として強迫が発現する例もあり、薬物療法が重視されている。一方の赤面恐怖症は、社交不安障害と現代では分類され、認知行動療法が適用されるため、より心理療法向きの症例である。

催眠療法は医学者の大沢謙二が一八八七年に『魔睡術』（著者兼出版人・大沢謙二）を著し、「ヒプノーゼ」の訳語として魔睡を提唱した。この時期から催眠療法は日本に紹介されてはいたが、医師として神経症の治療法として真剣に取り組んだのは森田が初めてだと考えられている。

催眠療法は片山国嘉、三浦謹之助、呉秀三らが研究を行っていた時代もあったが、福来友吉《ふくらいともきち》の研究と「千里眼事件」によって、医学者の研究は下火になっていったようである。警察犯処罰令（一九〇八）が出たときには、医師による催眠は禁止されていなかったが、天羽大平によれば医師にも非医師にも催眠を行うことが禁止されたように受け止められ、下火になったと考えられる（天羽大平「催眠研究史」『催眠学講座① 概説』黎明書房、一九七〇）。

曾根博義によれば中村古峡は一九一〇年より高輪中学の英語教師をしており（『変態心理・別冊解説』不二出版、一九九九）、『変態心理』創刊の一九一七年までのあいだの時期に中学生に対して行った催眠療法の記録が「不良少年と二重人格」（『心理研究』六五号、一九一七年三月）である。この流れからいえば、一九一〇年以後は森田側から見ると医学者による催眠研究は過去にある程度行われ、自分もある程度実施し、研究熱が冷めていた時期であった可能性がある。森田は中村の症例・まさ子の治療に協力しているが、心理療法を学ぼうとする新たな学徒を先輩としての目で受け止めていたのではないだろうか。なお、森田正馬の研究対象は神経症であったが、当時は精神医学者のおもな研究対象は統合失調症であったため、心理療法や催眠療法を新たに学ぼうとする古峡が師事する精神科医は森田正馬しかいなかったかもしれない。古峡が『変態心理』を立ち上げた当時は、自身が弟の病気への当時の治療法に対する不満、当時の精神医療への懐疑などから、アメリカの異常心理学を参考にした知識の集積や催眠療法の実施を行っていたが、精神科医でありながら神経症の治療を実施し、心理学の研究に理解を示し、心理療法を患者に行っている森田に出会い、その後の古峡の行く道がある意味で森田という医師への同一化、同一視として決められていったもののように理解される。

森田と精神分析

森田正馬と丸井清泰（東北大学教授、日本に精神分析を伝えた）が森田療法か精神分析かについて激しい論争をしたと伝えられている。論争のテーマは精神療法としての精神分析についてであった（安齊順子「日本への精神分析の導入と丸井清泰」『心理学史・心理学論』二巻、二〇〇〇）。森田がその森田療法を現在知られるかたちにまとめたのは一九一九年頃といわれており、博士論文である『神経質ノ本態及療法』が刊行されたのは一九二二年であった。

論争が始まったのは一九二七（昭和二）年、日本精神神経学会二六回大会総会（京都）の席上で、その後一九三四年第三三回学会においての二人の論戦は学会史に残るものであった。『神経学雑誌』の第三三回学会総会記事では「両氏互いに自説を固執して譲らず、例年にもまして緊張味を添へたり」と緊迫した様子を伝えていた。

この件に関して、筆者は精神医学史学会、日本精神分析学会の役員など、現時点で考えられる一次資料の関係者（日記の保持者など）をあたったが、結局資料は見つかっていない。森田に関していえばおそらく、彼がそれまで一九〇四年頃から強迫神経症や赤面恐怖症などの症例に実際に治療を施し、失敗などを乗り越えて森田療法を形成し、患者が治っていることがまず自信の第一にあったと考えられる。中村古峡も精神分析の翻訳を試みており、『変態心理』誌上でも精神分析は紹介されていた。仮に丸井がアメリカ経由の精神分析を学んだとしても、森田にとってはまったく問題ではなかったのではないか。また、『神経質の本態と療法』において、「フロイト氏のように、ことさらに機会的原因である偶然の出来事を検索する方法もそれが必要であることも認めない」とし、森田が重視するのは素質、素因であり、神経症になったきっかけは重視しないとして、過去のトラウマの契機を探ろうとするフロイト説と相容れない点を自ら説明している。

そもそも、精神医学の学会においては海外の理論の紹介や、大脳生理学的研究が当時は多かったが、治療については一九二七年頃は模索の時期であった。現在知られる統合失調症の特効薬クロルプロマジンが一九五二年に現れたのだが、それ以前は精神医学の治療は漢方薬等に頼っていた。その時期に自らの治療法で幾多の患者が実際に良くなっていくことを体験していた森田にとって、相手が帝国大学の教授であるとか、アメリカで学んできたなどといったことはまったく歯牙にもかけないことであったと考えられる。

現実の臨床においては、診断名が同じであっても、同じ治療法でよいとはいえない。患者の性格や過去の体験、今のありようによって細かく対応を変えなければならない。おそらく森田は丸井が日本で精神分析療法を行った現実の治療例について厳しく問い、治療例を示すことを求めたと考えられる。その後、丸井は東北大学で弟子たちと実践例の論文を執筆している。弟子の中からはのちの日本精神分析学会会長となる古沢平作が現れた。

森田と森田神経質

森田の提唱した森田神経質について解説する例として「赤面恐怖」をとりあげる。男性が、誰か綺麗な女性の前に出たとき緊張して赤面したとする。そしてそれを恥ずかしいと感じ、次は赤面しないようにしようとする。また、自分が緊張していることを悟られまいと考える。このようなサイクルが継続して、赤面恐怖症が起こるのである。森田はまず、このような「次回からは絶対に赤面が起こらないようにしよう」と決意する傾向を完全主義、完璧主義と理解するがそれを否定しないで、「生への欲求」が強い人として評価する。また、現在では不安神経症の分類となっている「赤面恐怖」であるが、「神経質」と解説し、病気の一種ではないとして患者を安心させた。森田の活躍した大正時代は現代とは比較にならないほど、精神病への偏見が強かった時代である。病院にいっている、治療を受けていること自体が患者の自尊心を傷付ける行為になると考えられる。また、「生活の発見会」という現代でいう自助グループを発足させ、回復した森田神経質者に後輩の指導をさせる仕組みを作った。このことにより、森田が亡くなった後も、森田療法を行うことができるようになった。

筆者は女性であるため、森田のいう「女性を意識して顔が赤くなる」ということ自体はよく理解できない。しかし、本来の体の作用を意思で阻害するというやり方そのものは、摂食障害に見られる「食欲を意思で抑える」というようなやり方に類似しているし、その基本に「完璧でありたい、他者に勝つ自分でいたい」という欲望が存在することは理解できる。またパニック障害についての最近の認知行動療法の学説、たとえばBarlowなどの「不安の自律神経症状や認知的症状が学習性の警報を引き起こす」というような解説との類似性を指摘することもできる（Barlowらの理論については坂野雄二『認知行動療法』日本評論社、一九九五）。認知行動療法では、不安とは何か、という心理教育を重視しており、森田の時代にも「森田神経質とは何か」という講演を行ったり、森田自身も著書を通じて人々に啓蒙を行ったりしていた。

それ以外に森田療法について指摘したい点は、患者の森田への傾倒である。精神分析風に解説すれば「陽性転移（治療者への好意、治療者への理想化）」が強く見られ、維持されていることである。これはまず、たとえば認知行動療法であれば、「イギリスの理論です」という紹介の仕方になるが、森田療法では創始者が森田自身であるため、日本風の〈教祖〉というイメージを持たれやすいことが挙げられる。また、大正時代は現代よりも「医療パターナリズム」が強い時代であった。平たくいえば医師のいうことは絶対で、従う傾向が現代よりも強い時代である。現代に認知行動療法でパニック障害を治療する場合と比較すれば、「先生のいうイギリスの理論は信用できない」としてセカンドオピニオンを求めることも考えられる。しかし、大正時代という時代背景、森田が創始者であり〈教祖〉イメージを持たれたこと、全国から困り果てた患者が集まってきたこと、宿泊形式（現代風にいえば入院）の治療法であったことから、患者は森田のいうことを信じ、傾倒していったと考えられる。さらに生活の発見会の存在が、「治った人が近くにいる」という信頼感を患者に持たせる良い効果を発揮したといえる。つまり森田は森田神経質の形成理論、治療法の開発、治療の実施、結果（良くなった状態）の維持というすべてのコースを一人で形成したと考えられる。また、自宅や弟子の実家（寺など）、弟子から寄付された家などでも実践を繰り広げており、現代風にいえば「○○大学医学部」において、その病院を退職したらもう治療はできない、などの現代の医師の限界をも超えていたと考えられる。

再び当時の丸井清泰と比較すれば、〈精神分析という治療理論を学んだにすぎない〉時期であった丸井とでは治療実践、その後の患者の経過に大きな差がある。精神分析は神経症の治療理論と当時は理解されていたが、その後統合失調症、人格障害に治療の対象は広げられた。その変化はアメリカで一九五〇年代以後アランソンホワイト財団などを中心に行われたので、治療対象の拡大は戦後のことであり、森田の時代はあくまでも精神分析は〈神経症の治療理論〉であった。

以上の森田療法の理解は筆者が精神科での実践を元に考えているものであり、森田療法の正統の系譜の理論家がどのように考えているのかというものではないことを付言しておく。

森田と小熊

中村古峡と同時期に活躍していた心理学者に小熊虎之助《おぐまとらのすけ》がいる。筆者は、小熊が日本で初めてカウンセリングの業務で開業した心理学者であると考えている。その内容を『心理学史・心理学論』に発表し日本心理学会でも発表したが、それに関する反論は今のところ届いていない（安齊順子「日本の「変態心理」と小熊虎之助」『心理学史・心理学論』三巻、二〇〇一）。

小熊は、一九一八年の第二回「変態心理学講習会」で講演を行ったが、同時に森田正馬の講演もあり、「森田先生に話を聞かれるのは恐ろしかった」と述懐している（小熊虎之助『夢と異常の世界』小熊虎之助先生満八十歳祝賀会実行委員会、一九六九）。小熊は森田を尊敬し、師事していたようであり、小熊がのちに「心理相談室」を開業したときには「森田悟得療法」を行っていると記載があった。内容は詳しくは不明だが、森田療法を変形して実施していたものと考えられる。おそらく、小熊の相談室は宿泊はないため、森田療法のうち宿泊でないとできない部分は省略するか、他で実施したのちに相談室に紹介されてきたのではないだろうか。日本ではかなり早い時期に開業していた小熊が、森田という優秀な精神科医と良好な関係を持っていたことは注目に値する。

森田と根岸病院

森田がその主要な臨床の場としていたのは根岸病院であるが、根岸病院は現在も府中市武蔵台にある民間で最も歴史のある精神科病院である。一八七九年に私立の「癲狂病院」として開業し、その開設者は越後出身の漢方医である渡辺道純であった。二代目院長の松村清吾は、榊俶の弟子であった。松村は一八八八年に院長になったのち、一九〇一年に浅草区議、一九一一年には東京府議に当選し、経営手腕を振るった（小俣和一郎『精神病院の起源近代篇』太田出版、二〇〇〇）。病院は一九〇一年には二〇六四坪の土地に五五五坪の建造物、医師は五人、看護人三一人、看護婦一八人であった。このときの病院は現在の台東区根岸にあったという。

森田は一九〇六年一二月から根岸病院に勤務した。一九〇七年四月には患者一八名と上野で構外運動をしている。一九〇八年六月には看護人（おそらく男性）と言い争いになり、医師が看護人を管理することを院長に提案した。森田は看護法の原稿も書き、看護人、看護婦の教育も行っていた。森田の執筆した『根岸病院看護法』では、「［看護人は：引用者注］精神病者には其自己の品性言語動作が総て患者の模範となるものなることを忘るべからず、又患者に対しては説諭、弁難、叱責等をなすことを禁ず」と記載している。森田は看護人の教育も行っており、根岸病院における看護師の質の向上と維持にも努めていたと考えられる。森田は患者の看護を「赤子を保するがごとし」と喩えていた。現代の感覚とは異なっているが、相手に配慮し、ケアしていくことを重視していたと考えられる。当時の患者にとって、看護人が静かに見守り、時にはケアしてくれるような静かな環境は重要であったと考えられる。もちろん教科書なので理想ではあるものの、森田の根岸病院での治療方針の一端を示すものだと考えられる。森田は一九二九年、病院を辞職するまで看護師の講習を行っていた（根岸病院、当時の看護人についての情報は芳賀佐和子「森田正馬が視た！　根岸病院における精神科看護の実態」『精神医学史研究』一八巻一号、二〇〇四による。『根岸病院看護法』の原資料は、二〇一一年復刻『精神障害者問題資料集成』第５巻、六花出版)。

また、森田は一九〇三年より慈恵会医学専門学校の精神病学講義も担当しており、根岸病院が慈恵医専の教育・研修病院を兼ねることとなっていた。一九三八年に火災により病院の一部が消失し、東京郊外に分院を作った。東京大空襲で本院が全焼したので、その後郊外にあった分院が現在の根岸病院となっている。慈恵医専の学生の教育を行っていたことから、根岸病院を母体として森田に学んだ精神科医らがつぎつぎに旅立っていった。前の項で森田は心理療法の実践、患者の自助グループを通じて森田療法が自分がいない場所でも行えるようにしたと述べたが、根岸病院を舞台に看護人、精神科医を教育したことによって、森田が亡くなった後も弟子の精神科医によって森田療法は実践し続けていくことが可能となった。

以上、森田正馬と森田療法について述べてきた。これまでの心理学史研究のように、豊富な文献にあたることはできなかったが、筆者は現代の臨床現場で患者さんと接しており、その経験を踏まえて心理療法についての検討を加えた。森田のような実践的な医師については、その臨床活動を検討することが最もふさわしいと考える。

第3章

小熊虎之助と変態心理学

小泉 晋一

小熊虎之助　1888-1978

わが国で心霊研究を貫いた変態心理学者

小熊《おぐま》虎《とら》之助《のすけ》は、大正期から昭和期にかけて活躍した心理学者である。一八八八（明治二一）年に新潟県柏崎で生まれ、一九一一年に東京帝国大学文科大学哲学科に入学した。大学では心理学を専攻して、卒業後は盛岡高等農林学校の講師を勤めたり、岩波哲学辞典の編集を行ったりと職をいくつか変えている。最終的には一九二一（大正一〇）年に明治大学の教授となり、一九五七（昭和三二）年に定年退職する。

戦後になって小熊は、臨床心理学が専門であると述べている（小熊虎之助『夢と異常の世界』小熊虎之助先生満八十歳祝賀会実行委員会、一九六九）。臨床心理学ということばは、戦前にはあまり使われず戦後に普及したものである。戦前は、変態心理学ということばが一般的であった。したがって戦前であれば、おそらくは変態心理学が専門であるといったであろう。臨床心理学が clinical psychology の訳であるのに対して、変態心理学は abnormal psychology の訳である。現在は異常心理学と訳される。臨床心理学と異常心理学と変態心理学とのそれぞれの違いを明確にするのは難しい。『誠信心理学辞典』(誠信書房、二〇一四)によれば、臨床心理学とは「心理的問題の解決や改善を支援する実践活動と、その活動の有効性を保証するための理論や研究から構成されている学問」である。すなわち、問題行動に対する心理的な実践活動に重点をおく。一方、異常心理学は「異常行動の原因探求を主要課題とする心理学の一分野」のことで、どちらかといえば心理的な実践活動よりも、異常行動の科学的解明に主眼がおかれている。次に異常心理学と変態心理学との違いであるが、戦前までは変態心理学と呼ばれ、戦後に異常心理学と呼ばれるようになった。しかし、これらは呼称だけの問題ではなく研究対象も異なっている。

日本で最初に大学で変態心理学の講義を行ったのは福来友吉《ふくらいともきち》であるが、在職期間が短かったこともあって変態心理学を体系化することはなかった。福来の後に、変態心理学の普及に尽力したのが中村古峡《なかむらこきょう》である。中村は一九一七年に雑誌『変態心理』を刊行し、一九二二年には『変態心理学講義』(日本変態心理学会)を著した。この中で中村は、変態心理学の研究対象を現代のことばで示せば①障害児心理学や犯罪心理学、②特殊な心理現象(夢や催眠)、③精神病理学、④心霊現象、⑤心理療法の五つに分類した。中村はティチナーの“A beginner's psychologyæ”を参考にしてこの五つに分類したようだが、実際にティチナーの本を調べてみると、ティチナー自身は心霊現象を研究対象には含めていない。心霊現象を変態心理学の範疇に入れたのは中村の判断であることがわかる。

一九一八年に、大日本文明協会からコーリアットの『変態心理学』の訳書が発行された。訳者は東京帝国大学で心理学を学んだ佐藤亀太郎で、序文は心理学者の金子馬治が書いている。心理学関係者が発行した本と考えてよいだろう。この本は、「潜在意識の研究」と「潜在意識の諸疾患」の二つの本篇と、「X光線的視力」という付録で構成されている。「潜在意識の研究」では「感情の分解」「フロイト氏の夢の説」「催眠」などの潜在意識に関係したトピックスがとりあげられ、「潜在意識の諸疾患」では「記憶喪失」「人格分裂」「ヒステリー」などのさまざまな精神疾患が紹介されている。これらはティチナーの分類とほぼ等しい内容である。

気になるのは、付録の「X光線的視力」である。X光線的視力とは透視能力のことである。この章では、透視などの心霊現象の実例が紹介されている。ここで問題なのは、原書には「X光線的視力」の章が存在しないことである。巻頭の例言を読むと、コーリアットの『変態心理学』にカッケンボスの『身体と精神』の中の一章を抄訳して付け加えたと書かれている。このようなことをすれば読者は、変態心理学という欧米の学問は、透視などの心霊現象を研究する学問だと誤解するであろう。逆に考えると、日本では心霊現象に関する研究を変態心理学の範疇に入れても違和感のない雰囲気があったと考えられる。

変態心理学の研究対象に心霊現象を含めたのは、それは福来友吉の影響が大きかったのであろう。福来は東京帝国大学で変態心理学を講じ、のちに心霊現象（透視と念写）の研究に没頭した。福来の活動を見れば、変態心理学とは心霊現象の研究をも扱う学問である、という図式が当時の人々の中にできてもおかしくはない。少なくとも大正期には、心霊現象を変態心理学の研究範囲に含めようとする考えがあったのは事実である。そして、戦後にアメリカから最新の臨床心理学や異常心理学の知識が伝えられ、変態心理学が異常心理学と呼ばれるようになった頃には、すでに心霊現象は研究対象から外されていたのである。

小熊には自宅に無料の心理相談所を設けて、心理療法を行っていた時期がある（小熊前掲書、一九六九）。また精神疾患や心理療法に関する論文も多数あるので、彼を臨床心理学者や異常心理学者と呼ぶこともできる。しかし、小熊が生涯をかけて積極的に取り組んだテーマは心霊現象の問題である。戦前には心霊研究に関する多くの論文や本を著し、戦後は日本超心理学会の会長に就任してこの分野の若手研究者を指導し育成した。前述のように、臨床心理学と異常心理学では心霊現象を扱わない。精神疾患と心理療法だけではなく、心霊現象までをも包含するのは変態心理学だけである。これらの広範囲な領域を研究した小熊は臨床心理学者や異常心理学者というよりも、変態心理学者と呼ぶのが最もふさわしいだろう。

小熊の心霊研究と心霊研究を取り巻く明治・大正期の心理学界

小熊が変態心理学者であったとすると、どのような研究業績を遺したのだろうか。彼の業績を調べてみると、大きく四つの領域に分類できる。一つは、ユングの著作の紹介である。日本で最初にユングの論文を翻訳したのが小熊である。二つめは、異常心理や心理療法に関する業績である。小熊には幻覚や精神的外傷、心理療法、アルコールの影響、民間療法、夢、潜在意識などに関する論文が多数ある。これらは、臨床心理学や異常心理学が扱うテーマである。さらに、無料の心理相談所を自宅に開設して催眠療法を行った。小熊は中村古峡や森《もり》田《た》正馬《まさたけ》とも交流が深く、大正期の心理学者の中では心理療法に関する知識と実践経験とが最も豊富であったと考えられる。三つめは犯罪心理学に関する業績である。一九二一年に犯罪心理学者の寺田精一が急逝したために、後任として憲兵練習所の嘱託教授に就任した。寺田の後を継いだために、犯罪心理学の研究にも着手するようになったのかもしれない。とくに戦後になってから、日本心理学会と日本応用心理学会とで犯罪心理学に関する発表をいくつも行っている。最後が心霊研究に関する業績である。『心霊現象の問題』（心霊学研究会、一九一八）などの著書の他に、「心霊現象研究の態度」（『内外教育評論』一二巻一二号、一九一八・二）などの論文が多くある。文献上の研究だけではなく、実際に交霊会に参加して霊媒の能力を検証することもあった。このときの小熊の研究方法は、福来のように能力者に寄り添って良好な信頼関係を築いたうえで行うのではなく、常に詐術の可能性に目を配り、その可能性を徹底して検証するという懐疑的なスタンスに基づいたものであった。

わが国では、小熊の前に福来が心霊研究を行っていた。福来は元良勇次郎《もとらゆうじろう》に指導を受けて、一九〇六年に催眠の研究で文学博士の学位を取得した。二年後の一九〇八年に東京帝国大学の助教授に就任する。大学では変態心理学を講じ、変態心理学者としての将来が嘱望されていた。一九一〇年になると、御船千鶴子の透視能力と長尾郁子の念写能力の研究を行った。御船千鶴子は熊本在住の二四歳の女性である。彼女の透視能力を実験してみると、密封した茶壺や木箱の中に入れた文字を見事に言い当てることができたので、福来はこの結果を世間に公表した。福来の研究は大きな反響を呼び、物理学者や生物学者などの他分野の専門家を招いての公開実験も行われた。

このときに問題とされたのが、御船千鶴子が透視をするときの方法である。彼女は人前で透視をすることができなかった。一人で別室に入らねばならず、しかも茶壺などの試験物を手に持ったうえで立会人に背を向けなければならなかった。福来はこの欠点について憂慮しており、学術的に価値のある実験をするためには、試験物に手を触れることなく透視ができるように彼女を少しずつ誘導しなければならないと考えていた（福来友吉『透視と念写』東京宝文館、一九一三）。本人にもそのことを伝えていたが、彼女は感情的にかなり不安定な性格だったようである。容易には自分のやり方を変えようとはせず、ちょっとしたことでつむじを曲げたり泣き出したりするので、そのたびに福来は彼女を宥《なだ》めたり励ましたりしなければならなかった。福来は彼女の機嫌をとるのにかなり苦労したようで、気分転換のために一緒に活動写真（映画）を見に行ったりもしている（福来前掲書、一九一三）。このように福来は、能力者の要求をできるだけ聞き入れるようにしていた。能力者と良好な関係を保ち、彼らが十分に能力を発揮することができるように努めたのである。この姿勢は、長尾郁子の念写実験のときにも認められる。

長尾郁子は四国の丸亀に住む三九歳の女性である。彼女は、立会人が目の前にいても透視や念写を行うことができたのだが、実験が始まるまでのあいだ、試験物を玄関の隣の部屋に置くように要求した。したがって実験者が長尾家の玄関を上がったら、すぐに隣の部屋に行って試験物を置かなければならなかった。その後に、離れにある客間に行って長尾郁子らと会い、世間話などをしてから実験が始まる。そのときに試験物を取りに戻るのだが、最低でも二〇分は経過しているので、そのあいだに念写用の写真乾板をすり替えるなどの詐術が行われる可能性が十分に考えられた。物理学者の山川健次郎らは、乾板を入れるための鞄や箱にさまざまな仕掛けを用意して、詐術を見破るための工夫を施したうえで実験に臨んだ。しかし、箱の中に肝腎の乾板を入れ忘れてしまったために長尾郁子を怒らせてしまい、実験は中止になってしまった。山川らの実験に参加した藤教篤と藤原咲平は、実験からほどなくして『千里眼実験録』（大日本図書、一九一一）を発行した。そして、長尾郁子の念写能力が限りなく疑わしく、詐術の可能性の入り込む余地が十分にあることを示唆した。

この二人の能力者の実験は大勢の学者やマスコミを巻き込んでの真贋論争に発展し、次第にスキャンダラスな様相を呈していった。そして『千里眼実験録』が発行される前に御船千鶴子が自殺して、発行直後に長尾郁子が病死し、この騒動も次第に終息していった。福来は二人の能力者を失ったために、しばらくのあいだは透視と念写の研究を行っていなかったのだが、高橋貞子という新たな能力者に出会うことによって、透視と念写の実在を確信するようになる。そして、一九一三年に『透視と念写』（東京宝文館）を発行するのだが、それがもとで東京帝国大学を退職させられたのである。

福来の処分は心理学界に大きな影響を与えた。まず透視や念写などの心霊現象に関する研究がタブーとなった。さらに、福来が専門としていた催眠や心理療法などの変態心理学に関連する研究が推奨されなくなった。一九一二年に元良勇次郎が死去してから、日本の心理学界を牽引したのが松本亦太郎である。松本は「事件によって失墜しかけた心理学教室の信頼回復をはかるべく、正常の方法による正常の現象の研究を奨励した」と述べている（松本亦太郎「学的生涯の追求（故増田惟茂博士の生涯と学説）」『心理学研究』八巻、一九三三）。事件とは、福来が引き起こした透視と念写にまつわる騒動のことである。この事件によって心理学は他の分野の学問から白眼視され、世間一般からは誤解を受けるようになった。その信用を回復するためにも、実験心理学が正統な心理学とみなされるようになり、変態心理学が排除されたのである。実際に、東京帝国大学では変態心理学の講座がなくなった。日本心理学会が誕生した一九二七年頃の心理学界では、「臨床心理学者が、一般心理学界から外道として白眼視される傾向」が非常に強かったと小熊は回顧している（小熊前掲書、一九六九）。福来の事件は、日本の臨床心理学を低迷させ発展を遅らせる結果にもつながったのである。

しかし福来が騒動を起こすまでは、透視と念写の研究が心理学者のあいだで批判されていたわけではない。福来が透視の実験を始める以前から、元良勇次郎も松本亦太郎も、さらには心理学以外の多くの学者たちも、必ずしも肯定的なスタンスからではなかったが心霊現象の研究をしていたのである。小熊によれば、日本で最初に不可思議な現象の研究を行ったのは哲学者の井上円了である（小熊虎之助『心霊現象の科学』芙蓉書房、一九七四）。井上は一八八四年に「妖怪学」の名のもとに日本で初めて理論的・科学的な妖怪研究に着手した。井上の研究は組織的でもあり、二年後の一八八六年になると哲学者の三宅雪嶺や物理学者の田中館愛橘らと「不思議研究会」を設立した。ちなみに英国心霊研究協会が設立されたのが一八八二年で、二年後には米国心霊研究協会が設立された。米国心霊研究協会には、ホールやウィリアム・ジェームズ、ボールドウィン、ジャストローなどの著名な心理学者が名前を連ねた。そして、ほとんどの心理学者はすぐに米国心霊研究協会から離れて、ジェームズを批判する立場にまわった。ジェームズは一八九四年に英国心霊研究協会の会長を務めるなど、批判を受けても心霊研究とかかわり続けた。

元良勇次郎も心霊現象には多大な関心を持っていた。宗教家の松村介石と英学者の平田金三とが一九〇八年に設立した心象研究会（心霊的現象研究会）の会員となり、第一回の会合に福来とともに参加している。六回目の会合では「心霊的現象研究に就て」という演目で、アメリカ留学中に実見したテーブルターニングや交霊会についての講演を行った。元良のもとで心理学の助手をしていた大槻快尊は、心象研究会に参加したときの様子を回顧している（大槻快尊「晩年の博士（四十二年から）」『元良博士と現代の心理学』弘道館、一九一三）。大槻によれば、ほとんどの参加者は神秘現象や奇蹟を信じて神霊力を認めていたが、元良は反対論者であった。しかし断定的に否定するのではなく、否定材料が揃うまでは保留にしておき、材料が揃ったときに初めて否定したようである。

心象研究会以外にも、元良はプランセット（専用の機器を用いた自動書記）の実験を行ったり、片田源七の仙術を見に行ったりしている。その中でもとくに興味深いことを大槻は証言している。それは、ある事物の観念を心に思い浮かべると、その心像によって網膜に変化が生じ、乾板に向かうとその像が撮影されるとある米国人が発表した。そこで元良はその現象を確かめるために、実際に実験を行ったのである。元良は不可能であると信じていたが、できないことを確信するために実験を行ったらしい。元良と大槻とは何日間か連続して暗室で実験をしたが、否定的な結果しか得られなかった。この実験が行われた時期は不明であるが、これは福来の〈発見〉した念写に似た現象である。福来の念写実験は、真偽はともかく、念じた像が乾板に現れていちおうは〈成功〉している。そのために、福来は世間に発表することができて世間から注目された。元良も念写と類似した現象を実験したが、不成功に終わった。そのために実験結果は公表されなかった。このように、世間に公表されることなくお蔵入りした実験結果は少なくなかったのかもしれない。

京都帝国大学文科大学教授の松本亦太郎は、仙人と自称する片田源七を大学に招いて、医科大学教授の今村新吉らとともに実験を行った。当時の『報知新聞』（一九〇九・一〇・一四）によれば、仙人の心身両面を研究するために片田の身体に電流を流したそうである。最初は微弱な電流であったが、少しずつ電流を強めていった。最初のうちは気合を掛けて堪えていたが、研究の趣旨がきちんと説明されていなかったようで、やがて「学者共を片っ端より叩き切って呉れん」と猛り狂いだしたので宥めるのに苦労したと書かれている。そして、普通の人でも気絶する強度の電流に堪えることができたのは旺盛な精神作用によるものだが、山中で仙術を授かったというのは精神病的な幻覚にすぎないという結論を出した。

このときに松本の共同研究者であった今村は、のちに福来と共同で御船千鶴子の透視と長尾郁子の念写の実験を行うようになる。心理学者だけでなく医学者も不可思議な現象に興味を持ち、研究を行っていたのである。松本も長尾郁子の能力に関心を示し、京都帝国大学文科大学三年生の三浦恒助を長尾郁子のもとに派遣した。その後、三浦は福来と今村の共同研究を横取りするかたちで研究成果を発表して、福来らと一悶着を起こす。これは福来・今村と松本がバックについている三浦との先陣争いと考えることもできよう。最終的には、三浦は長尾家を出入り禁止となり、実験を継続できなくなる。そのために福来や長尾家に遺恨を持ち、福来の実験に対して妨害的な活動を行った（寺沢龍『透視も念写も事実である』草思社、二〇〇四）。話が少し逸れたが、元良も松本も心霊研究を行ったのは事実であり、福来だけが特別なわけではなかった。当時の日本も欧米と同様に、心理学者を含む多くの学者が心霊研究に巻き込まれたといえる。このような混沌とした時代に、小熊は東京帝国大学に入学して心理学を学んだのである。

福来批判にみる小熊虎之助のスタンス

小熊が東京帝国大学に入学したのは一九一一年で、御船千鶴子と長尾郁子の実験はすでに終わっていた。大学では福来の変態心理学を受講したものの、講義には「超心理学は全く含まれて」おらず、福来の「超能力者中心の超心理学実験会」には一度も参加しなかったと回想している（小熊前掲書、一九六九）。参加しなかった理由について「最初の実験会時代」が入学以前にあったことと、「入学及び卒業以後も、先生との親しみがずっと薄かったため」であると述べている。入学前の「最初の実験会時代」とは御船千鶴子と長尾郁子の実験のことで、在学中には高橋貞子の実験が行われ、卒業後には三田光一の念写能力が研究対象となった。

気になるのは、福来に対して「先生との親しみがずっと薄かった」と述べていることである。小熊の卒業論文は「ジェイムズの心理学及哲学に就ての研究」であり、実験心理学が専門である松本亦太郎よりも、ウィリアム・ジェームズの翻訳書を何冊も出している福来の研究テーマに近い。卒業後には「異常心理や臨床心理」に興味を持つようになり、『夢の心理』（越山堂）を出版した一九一八年頃には「超心理学」に興味を持つようになったと述べている。福来の専門領域に関心を持っていたにもかかわらず、小熊は福来に接近して教えを乞うということはしなかったのである。むしろ福来を激しく批判して、福来の研究を徹底して否定したのである。

小熊ほどではなくても、他の心理学者たちも福来を批判したのは事実である。とくに一九一八年の『心理研究』一三巻には、福来主催の三田光一の念写実験を批判した論文が九本も掲載された。これは異例の多さである。その中でも、本田親二の「三田光一氏の念写に就て」（『心理研究』一三巻第四冊）では、三田が念写に使う乾板をすり替えたことが報告された。福来にとっては、この三田光一の実験が致命傷となった。東京帝国大学の職を失っても、福来にはまだ研究を発表する場が残されており、心理学者としての活動を続けることが十分に可能であったが、三田の実験に対する批判が高まることによって、居場所を追われる結果になったと考えられる。一九二〇年以降は心理学界との交流を絶ち、心霊研究に没頭するようになる。そして福来が去った後の心理学界は、実験心理学が優勢となる時代が続くのである。

福来が心理学界を去った後も、小熊は心霊研究を続けた。当時の心理学者の中ではかなり異質な存在であったはずである。しかし、福来のように心理学界から排除されることはなかった。その証拠に、松本亦太郎の喜寿記念論文集には小熊の論文が掲載されている（小熊虎之助「学生より見たる学生の犯罪」『松本博士喜寿記念 心理学新研究』岩波書店、一九四三）。戦後には日本応用心理学会の名誉会員にもなっている。したがって、心理学界の一員として認められ、相応の地位を保っていたといえる。小熊が心理学者としての地位を維持できたのは、心霊研究だけではなく犯罪心理や精神疾患などに関する幅広い業績があったことと、心霊現象に対して徹底的に懐疑的な姿勢を貫いたからであろう。この姿勢は福来に対する激しい批判にも現れている。

一九二七年一〇月に発行された雑誌『科学画報』（九巻四号）は「精神現象の驚異号」と題され、福来友吉をはじめ小熊虎之助や中村古峡、浅野和三郎らが執筆した。福来は「神通力の存在」という記事を執筆して、念写の実験と海外の幽霊写真とを肯定的な立場から紹介した。それに対して小熊虎之助は「幽霊写真の真偽」という記事の中で、これらを詐術によるものとしてことごとく否定した。そして、念写は物理学者の山川健次郎によって「全くの詐術であることを宣言せられた」と断定した。実際には、山川は念写が詐術であるといったことはないのだが、小熊が過去に何度も同様の言動を繰り返していたので、ついに福来は山川に確認の手紙を送った（福来友吉「長尾夫人の為に冤を雪ぐ」『心霊と人生』五巻二号、一九二八）。山川からの返事には、肯定も否定もしておらず、今までに否定的な見解を発表したことはないと書かれていた。そこで今度は小熊に手紙を送って問いただしたところ、小熊は「粗相不用意の為め」に間違ったことを書いたと弁解し、「詐術であることを宣言せられた」を「詐術の疑の十分なることを宣言された」に改めたいといってきた。福来は「小熊君は憶断の為めに事実無根の虚事を、数年間天下に言い触らして、数万或は数十万の読者を惑わした。学者として慎むべきは憶断である」と非難している。

小熊による福来批判は『心霊現象の科学』（芙蓉書房、一九七四）の中にも見られる。そこでは、福来が行った透視と念写の実験について、実験手続き上の不備を厳しく指摘した。そして不備だらけの実験のために、詐術の入る余地が十分に認められ、学術上の価値があるとはいえないと強く批判した。小熊によれば、西洋では霊媒の詐術が露見した例が多い。西洋の例からわかるように常に詐術の可能性を警戒しておく必要があり、透視や念写を検証するためには、厳密な統制下での実験を行わなければ意味がない。たいていの霊媒は実験上の制約を嫌い、人前では能力が発揮できないなどとさまざまな要求を実験者に突きつけてくる。こういった場合には、ある程度は彼らの要求を許容せざるをえないのだが、その代わりに、山川健次郎が長尾郁子の実験で試みたように、詐術を見破るための工夫を秘密裏にでも施す必要があると述べている。この記述からもわかるように、小熊は福来とは正反対のきわめて懐疑的なスタンスで心霊研究に臨んだのである。福来と同じ轍を踏まないためにも、そして福来と同類とみなされないためにも、福来を徹底して批判する必要があったのかもしれない。

小熊は、とくに念写や物体の移動、物品引き寄せのような物理的な心霊現象に対して否定的であり、ほとんどが詐術によるものと考えていたようである。『心霊現象の科学』を読むと、西洋では霊媒の詐術に翻弄された学者が何人もいたことがよくわかる。日本でも霊媒が詐術を使うことが少なくなかったようで、小熊が詐術を暴いた例もある。一つは、一九二七年に心霊科学協会の浅野和三郎が主催した物品引き寄せの実験である（小熊虎之助「或る心霊能力の実験とその詐術」『脳』一二号、一九二七）。品川守道という御嶽行者が空中から宝剣や古鏡を取り寄せるということであったが、ボディチェックをしてみると服の中に鏡と仏像とを隠し持っていた。行者は狼狽してお守りとして身につけていただけだと弁明したが、結局、物品取り寄せには失敗した。

もう一つは、亀井三郎という物理霊媒の交霊実験である（小熊虎之助「或る心霊現象の実験について」『速水博士還暦記念 心理学哲学論文集』、一九三七）。暗室内で亀井の身体を縛り椅子に固定して、周囲に人形やラッパなどを置いておくと、やがて霊が現れてラッパを吹いたり人形を動かしたりした。この交霊実験に立ち会った小熊は、おそらくは亀井が縄抜けをしていると考えた。そこで手錠の使用などのいくつかの条件を亀井本人に提示したところ、意外にもすべての条件が承諾されて、数日後に再実験をすることになった。実験の当日、小熊は憲兵練習所から手錠を借りて会場に赴いたのだが、開始時間直前になって、亀井から母親が急病で実験を延期にしたいという電話がかかってきた。その後、亀井からの連絡はまったくなかったという。この実験では、亀井が縄抜けをしている現場を見つけたわけではないが、手錠では具合が悪かったのだと解釈できよう。

晩年の小熊と超心理学

実験心理学が主流であった大正期から戦前にかけて、変態心理学は「一般心理学界から外道として白眼視される傾向」にあったが、戦後になってアメリカから臨床心理学が移入されると心理学界の様子も少しずつ変わってきた。臨床心理学は心理学の一分野として認められるようになり、一九六四年には日本臨床心理学会が設立された。戦後アメリカから日本に入ってきたのは臨床心理学だけではない。超心理学も入ってきた。超心理学は心霊研究が発展したものであるが、心霊研究とは方法論が大きく異なっている。超心理学では一般人を対象にして、科学的に十分に統制された厳密な条件のもとで実験が行われるようになった。そして研究対象を心霊現象とは呼ばず、超常現象と呼ぶようになった。超常現象とは、超感覚知覚や念力などの既存の科学的知識では説明できない現象のことと考えられた。

終戦直後の日本では、浅野和三郎の心霊科学研究会の流れをひく日本心霊科学協会（一九四六年設立）が活動していたが、あくまでも旧来の宗教的な色彩が強く、必ずしも純粋な学術的研究を行っているわけではなかった。東京帝国大学で心理学を専攻した大谷宗司は、わが国にも超心理学に関する学術研究団体の必要性を感じて、一九六三年に恩田彰らとともに日本超心理学研究会を設立した。このときに、大谷らが指導を仰いだのが小熊である。当時の日本には、心霊現象に関する豊富な知識と研究業績とを持ち、霊媒と渡り合うような実践経験のある心理学者は小熊以外にはいなかったのである。小熊は、超心理学の研究指導ができる日本では唯一の心理学者であった。日本超心理学研究会は五年後に日本超心理学会となり、小熊が初代会長に就任した。晩年は、日本の超心理学者の育成に力を注いで、八〇歳を越えても月例研究会や年次大会には必ず出席して後身を励まし続けた。そして一九七八年に九〇歳で逝去するまで、日本超心理学会の会長を務めたのである（大谷宗司「小熊先生と日本の超心理学」『パラサイコロジーニュース』二七号、一九七九）。

おそらく超心理学は、現在の日本の心理学界では、ほとんど認識されておらず心理学の枠外とみなされている。たとえ小熊のように懐疑的なスタンスで研究を行ったとしても、あまり好意的な眼差しは向けられないだろう。小熊は、戦前には変態心理学という主流からは外れた分野の研究を行い、戦後には臨床心理学ではなく、超心理学というさらに逸脱した分野に関与した。また、心霊現象（超常現象）には懐疑的なスタンスを貫いたので、福来のように世間の耳目を集めるような〈発見〉をすることもなかった。そのために小熊はほとんど忘れられた存在となっている。しかし、わが国で初めてユングの論文を紹介したことや犯罪心理学の先駆的研究を行ったこと、戦前に心理学者として心理療法の研究と実践とを行ったことなどは、再評価するべき重要な業績である。もしも今後、超常現象が認められ超心理学が心理学の一分野として市民権を得るようになれば（その可能性は低いだろうが）、心理学史の中での小熊の位置づけは福来とともに大きく変わるであろう。

コラム①〈変態心理〉的美術あれこれ

古川裕佳

雑誌『変態心理』は心理学、精神医学、犯罪学、人類学、文学、社会心理学……と多様な切り口から〈変態心理〉なるものを描こうとした。芸術方面とのかかわりについては、和田桂子「変態心理学と文芸批評」(小田晋(他)編『変態心理』と中村古峡』不二出版、二〇〇一)が、大槻憲二の『精神分析』(一九三三~七七)と比較しながら、『変態心理』を文学と心理学の蜜月期の雑誌として位置づけ、文芸記事から、ロンブローゾなどの〈天才〉言説の影響関係、精神分析的批評の萌芽を読み取っている。ただしざっと見たところ『変態心理』における〈文学〉は視覚芸術・美術よりも、言語芸術・小説に重きをおいているようだ。とはいえ〈変態心理〉的なものが美術に影響しなかった、美術が〈変態心理〉を描かなかったということではない。ここでは、雑誌『変態心理』およびその周辺から美術につながるトピックを拾い出し、一九一〇~二〇年代(大正から昭和初期)にかけての美術シーンの〈変態〉的側面に光を当てる可能性を探りたい。

『変態心理』と裸体美術

ヒロミ生(北野博美)による「裸体画を眺めつゝ(性的現象の一観察6)」(『変態心理』一九一九・八)は裸体の価値を認め、裸体画を眺める心理について、それが自然崇拝と美への感性に基づくものであるとしている。

北野はまず、裸体の美とその芸術性について、猥褻から差異化することによって芸術としての価値を擁護している。この論法は、同時代の日本の美術界の、裸体画をめぐる事件(渡辺省亭による山田美妙『胡蝶』(一八八九)の挿絵「裸胡蝶」が起こしたスキャンダル、黒田清輝の『朝妝』(一八九五)の展示をめぐる議論、同じく黒田の『裸体婦人像』(一九〇一)展示の際の有名な「腰巻事件」、オーギュスト・ロダンの裸体画を表紙に用いた水野葉舟『おみよ』(一九一〇)の発禁)などで用いられた芸術と猥褻の分離をめざすレトリックと重ねることができるものだ。

見所は後半の、裸体そのものについての考察である。「人類の最原始時代に於ける生活が純裸体の生活でなかつたことはいふまでもない」が「ダーキンの説によると、原始時代の男子が最も希望したものはなるべく毛の少ない女子で、現今に於ても女子が男子に比して毛の少ない理由は、この自然淘汰の結果である」とか、「人類の衣服の起源は、それを発生史的事実によつて見ると、二つの異つた感情の所産」であり、それは「いづれもが生殖器を中心とせるものであつて、一つはこれを掩はんとして用ひられたものであり、一つはそれの反対に飽くまでも対手の注意をこゝに誘引せんとして考案されたものである。而して道徳と羞恥心との発達は、共にこの二つの感情を助成」して「進化」させたのだという。北野は結論する。「芸術としての裸体を神聖と感じ得る人は、人そのものゝ裸体に対してもこの感を起すやうになりたい。また性欲そのものに対しても同じ神聖を感じ得るやうにまで進むことが必要である」。こうして、ダーウィン進化論や「土人」の事例に言及しながら、裸体そのものの意味を科学と人類学で解説したうえで芸術に接続するところに『変態心理』的な独自性があるように思われる。

また裸体美術をめぐっては関連雑誌『変態性欲』に、田中香涯「性的方面より見たる裸体美術」（一九二二・一二）があり、またこの論に対して行われたアンケート「裸体美術と性欲」への回答が『変態心理』（一九二三・四、五）に掲載されている。田中香涯の論は、北野博美と重なる部分も多いが、裸体美術が性欲を刺激するメカニズムをより詳細に確認し、それが本能に結びつくがゆえに芸術に対しても「監視と取締」の必要があると述べたものである。これに対してアンケートは恩地孝四郎、倉田白羊、椿貞雄、安井曾太郎など総勢二七名からの回答を二回で掲載しており、「大体に於てお説結構だと思ひます」（津田青楓）のように気のないものから、大真面目に裸体美術取締批判をするものまでさまざまだが、むしろ「美術界諸家」からこれだけの回答を集めたところに変態と美術の接点としての意義を認めることができよう。

モダニズム、ダダ、村山知義と『変態芸術史』

モダニズム美術と変態との関係を語ったものとしては、村山知義『変態芸術史』（「変態十二史」二巻、文芸資料研究会、一九二六）が見逃せない。これは村山のはしがきによれば「本書の第一編はエドウアルド・フックスの「性的芸術史」に依つたものであり、第二編はウヰルヘルム・ミヒエルの「芸術に於ける悪魔的及びグロテスクなもの」に依つたものである」「私が本書で企てたことは、前記の二著を出来るだけ簡明に正確に紹介することであつて、その間私自身の意見は少しもさしはさまなかつたことを知つて置いて頂きたい」と断っているのだが、挙げられた作品から何が変態芸術なのかという基準が見えてきて面白い書物である。性的な美術ではビアズレーと並べてカリカチュアや猥画も検討の対象にとりあげている。そしてまた、悪魔的美術の方ではムンクなどの心理的恐怖もそこに入れているのだ。そして何よりモダニストでダダイストの旗手・村山知義が〈変態芸術〉の巻を担当しているという事態が興味深いものであるといえよう。

このダダイズムについては森洋介によるコラム「ダダイスト新吉の来訪」（小田（他）前掲書、二〇〇一）で、『変態心理』と高橋新吉の関係が紹介されている。高橋は長編小説『ダダ』（内外書房、一九二四）を出版しているが、その原稿を一度杉田直樹経由で『変態心理』に持ち込んでおり、狂気の材料として掲載される可能性もあったのだという。『変態心理』的にはこれは一つの症例として読みえたのだろう。文学的には一人称の告白体による『ダダ』は前衛芸術というよりも、むしろ典型的な私小説として読むことができるのだが、換言すれば、『変態心理』の告白記事の中にはさまざまな前衛芸術や文学の可能性があったのである。

以上、『変態心理』周辺の美術関連記事からは、美学、人類学、性欲学など学問の系統の中に変態的美術を定義し位置づけようという動きと、一方、同時代の前衛芸術との関係の中でこれをとらえようという動きとを見ることができる。こうした身体と近代と科学とをつなぐところにもっと多くの〈変態美術〉を発見することも可能であろう。

第Ⅱ部

膨張する〈変態〉

変態心理・変態性欲・霊術

第4章

変態《メタモルフォーゼ》する人・中村古峡——結節点としての『殻』

佐々木亜紀子

中村古峡　1881-1952

変態《メタモルフォーゼ》する人

中村《なかむら》古《こ》峡《きょう》（本名：蓊《しげる》。一八八一～一九五二）は、夏目漱石に師事した小説家であり、精神を病んで入院した中原中也を診察した医師である。だがその二点をもって古峡を定義するのはふさわしくない。すでに曾根博義らが実証的研究（「中村古峡　年譜」『『変態心理』と中村古峡——大正文化への新視覚』不二出版、二〇〇一など）で明らかにしたように、古峡は紆余曲折の人生を送った。

古峡は現在の奈良県生駒市に生まれたが、父が政治活動で家産を失い京都に転居した。そこで杉村楚人冠（本名：広太郎。一八七二～一九四五）の知遇を得、父亡きあと京都府立医学校を退学したのち楚人冠を頼って上京した。一九〇〇（明治三三）年に第一高等学校に入学し、森田草平（本名：米松。一八八一〜一九四九）らと同級になった。ともに一九〇三年に東京帝国大学文科大学に入学し、ロンドンから帰国した夏目金之助（のちの漱石）の講義を受けた。

大学卒業後、もともと楚人冠を通じて仏教清徒同志会の『新仏教』の編集などに携わっていた古峡は、その楚人冠の紹介で東京朝日新聞社社員となるが、一方で漱石に師事して小説家をめざし、『朝日新聞』に小説や翻訳などを掲載した。長編小説『回想』と『殻』とが『東京朝日新聞』に掲載されたのも漱石の推挙であった。

古峡は学生時代からしばしば漱石宅を訪れ、金銭的援助を含めた個人的なかかわりを持っていた。一九一一年一一月二九日、漱石の五女ひな子が急死したときにも、古峡は偶然夏目家にいた（「日記一〇」一一月二九日の条を参照。『漱石全集　第二十巻』岩波書店、一九九六）。漱石はそれを材にして『彼岸過迄』の「雨の降る日」を書いている。

一九一三年に『殻』の単行本化の際、序文の依頼をめぐって漱石とは齟齬があり、その関係には距離ができたといわれる（曾根博義「異端の弟子——夏目漱石と中村古峡（下）」『語文』一一四輯、二〇〇二・一二など）。だが漱石門弟の代表格である森田草平と晩年まで懇意でもあったし、一九一五年には草平らが中心になって出版した『孤蝶馬場勝弥氏立候補後援——現代文集』（実業之世界社）に、漱石、草平、鈴木三重吉、小宮豊隆、野上臼川（豊一郎）、野上彌生子らとともに名を連ねている。そして、同年および翌年に漱石に小説を送って新聞掲載の依頼もしている。これらから考えれば、古峡は確かに漱石の「弟子」といえるだろう。だがいわゆる〈漱石山脈〉〈漱石グループ〉といわれる弟子たちの中に入れられることはない。それは先述した古峡の紆余曲折の人生にもかかわるだろう。曾根が命名した漱石の「異端の弟子」とは、漱石と古峡との関係を的確に表している。

漱石没後、古峡は出版人としても活躍（小田光雄「古本屋散策6　中村古峡の出版」『日本古書通信』八七八号、二〇〇二・九）しつつ、変態心理研究家として「日本精神医学会」を設立して『変態心理』を発行し、精神病治療院を開くかたわら、四〇歳を過ぎてから正規の医学教育を受けて医師免許を取得し、現在の中村古峡記念病院の基礎を作った。

以上のように中村古峡は、ジャーナリスト、出版人、翻訳家、小説家、変態心理研究家そして病院経営者、精神科医へと転身を重ねる生涯を送った。彼の個性は、まさにこの転身にある。昆虫が幼虫から蛹を経て成体となる〈変態〉になぞらえることもできよう。しかし幾度かの〈変態〉の中でもその結節点に位置するのが『殻』である。本論では『殻』の前作『回想』を対比的に読んだうえで、『殻』の考察を進めたい。

抹殺された小説『回想』

先述したように古峡の長編小説『回想』（『朝日新聞』一九〇八・九・一〇〜一二・二。引用は初出による）は、漱石の斡旋で『東京朝日新聞』に掲載された。だが、島崎藤村の『春』に続く欄ではなく、武田仰天子『勘左衛門』に続く時代小説欄での掲載であった。過剰なほめことばや励ましを漱石から受けたようだが、『回想』は〈家庭小説〉の価値観を抜け出るものではなかった。

紅野敏郎によれば、単行本化は予告のみで、結局出版されなかった可能性が高い（「中村古峡」『国文学解釈と鑑賞』六五巻六号、二〇〇〇・六）。漱石の激励にもかかわらず不評だったためか、古峡自身ものちに出版する『殻』を「処女作」（「私の苦学時代」『文章倶楽部』二巻九号、一九一七・九）とし、『回想』は抹殺されている。しかし、この小説にはその後の『殻』や『変態心理』を射程に入れた場合、注目すべき点がいくつかある。以下にそれを素描きしたい。

『回想』は一言でまとめれば、医科大学三回生の「遠賀修一《をかしういち》」の淡い恋愛譚である。主人公遠賀は苦学のために路頭に倒れていたところを、病院で助けられてそのまま書生として大学に通い、貧困のために休学している身

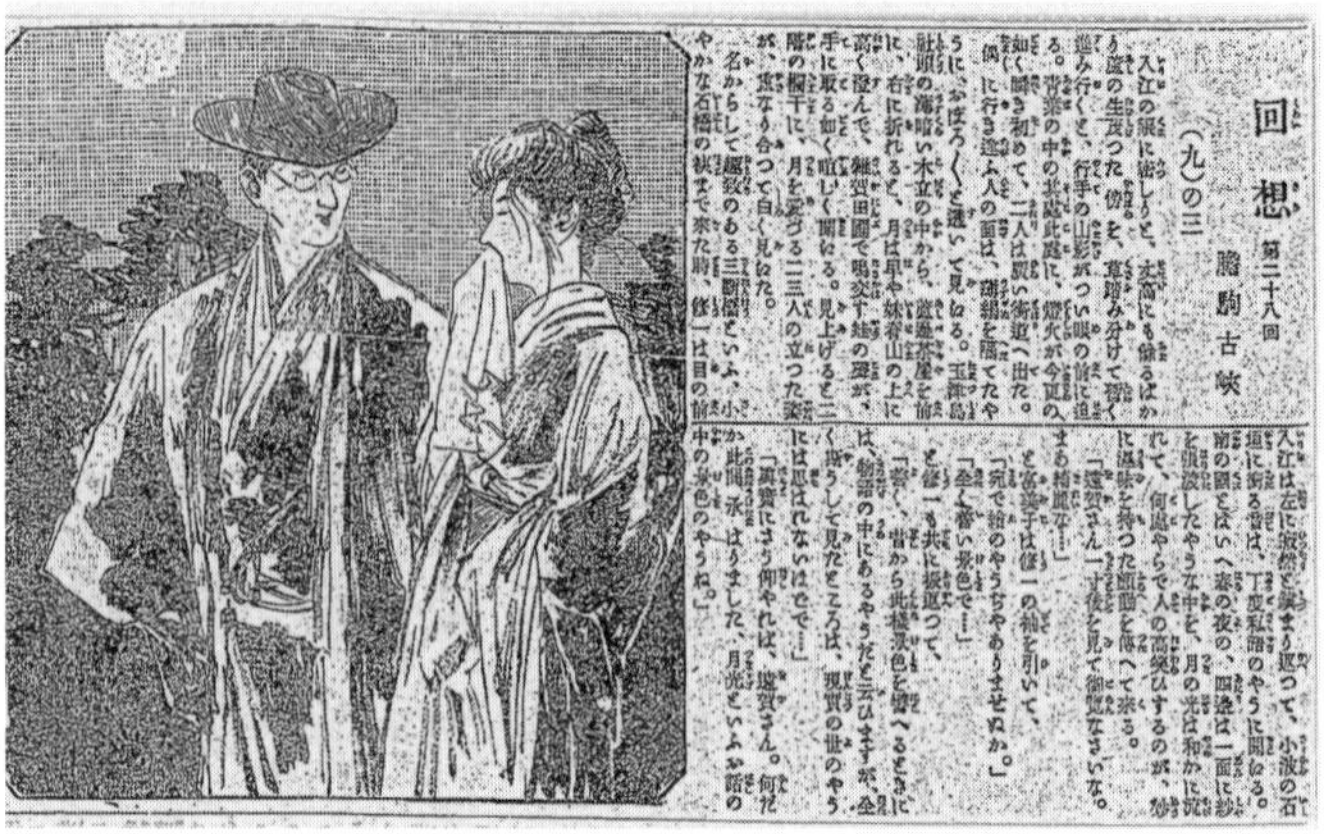
回想《くわいさう》 第二十八回 朧駒古峡

（九）の三

中村古峡『回想』が連載された『朝日新聞』の紙面

である。つまり『殻』と同じく、帝大生の〈苦学小説〉なのである。そして、その遠賀が恩人の実家菱山家で富美子と出会い、相愛の仲になるのだが、富美子は次第に「悲愁に沈」み「折々鬱ぐ」「病気」といった不審な行動を繰り返すようになる。他にも、遠賀が行った高野山の宿坊でも「脳病」のような「青坊主」が登場する。つまり、広い意味での精神的不調、いいかえれば『変態心理』で対象にした症例が描かれているのである。

しかしながら、『回想』では、病者をめぐる扱いが『殻』とは異なっている。たとえば、高野山の「青坊主」は、遠賀と同じように路頭で倒れ、高野山の住職に救われて、その後高野山で修業したという、いわば遠賀の陰画のような人物である。その「青坊主」は将来のために東京へ出たいと遠賀に相談するが、遠賀は思いとどまらせる。そしてその経歴に遠賀は自己を重ねつつも、「あの弱々しい身体で何が出やう。〔中略〕可哀さうな男だが、仕方がない」とし、翻って自分は「仰ぎ見た大学の高かつた課程も僅か一年半の後には、既に其を終るべき今の我身ではないか。否、まだ此の外に、もつと大きな歓喜がある。〔中略〕富美子の愛を得てゐる！」「自分は実に幸福者だ」と、一人悦に入ってしまう。つまり「青坊主」は遠賀にとって、自分の優越を確認する〈他者〉にすぎないのである。

また、富美子の「悲愁」の原因は、「それ者」あがりであった「母の血をうけた」ことや、ある男にかつて「身を寄せた」ことがあったという「過失《あやまち》」「此身の汚れ」とされ、遠賀は富美子との縁談を断るというストーリーになっている。女性の精神的な疾患が、過去の秘密に起因し、それが暴露されることで堕落の徴として刻印されるというのは、当時の深刻小説や悲惨小説にありがちな懲罰的ストーリーといえる。そして、一〇年後を描いた「結末」の章では、菱山家を再訪した遠賀が、その後の富美子の写真を見ることになる。そこには「浮世の旅に疲れた人の老様《ふけやう》」で、「幸福でない」のが明らかな富美子の姿があった。詳細は語られないものの、最初の結婚も「不縁」となった富美子を、叔母は「悉皆《みんな》自業自得」と断罪する。いわば〈家庭小説〉らしい教訓譚となっているのである。

主人公遠賀は、富美子の「悲愁」を処女性にかかわる遺伝や成育歴でしかとらえていない。苦難の末に成功をつかみつつある遠賀からは、「青坊主」の「脳病」も富美子の「悲愁」も、同情以上の感情は持ちえない劣位の病でしかないのだ。逆境から苦学して「貧民の施療に従事」するのを夢見るヒーロー遠賀の人物造形に、ある種の破綻が生じているともいえよう。特権的な男性主人公の偏見を相対化する視点が『回想』には欠落しているのである。

『回想』と併載された漱石の『三四郎』も、主人公が帝大生という点では同じである。だが『三四郎』には東京での豊かな学生生活や知的交流が描かれ、主人公の未熟さは批評的に眺められる。また『回想』では富美子を「結末」として不幸の中に閉じ込めてしまうが、『三四郎』のヒロイン美禰子は、最後まで謎の女性として、「Stray sheep」ということばを残したま去ってゆく。そして『三四郎』の後に掲載された森田草平の『煤煙』では、耳目を集めた〈恋愛事件〉が描かれた。「清怨の恋」に終わる『回想』は、これらとは比ぶべくもない作品だった。

『殻』の構造

『殻』は『回想』の約四年後に、同じく夏目漱石の斡旋で『東京朝日新聞』に掲載された。今度は時代小説の掲載欄ではなく、正宗白鳥『生霊』の跡を継いだ欄であり、『殻』の後には夏目漱石『行人』が続いた。掲載期間は明治天皇崩御の四日前一九一一年七月二六日に始まり、一二月五日までの一一三回である。

掲載期間は四カ月以上にわたるが、小説の時間は主人公神田稔が帰郷した数日間の出来事にすぎない。稔の「長い、惨《いた》ましい追想」（引用は『編年体大正文学全集　第二巻』ゆまに書房、二〇〇〇による）が小説の半分近くあり、「追想」前後の数日の物語現在は、いわばその外枠になっている。「追想」は概説すれば、精神病院に入院中の弟為雄の病状の進捗と、それにともなう家族の苦闘である。

為雄は古峡の実弟義信がモデルになっており、『殻』は発表当時からもっぱらその精神病を中心に読まれてきた。たとえば「狂人になるまでの経路は、如何にも真実を伝へて、奕々と人に迫る処がある。〔中略〕一個の痛ましいヒユーマン、ドキユメントとして最も価値がある」（安倍能成「『殻』を読む」『新小説』一八年九巻、一九一三・九）など、〈狂気〉の「人間の証券」（生田長江「序」『殻』春陽堂、一九一三）としての評価が高い。だが本論では、描かれた内容ではなく、小説の語り方に注目し、どのような構造で描かれているか、それがどのように読者を導いてゆくのかという点と、精神病者をめぐる状況に重心をおいて検討したい。

まず冒頭は、主人公稔の帰郷から、「くすんだ母の一生」が語られ、読者を母お孝への同情へと誘う。「幼少の時より継母にかか」り、結婚後も「不羈狷介な性」の夫に苦労し、神田家の「大きな家屋敷が人手に渡」って、「世間の嘲笑と侮蔑」を受け、その上夫の蕩尽と死没で、四人の子どもを抱えて、「一心に神仏を頼」みながら暮らし、昨年には剃髪までしたという。

稔にとって帰郷は、母の剃髪以外にも、「惨《いた》ましい追想」を呼び起こす事柄に充ちていた。妹浜江から聞かされる弟為雄の幻覚の話と母が望む一心院という尼寺の所有の難しさ。そして「厳《いかめ》しい鉄格子」で「高過ぎる」窓のある納屋、為雄が買ってきたという「稲荷社《いなりさん》」、生活の困窮、勤務する新聞社からの辞職、もはや重荷でしかない地縁社会。加えて大阪の親類間宮からの「至急籠にて病人を迎ひに来い」とだけ書いた金銭トラブルを匂わす葉書。それらはすべて、精神病になった為雄にまつわる一家の抱える問題であった。『殻』はその内実を稔の「追想」として延々と語っている。

初出掲載の八月三日に間宮からの葉書をとりあげたお孝は、稔の追想部をはさんで、一〇月二日に「お孝はまだ間宮の葉書を手にしたまゝ」とされる。ほぼ二カ月にわたる実に「長い、惨ましい追想」を中心に据えた構造なのである。

未解決小説としての『殻』

追想部以後は、外枠の時間に戻り、「祥雲寺へ遣られ」た末弟治や妹浜江の将来に見通しがなく、稔自身の体調不良と生活の目途が立たない不安など、重なる難問が綴られる。そのうえで為雄の退院を迫られ、恩人の鈴木に「今夜又宅でゆつくりお話を伺ひませう」と慰められるが、そのことばも宙づりのまま小説は終わる。小説冒頭の諸問題、すなわち母の望む一心院所有も、金銭問題も、稔の前途にもまったく進展がなく、何より精神病になった為雄の処遇についてすら解決策は提示されない。いわば『殻』は未解決の小説なのである。

年譜によれば、モデルとなった古峡の弟が死去したのは一九〇八年七月であるが、古峡が朝日新聞社を退社したのは二年後の一九一〇年四月である。『殻』で主人公が、金銭工面の見通しが立たないままに新聞社を辞めているという点は、事実の改編である。小説上、家族の経済的問題がより深刻な状況に設定されているのだ。むしろそれはこの一家の苦闘を倍加させる効果がある。

時間の推移も問題の解決もないまさに「無解決の文学」（片山天弦『早稲田文学』二二号、一九〇七・九）ではある。その点、前作『回想』とは異なっている。『殻』は深刻な状況を作り出し、容易な解決を拒む点で、のちの『変態心理』へとつながっている。たとえモデルの弟の死去によって一つの結末を見た現実があったとしても、精神病を取り巻く問題は未解決のままである。小説上の未解決は、弟為雄の精神病を取り巻く問題の未解決とのアナロジーとなって、古峡を変態心理研究へと駆り立ててゆくのだ。

「追想」で語られた病状

為雄の精神疾患の病状は、稔の「追想」で語られる。そこではまず「何故《なにゆゑ》に為雄はあんな病気になつたのだらう」という疑念から始まり、前半部はおもに為雄の気質的な欠陥が明かされる。態度の粗暴さや「堕落」、禁煙できない意志の弱さや、怠慢な生活態度などが強調されている。そして「追想」の後半では、三カ月の入営を終えた為雄に変調が見られるようになる。入隊中「古兵の無法な虐待」を受けたことから「義憤的の感激」で興奮するようになったのだ。そして周囲の戸惑いをよそに、仕事を辞めて帰郷してしまう。兄稔からは、判断力の欠如、人間関係の不調とも解釈されたが、その頃から精神に平調を欠く様子が顕著になり、帰郷ののちは病状が悪化してゆく。陰鬱、消沈、幻視が始まり、不眠、被害妄想、集中力の減退、認知力の低下、大食、幻聴、果ては母や妹弟への暴行へと激化していったと「追想」にはある。

この間、母は為雄に振り回されながら、つぎつぎに病気を治すための方策を試すが、すべては甲斐なく終わる。近隣の川瀬医師から薬を処方してもらい、村人に援助を依頼し、介助者を雇い、あるときは妹と縄で拘束し、果ては「稲荷下し」や文房具の「小商売《こあきない》」を提案したのである。そして母はついに「塩断」をし「尼になりたいと云ふ決心を益《ます》固く」するようになったという。「約一年に亙る」これらの苦闘は、その先に続く「愈入院と事の定《きま》つた」のを余儀ないことと読者に納得させる。

最初の「何故に為雄はあんな病気になつたのだらう」という問いには、本人の気質と「不愉快な軍隊生活」が「起因」とされ、「前世の悪報《むくい》」といった観念は否定的に描かれている。そしてそれは、家族の必死の努力をもってしても阻止することのできない不幸であることが印象づけられる。

「追想」の偏向

しかしこの稔の「追想」部には、視点を踏み外した部分がいくつかある。たとえば、次の場面。

彼〔為雄：引用者注〕の心では、〔中略〕兄も友達に肩身が狭からうと云ふ僻見があつた。そうして稔をやり過しておいてから、しげ〳〵と其後姿を見つめてゐた。其眼《まなこ》には嫉妬の炎が燃えてゐた（傍点は引用者。以下同じ）。

これは帝大生だった稔と大学の正門前ですれ違った為雄が、「気の付かぬ風を装うて通り過ぎた」ときであるが、稔の「追想」であるにもかかわらず、稔の後姿を嫉妬のまなざしで見つめる為雄を描出してしまっている。このことは、手法の破綻であると同時に、この語りの方向性を端なくも露呈させる。この「追想」の語りは、読者を為雄ではなく稔への同情に傾くよう方向づけているのだ。

また、稔は帰郷してからの為雄を直接には見ていないはずである。東京にいて「為雄の病状を善く知らなかつた。彼は只お孝の折々の手紙で〔中略〕外に現はれた結果を聞いてゐるだけで、実際に為雄の病勢が、如何《いかん》の程度まで進んでゐるかは、全く見当が付かなかつた」という。それにもかかわらず、為雄の病状の悪化を微細に「追想」できるのはなぜか。それは「さうした報知《しらせ》をお孝から聞く毎に」とあるように、母からの報告によるのであろう。

だがそもそも、母からの報告は事実そのままなのだろうか。一心院の所有についても、浜江の話と母の話には齟齬があり、治の処遇についても母の言い分には疑いをさしはさむ余地がある。だとすれば、為雄への対応についても同様のことがいえるだろう。たとえば、たび重なる為雄の暴力に耐えかねたお孝たちが、蒲団で為雄の手足を「縛り上げ」たという壮絶な場面も、「追想」では「お孝は又為雄が可哀さうになつて、三日目には最《も》う其手足を解いてやつた」とある。しかし病院に面会に来た稔に為雄は「母と妹とは僕を縛りました。僕が別に乱暴もせず、静《しづか》に寝てゐるところを縛りました。さうして僕を〔中略〕七日七夜と云ふもの放つておきました」と話している。同じ事件であるはずが、母の報告によって構築された「追想」と為雄の訴えとは食い違いが見られる。為雄の方が日数も長く、「七顛八倒、足掻《あが》き廻りました」と、より深刻な虐待を受けたように語られているのだ。

ここで留意しなければならないのは、『殻』が母の言い分と為雄の言い分とを等価に差し出してはいないということだ。稔の「追想」があまりに長いため、それが母の報告で構築された可能性も、母の報告がそもそも偏向している可能性も覆い隠してしまっている。そのうえ、母の言い分は、稔の「追想」の中の「お孝」という三人称で再構築されているため、あたかも事実であるように語られている。

それに反して、為雄は「様々の幻覚や妄想に由つて、動《やゝ》もすると事実を誤解し、又は曲解する傾きを持つてゐる精神病者である。其の云ふところは何処までが真実で、何処からが謬想であるか、判断が付かない」とされている。「神と交通のある世界」を語る為雄の訴えは、稔のみならず、読者にとっても信憑性が低く感じられる。またこの面会の前場面に引用される為雄の手紙には、母を怨み罵ることばが綴られており、為雄が自己中心的で逆上しやすい性情であることが強調されている。そのため、読者は為雄ではなく、お孝や稔へ加担するように導かれていくのである。

それは中村古峡の意図であったかもしれない。曾根博義が指摘しているように、「小説と事実との間にはいくつかの重要な違いがある」（「中村古峡と『殻』」『研究紀要』五七号、一九九九・一）。その中でも、曾根は古峡の次弟義信が帰郷し入院した期間について、「小説では〔中略〕約一年間家にいたことになっているが、実際に家にいたのはわずか」だという。

要するに「長い、惨ましい追想」で「惨ましい」のは、結果的に病人ではなく、「約一年に亙る」苦労を重ねる母や、嫉妬を受けながら苦学を貫き、にもかかわらず背水の陣を敷いて帰郷した稔自身ということになる。これはのちに述べる病者の家族という問題にも接続してゆく問題である。

制度の中の「隔離室」

先述したとおり、『殻』は「事実其儘」（「小説予告　殻」『東京朝日新聞』一九一二・七・一八）とはいえない。だがいくつかの違いがあったにせよ、『殻』からは当時の精神病患者を取り巻く現状がおのずと見えてくる。高額なうえに「人道問題」の疑いすらある精神病院の惨憺たる様子など、二〇世紀初頭の日本の精神病治療の姿が、その貧困さを抉《えぐ》るように描かれている。『殻』は稔の友人の口を借りて、「西洋は善いね。堂々たる公設癲狂院が到る処にあつて、保護救済の設備が完全してゐる。ところが日本の社会はどうだ」と語っている。

他にも当時の日本の精神医療をめぐる特異なシステムが描かれているのが注目される。冒頭で稔が見た「厳《いかめ》しい鉄格子」に「高過ぎる窓」のある納屋は、母が近隣者に頼んで作らせた「隔離室」であった。結局は使うことのなかったものだが、「警察の手続」なども口にされるところから、正式には「私宅監置室」というべきものだろう。橋本明によれば、すでに「江戸期の座敷牢への監禁」すら、「恣意的なものでも、無秩序に行われていたものでもなく、監禁に関わる公的な規則が備わっていた」という。ゆえに「私宅監置室」もまた無法状態で作られる「座敷牢」などではなく、精神病者監護法のもとで「安定的なシステムとして一定期間機能していた」「近代という檻」（『精神病者と私宅監置――近代日本精神医療史の基礎的研究』六花出版、二〇一一）である。

島崎藤村『夜明け前』（一九二九〜三五）にも青山半蔵が監禁された「座敷牢」は出てくるが、『殻』からはより近代的システムとして機能していた事実が浮かび上がる。「警察の手続なんかは私が心得てゐますで」ということばからわかるように、入院がかなわない精神病者の収容方法として、私宅監置が決して珍しくないものとして扱われている。川瀬医師が手紙に書いてきたように、「入院療法は金満家か、若くは万一治癒の僥倖を頼んでするること」であって、高額な病院へ入院させても、治癒の見込みもない当時の医療水準では、「隔離療法の方が得策」という一面もあったのだろう。また家族にとってみれば、暴力回避や経済上の問題だけではない。お孝が考えたように、入院させて「分れてゐるとなると、又病人のことが気にも懸」り、「安全に置けるものならば、病人をわが側に居らしておきたかつた」という心情も手伝っただろう。私宅監置制度が「一定期間機能」したのは、このような患者家族の心情を汲みとるかたちでもあったことがわかる。現代の人権感覚だけでは見誤りがちな制度運用の内実が提供されている。

医療の限界と感化院

『殻』では、三人の医師が為雄の病気についてそれぞれの見解を述べており、当時の精神病治療の現状も仄見える。その一人は「帝国精神病院の院長で、現時日本に於ける斯学界の泰斗《オオソリチイ》として許されてゐる人」である。モデルは呉秀三《くれしゅうぞう》であろうか。稔から「一身の窮状を打明け」られた博士は、しかし「帝国精神病院の施療部に収容する」ことも「費用の半額だけでも軽減」することも「規定」によって不可能であると答える。稔は問われるままに「為雄の病歴を語り始めた」が、「新しい研究の資料を繹《たづ》ねる態度に基い」ていることに気づいて「激しい悔恨と屈辱を覚え」る。そのときの稔は「現実の傷痍《いたみ》が余りに鋭」く、研究への敬意をいだく余裕すらなかったのである。

もう一人の医師に為雄の入院先の院長がいる。この「米国に留学してゐたと云ふ、まだ年若い、品の善いドクトル」は、脚気が重篤になったことをおもな理由に挙げて、退院をあくまで勧告する。稔は「自分の病院で脚気を出しておきながら」と反発を覚えている。

最も親身に手を差し伸べてくれた医師は、稔の古い友人でもある川瀬医師である。川瀬は為雄を診察し、薬剤の処方をし、「稲荷下し」や「隔離室」の相談に乗り、稔に書面で意見を述べている。それは「兄弟の真実なる涙を以て、（川瀬は此処に特に圏点を施した）訓戒と指導とを与へ」るというものであり、治療というより教化に近い。そして「稔自身に対する訓誡」にも傾き、稔は「自咎《じきう》の念」にさいなまれる。

前作『回想』では医学研究にまったく疑念がなく、医学者や医師が英雄的に描かれていたが、『殻』で登場する三人の医師には、くっきりとした輪郭がそなわっている。同時に、彼らにも各々の限界があることが示される。「学界の泰斗」は患者を研究対象と見、病院院長は患者家族の事情を忖度せず、親身な医師も家族の心構えを説く。いずれにしろ、為雄の疾患は快方に向かうことはない。

しかし、稔にとって一つの光明とも見える案が提示される。それは川瀬から直接語られた「人格の高い宗教家の許へでも預け」るとの案である。この提案は入院先の院長によって「其れは駄目です」と「一言の下に」却下されるが、稔の想念を離れない。先に為雄の気質として見た「堕落」、あるいは怠慢ということと、軍隊生活を機に悪化した精神疾患とは、現代ではまったく別の問題と見える。しかし曾根が「『殻』から『変態心理』へ――中村古峡の転身」（『文学』二巻四号、二〇〇一・七）で指摘するとおり、両者はのちに『変態心理』で扱われた〈変態〉の概念に一括されるのである。

患者家族の「人間の証券」

『殻』の後『朝日新聞』に掲載された『行人』で、漱石は大学教授長野一郎が〈狂気〉にとらわれてゆく様相を描いている。竹盛天雄は為雄と一郎に共通する「癒しがたい絶対的な孤独」をこの二つの小説に見る。そのうえで竹盛は為雄がアンドレイエフなどの「外国の小説の描きだす精神異常者とちがって、天才（またはオリジナルマン）ではな」いことを、森田草平の批評（『読売新聞』一九一三・七・二七）を引用して論じている（「解説一九一三（大正二）年の文学状況の素描」『編年体大正文学全集　第二巻』ゆまに書房、二〇〇〇）。

さらに『行人』との共通点を挙げれば、『殻』も主人公から見た兄弟の〈狂気〉を語っていることも指摘できよう。ただし一郎は、「天才」とまではいいえないまでも、〈知識人の苦悩〉といったいわばロマン化された〈狂気〉の範疇に入れることができる。それに対して『殻』の為雄の場合は、凡庸な一般的な人の精神疾患であり、非天才／非ロマンの〈狂気〉である。そのため、リアリティも家族の負荷の質も異なる。

先述した「隔離室」の話題や、それをめぐる家族の思惑などは、精神病者の家族ならではの自然主義的手法の成果といえる。また為雄の〈狂気〉は、稔の「追想」に見る限り、家族への暴行という一言では片付けられないほど凄惨なもので、まったくロマン化されていない。とくに母へ向かう暴力は、「太い樫の棒を持出して、お孝を殺すと云つて追掛け廻」すほどで、まさに殺人の様相を呈している。だが「人が来ると、為雄は別人のやうに穏順《おとな》しくなつた」、「鈴木氏の眼に映じた為雄は、殆ど常人と異《かは》らなかつた」とあるように、為雄の暴力は、自分よりも弱い母、妹、弟にだけ向かっている。そのため「為雄さんの云はつしやることも道理《もつとも》なところがある」と「人は悉皆《みんな》斯う考へた」という。これは稔の「追想」の一部だが、その場にいない稔が知る由もないのだから、母の報告を聞いたうえでの「追想」であろう。いいかえれば、村人たちが実際にそう考えていたかは不明だ。だが少なくともお孝はそう解釈し、稔に伝えた。それが精神病者家族の孤立した心情なのであろう。為雄の病気を「前世の悪報《むくい》」だとする「村の人等の思慮《おもはく》も、お孝には苦痛の種」となる。地域社会も親類縁者もこの家族を助けようとしないばかりか、同情すら寄せてはくれない。「下手な親類などは無い方が優《ま》しですね」と懇意の鈴木氏がいうとおりなのだ。

前作『回想』では、「隠居」の最期を看取るために親類が集まり、塞ぎがちな富美子を受け入れ、寺が「脳病」らしい男の受け皿となっている。前近代的な血縁や地縁が、病者を支えるシステムとして機能していたのだ。しかし『殻』はそれらが消滅し、にもかかわらず近代的医療も社会制度も整っていないという、最も過酷な時代が克明に描かれている。

このような周囲からの孤立感は、自責の念も培養する。お孝は神田家の「不信心」が「冥罰」となり「冥罰が為雄の病気に現れた」と考え、剃髪したのである。加えて、その家族が一枚岩となって結束している訳ではないことも『殻』には丹念に描かれている。剃髪までする「デイヴオオシヨナルなお孝の心」に、近代教育を東京で受けた稔は違和感をいだいている。また妹の浜江は「自分は果して何時《いつ》まで母の手助けや、病気の兄の介抱ばかりして居なければならないのかと考へ」ている。末弟の治も寺に遣られ、見通しのない辛い修行生活で、「逃げて行きたいほどの厭な心持」をいだいているが、兄の稔から「為雄があんな病気になつたものだから」といわれれば、口を噤むしかない。そして稔は為雄にとって、お孝や浜江といった体力的な弱者ではなく、兄である。そのため「為雄の暴行に対して防衛の手段を取」り、「一時の激昂に前後を忘れて、取返しの付かないことでも為出来したら何《ど》うであらう」と怖れる。苦闘を強いられる母や妹に為雄の介抱を押し付けて、自分は「態《わざ》と帰省の機会を延ばして来た」ところに、エゴイズムや弁解を見ることはもちろんできるだろう。しかし、「対面するのを避けた」い、「どうあつても国へは伴れて帰りたくない」という偽らざる心情が患者家族にはあり、それが吐露されていることにこそ『殻』の「人間の証券《ドキュメント》」の一面が担保されている。『殻』は〈狂気〉の「人間の証券」のみならず、患者家族のドキュメントでもある。

結節点としての『殻』

曾根は古峡の文学熱について、「「一生涯作家となりて身を立てんとす」という一高時代以来の願望は生涯を通じて胸中で燻り続けた」と結論づけている（曾根前掲書、二〇〇二）。その「一高時代以来の願望」は願望のまま終わり、『殻』以後の小説は注目されることはなく、文学史からも長く葬られていた。それは冒頭に述べた古峡の紆余曲折の人生にもかかわる。京都府立医学校から東京帝国大学の英文学へと進路を変えたにもかかわらず、再び医学を学んで精神科医になったのは、やはり弟義信が精神病になったことが大きいだろう。義信死去後ほどなく発表した『回想』では、精神的な不調をいだく登場人物を〈他者〉として切り捨て、未消化に終わっていた。しかしその点、『殻』には大きな飛躍があったといえる。

『殻』はその語りの構造に注目すると、「追想」が実は母の報告によって構築されていることや、「追想」の肥大化が母の報告の偏向を覆い隠していることが確認された。そのため読者は、為雄ではなく家族である母や稔へ加担するよう導かれる。しかしそのように家族に寄り添ってこそ、患者家族の心の機微に分け入り、医学者や医療制度などを精神病者家族の側から眺め返して内実に迫ることができる。また、『殻』の中での稔は、為雄と「対面するのを避けた」いと思い続けていた。しかし古峡は、小説を未解決に終わらせたことで、未解決の現実問題へと向かったのではないだろうか。古峡が小説を断念した外的要因は、漱石の死没など多々あるだろう。だが変態心理研究という未踏の領域へ踏み出してゆき、ついには精神科医となったことを考えれば、古峡は亡弟義信の病気に対峙し続けたといえよう。

古峡が一九一七年から発刊した『変態心理』でとりあげた課題は非常に多様である。すでにそれを論じるだけの紙幅は残されていないが、少なくとも『殻』で提示されたまま未解決になった課題の多くがとりあげられていることは指摘できるだろう。たとえば三巻三号の「不良少年研究号」は、先述した『殻』の中で一蹴された「感化院」とかかわる。また田中香涯が中心になった「変態性欲」への傾斜も、為雄の「備忘録《ノオトブツク》」から「エトロ・マニア」という「病質」が思い浮かび、「其の専門の道で、有力な療法があるかも知れない」と考えたこととつながっている。催眠術、精神療法、神経衰弱、潜在意識、大本教批判も同様であろう。そして「人間的証券」欄を設けて広く症例を収集し、「最近の学説」欄で最新の療法を紹介している。むろんこれらは『変態心理』の通俗性や拡散という欠点でもあった。

『殻』の稔が為雄の入院先の院長のもとを辞すとき、「院長の眼に映じた稔は、何だか冷淡な人間のやうに見えた」とある。だが古峡は稔ではない。義信の死を契機に書いた『殻』を結節点として、古峡は〈変態〉する人となったのだ。

＊本論ではとりあげた小説に倣い、「精神病者」「精神病院」などの用語をそのまま使用しているが、差別を温存、助長すべきではないという立場であることをご理解いただきたい。

第5章

文学が〈変態性欲〉に出会うとき──谷崎潤一郎という〈症例〉

光石亜由美

谷崎潤一郎　1886-1965

はじめに

サディズム、マゾヒズム、フェティシズム……その作品の中でさまざまな〈変態〉を描いた谷崎潤一郎。作家本人のこうした資質が、作品に投影されて読まれることも多い。たとえば『痴人の愛』なら、谷崎本人のマゾヒズム願望が登場人物の譲治に投影されていると。しかし、マゾヒズム等の〈変態〉性が作家の固有な特質、またはアイデンティティの根幹として語られるには、こうした概念そのものが認識されていなければならない。「谷崎はマゾヒズムの作家だ」という文句は、作者と読者のあいだで「マゾヒズム」に対する共通理解がないと成立しない。鞭打たれ、虐げられることに快楽を感じる心性を「マゾヒズム」と名付けたとき、それは病的な症例となり、〈変態〉の烙印を押された蔑称となる。あるいは、〈谷崎潤一郎〉という作家のオリジナリティを指し示す呼称となる。

谷崎潤一郎は、「マゾヒズム」ということばを手に入れたとき、自らのアイデンティティを摑んだことを『饒太郎』（『中央公論』一九一四・九）に次のように書いている。

忘れもしない大学の文科の一年に居た折の事、彼はふとした機会からクラフトエビングの著書を繙いたのである。その時の饒太郎の驚愕と喜悦と昂奮とはどのくらいであったろうか？　彼は自分と同じ人間の手になる書籍と云う物から、これ程恐ろしい、これ程力強いショックを受けたのは実にそれが始めであった。〔中略〕彼は文学者として世に立つのに、自分の性癖が少しも妨げにならないばかりか、自分は Masochisten の芸術家として立つより外、此の世に生きる術のない事を悟った。

主人公の饒太郎は、「クラフトエビングの著書」をひもとくことで、「自分の性癖」を発見し、さらに、「Masochisten の芸術家」＝〈マゾヒズムの芸術家〉としての自己を確認する。こうした体験を語るのは谷崎だけではない。川端康成も一九一七（大正六）年の日記に、「沢田氏の変態性欲論を読んでゐる。ロンブロゾフの天才論を読んでゐる。そして各々に可成りの共鳴を見出す」と記している。

谷崎が読んだ「クラフトエビングの著書」とは、ドイツの精神病学者であるリヒャルト・フォン・クラフト＝エビングが一八八六年に刊行した『Psychopathia Sexualis』であり、この著作をもとに、川端が読んだ羽太鋭治《はぶとえいじ》・沢田順次郎共著『変態性欲論』が一九一五年に発行される。「変態性欲」とは精神医学上における病的な症例である。しかし、一九一〇年代に〈変態性欲〉概念が移入されたとき、一部の文学者や知識人にとっては、〈変態性欲〉や〈変態心理〉は、今にない新鮮さと、驚きと、ある種の想像力が宿っているように受け止められたことは、上記の谷崎や川端の発言からもわかるであろう。しかし、饒太郎が谷崎本人ではないのはもっともであり、『饒太郎』の「Masochisten の芸術家」としての覚醒は、谷崎が〈変態〉というパフォーマンスを演じていると考えられる。そして、〈変態〉という概念が作家のオリジナリティの次元に還元されたところに〈作家・谷崎潤一郎〉が誕生するのではないか。〈変態性欲〉が文学の素材として見出され、芸術的価値あるものとされてゆく一九一〇年代の〈変態性欲〉の時代を谷崎潤一郎という顕著な〈症例〉を通じて見てみたい。

まず、〈変態性欲〉の時代について概観し、次に、その流れの中で谷崎潤一郎の初期作品がどのように評価されていったのかを追うことによって、文学批評において〈変態性欲〉の概念が評価軸となる経緯を見てみたい。そして、最後に谷崎潤一郎の小説『富美子の足』を例として、フェティシズムという〈変態性欲〉を文学がどのように活用しているのか、読み解いてゆきたい。

〈変態性欲〉の時代

いわゆる「変態」ということばは、〈変態心理〉と〈変態性欲〉という二つのルーツを持つ。文学において〈変態性欲〉という素材が見出されることについては、まず、同時代において、「変態性欲」ということばが浮上する経緯を見ておかねばならないだろう。

「変態心理」は、そもそも心理学の用語である。心理学者・元良勇次郎《もとらゆうじろう》などによって、心理学研究の一分野として心理の異常状態が研究対象となる。そして、「変態心理」ということばがアカデミズムから一般に広まるのは、雑誌『変態心理』（一九一七・一〇創刊、中村古峡・主幹）に代表されるように、大正期に入ってからである。「変態心理」とは、「吾々の普通の精神現象から外れてゐる有らゆる異常な、または特殊な心理作用を総括した名称」（中村古峡述『変態心理講義録　第一篇』日本変態心理学会、一九二二）であり、「変態精神薄弱」、宗教的神秘体験、芸術的直感、催眠術などその範囲も幅広い（〈変態心理〉については、小田晋（他）編『変態心理』と中村古峡』不二出版、二〇〇一／竹内瑞穂『「変態」という文化』ひつじ書房、二〇一四を参照）。

〈変態性欲〉についても、〈変態心理〉と同様に、アカデミズムから一般化へという流れをたどる。一九一三年にクラフト＝エビング（黒沢良臣訳）『変態性欲心理』（大日本文明協会）が出版される。同書は一八九四（明治二七）年、『色情狂篇』として抄訳されたものの二度目の邦訳である。この本の意義は、本来なら「性的精神病質」と訳されるところを、「変態性欲」としたところに、「変態性欲」の語源としての新しさを見ることができる（菅野聡美『〈変態〉の時代』講談社現代新書、二〇〇五）。

そして、「変態性欲」ということばが一般に認知されるきっかけとなったのは、羽太鋭治・沢田順次郎共著『変態性欲論』（春陽堂、一九一五）であろう。以後、榊保三郎『性欲研究と精神分析学』（一九一九）、北野博美『変態性欲講義』（一九二二）、雑誌『変態性欲』（一九二二・五創刊、田中香涯・主幹）など、〈変態性欲〉についての著作や雑誌が次々と発刊される。こうした流れの中で、「同性間性欲」「顛倒的性欲」「マゾヒズム」「サディズム」などの〈変態性欲〉概念が紹介され、通俗化・大衆化してゆく。

このような〈性〉や〈変態性欲〉への関心を扱った学問分野を、古川誠は「通俗性欲学」と命名した。「通俗性欲学」とは、一九一〇年代から三〇年代にかけて「雑誌や単行本というものを通じて、一般大衆へ性に関する知識を与えようとする啓蒙的な知のありかた」であり、その代表的な人物が羽太鋭治と沢田順次郎であった（古川誠「性欲主義のイデオローグ」『彷書月刊』一七巻九号、二〇〇一・九）。

通俗性欲学者の代表的な人物である羽太鋭治は、山形県に生まれた（生年未詳　一八七八年とも）。若い頃は、小説家の渡辺黙禅を頼って上京したり、江見水蔭の書生となったりした文学青年であった。その後、山形へ帰郷し、医者になる勉強を始める。一八九八年秋、医術開業試験に合格し、山形で開業する。一九一二年五月、ドイツへ私費留学し、ドクトル・メディチーネの称号を獲得する。帰国後、泌尿器科・性病科を開業するかたわら、

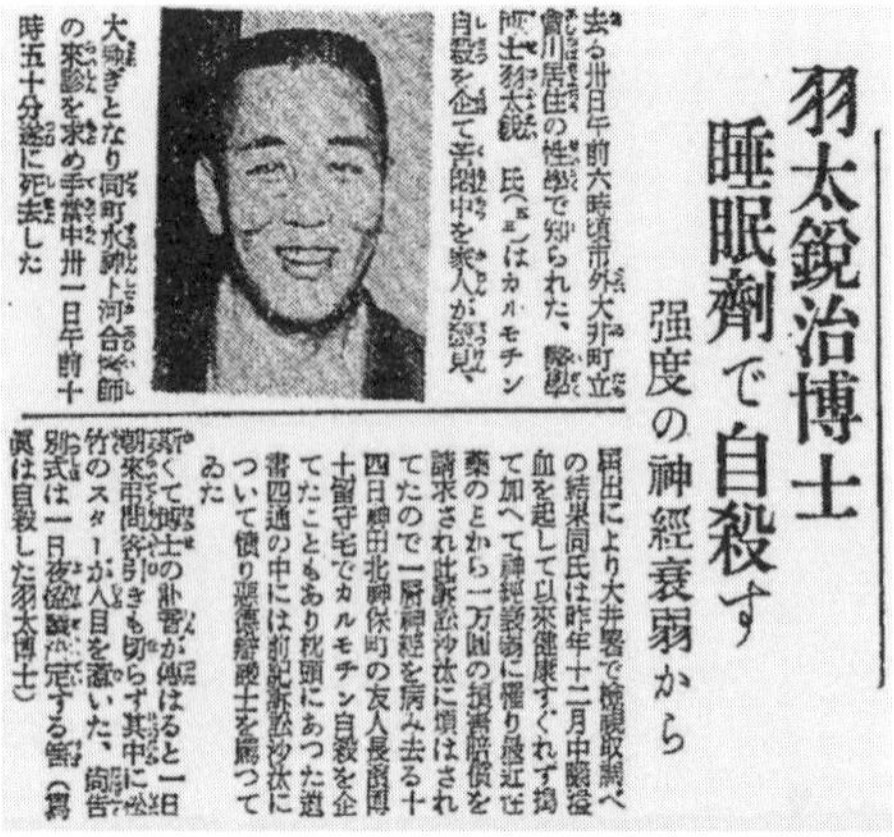
羽太鋭治博士
睡眠剤で自殺す
强度の神經衰弱から

去る卅日午前六時頃市外大井町立會川居住の性學で知られた、醫學博士羽太鋭治氏（五〇）はカルモチン自殺を企て苦悶中を家人が發見、大騒ぎとなり同町水神上河合醫師の來診を求め手當中卅一日午前十時五十分遂に死去した

屆出により大井署で檢視取調べの結果同氏は昨年十二月中腦溢血を起して以來健康すぐれず加へて神經衰弱に罹り最近は藥のことから一万圓の損害賠償を請求され訴訟沙汰に煩はされてたので一層神經を病み去る十四日神田北神保町の友人長[illegible]博士留守宅でカルモチン自殺を企てたこともあり枕頭にあつた遺書四通の中には前記訴訟沙汰について憤り悪徳辯護士を罵つてゐた

斯くて博士の訃音が傳はると一日朝來市内各所引きも切らず其中に松竹のスターが人目を惹いた、尚告別式は一日夜[illegible]定する筈（寫眞は自殺した羽太博士）

図①

『変態性欲論』などの通俗性欲学の書物を数多く執筆し、大正期の「性」ブームの立役者となる。昭和になると映画批評や小説を執筆するなど多方面で活躍するが、一九二八（昭和三）年一二月、自ら製造や販売に関係した医薬品「キング・オブ・キングス」（精力増進回春秘薬）が、医師法違反の疑いで取り調べを受けたことなどにより、翌年八月、自宅で自殺をはかる（図①『読売新聞』一九二九・九・二）。

沢田順次郎については、一八六三（文久三）年生まれで、宮崎師範学校、海城中学校などで博物学の教員をつとめたこと以外、個人的な経歴はよくわかっていない。しかし、性欲学、進化論、優生学の本を多数出版し、羽太鋭治同様、〈変態性欲〉の研究者であった（羽太・沢田については羽太鋭治『医事集談剪灯夜話』南江堂書店、一九一五／『民間学事典　人名編』三省堂、一九九七／斎藤光「昭和初期の性慾に関する通俗的図式の一例」『京都精華大学紀要』一二号、一九九七・三を参照した）。

安田徳太郎は、明治末年から大正年間においての日本の性科学の流れを次のようにとらえている。まず、「一部の識者が性科学の意義を認識」し、クラフト＝エビングやフォレルなどの抄訳が行われ、次に、それらは「変態性慾研究」として認識され、「大正の日本文化の中に変態性欲研究が流行」する。同時期には、谷崎潤一郎の「変態性欲小説が非常にモダンとして大正の青年男女の間に愛読」される（「綜合科学としての性科学」『性科学研究』一巻一号、一九三六・一）。安田のことばを信じるならば、大正期の〈変態性欲〉ブームは、精神医学界のみならず、羽太や沢田の通俗性欲学を経由して一般へと広がり、また、同時期には谷崎潤一郎をはじめとする「変態性欲小説」が、「モダン」な現象として若者たちに迎え入れられることによって形成されたといえる。谷崎潤一郎をはじめとする一九一〇年代の文学は、〈変態性欲〉という概念の通俗化大衆化に寄与しただけではなく、〈変態性欲〉を「モダン」な文化として楽しむことにも貢献したことになる。

〈変態性欲〉をめぐる医学と文学の見取り図をひとまず示しておけば、次のようになるだろうか。精神病理学や通俗性欲学では、〈変態性欲〉を異常性の病気として囲い込み、治療の対象とするのに対して、文学においては〈変態性欲〉は、新鮮で「モダン」な素材となる。そして、芸術の価値として賞揚される。また、病誌学《パトグラフィー》などで見出された作家の〈変態〉性は、作家の天才性を裏付ける証拠となり、作家神話を生み出すことになる。〈変態性欲〉は性の異常性のみによって排除されるのではなく、文学においては、その異常性ゆえに芸術的価値を賦与され、人々の性に対する好奇心をひきつける。文学は〈変態性欲〉を芸術として解放する。そうした〈変態性欲〉小説作家の、最も顕著で代表的な〈症例〉が谷崎潤一郎であろう。

谷崎潤一郎、〈変態性欲〉と出会う

最初に挙げた『饒太郎』を谷崎潤一郎の自伝的小説と読みうるならば、谷崎は一九〇八年頃に英訳の『Psycho-pathia Sexualis』を読み、強いショックを受ける。そして、大日本文明協会が『変態性欲心理』を刊行した翌年の一九一四年、小説『饒太郎』において、マゾヒズム宣言をしたことになる。『饒太郎』において「自分はMas-ochisten の芸術家として立つより外、此の世に生きる術のない事を悟った」とされる一九〇八年以降、谷崎は『刺青』（一九一〇）、『少年』（一九一一）、『幇間』（同年）等のマゾヒズムをモチーフにした作品を書いているわけだから、谷崎において意識的に「Masochisten の芸術家」であることがめざされていたわけである。しかし、『饒太郎』ではクラフト＝エビングの著書との出会いにより、マゾヒズムが芸術のテーマとなりうると確信するが、一方では、「それだから彼の所謂文学なるものは、奇怪なる彼の性癖に基因する病的な快楽の記録にすぎない。

彼の作物は彼に取って絶対の価値を有するかも知れないが、一般の読者からは何等の意味をも発見する事が出来ない」と自己の文学と時代のズレを語っている部分もある。そのとおり、「Masochisten の芸術家」として谷崎が世間に認められるには、〈変態性欲〉ブームの到来を待たねばならなかった。次に、谷崎潤一郎の初期作品の同時代評価から、谷崎が〈変態性欲〉小説の書き手として、世間に認知される過程を見てゆきたい。

まず、「谷崎潤一郎氏の作品」（『三田文学』一九一一・一一）において、『刺青』を「傑作」と賞賛した永井荷風は、谷崎文学の特色を「肉体上の惨忍と恐怖」より作り上げられた作品であるが、それらは「必ず最も美しい文章を以て美しい詩情の中に展開させてある」ために、「飽くまでも洗練琢磨された芸術的感激しか与へないのである」と評価する。荷風は、谷崎作品の価値を「病的傾向」を描くという新奇性にではなく、「病的傾向」の向こうにある芸術的価値を見ている。また、高村光太郎も「谷崎氏の作品は、文明の極致人間が頽廃してセンシベリテイが腐つて来て、セキジユアルパァパァ《ママ》ション――其所まで入つて来たところに面白みがあるのだ」（「純一な芸術が欲しい」『新潮』一九一一・三）と谷崎の作品に「性倒錯性」を見出している。西欧文化に詳しい荷風・光太郎であるからこその先駆的な谷崎評価であるが、他の同時代評で、「病的傾向」に芸術的価値を見ているものは、初期作品の同時代評ではほとんどない。

たとえば、『刺青』が発表された当時、一九一〇年の同時代評を見てみると、評価はされているが、その素材（のちにフェティシズムの例とされるもの）については、「例によつて珍らしい材料を見つけて来たものだ、かう云ふ材料は取扱ひ様によつて随分見られぬものになるだらう、けれどもこの作は面白くよまれた」（「最近文芸概観」『帝国文学』一九一〇・一二）というように、「珍らしい材料」としか言及されていない。また、『少年』においても、そのサディズム的な素材について、「描写は細かいが、内容も心持も我々とはまるで縁の遠い物である」（「六月の文壇概観」『早稲田文学』一九一一・七）、「その題材の珍らしいのと、筆の達者なのに驚いた」（「最近文芸概観」『帝国文学』一九一一・七）というように、ここでも「題材の珍らしい」「内容の新奇」さという表現のみで、〈変態性欲〉のものさしでは評価されていない。

しかし、『秘密』『悪魔』の評価になると、「病的な不可思議な性欲衝動」（「十一月の小説」『新小説』一九一一・一二）、「女に仮装することによつて現はされた異常《アブノルマル》なる性欲」（「最近文芸概観」『帝国文学』一九一一・一二）、「一種の色情狂者《エロトマメアック》の病的な味覚」（「二月の小説（二）」『国民新聞』一九一二・二・一六）、「官能倒錯者の仕業」（「二月の文壇の重なる現象」『文章世界』一九一二・三）というように、「官能倒錯者」「色情狂者」ということばによって評されている。『刺青』ではサディズム、フェティシズム、『少年』ではサディズム、マゾヒズム、『秘密』では女装というように、テクストが素材としている〈変態性欲〉的行為の内容の差はあるが、ここで重要なのは、批評する側が用いる用語である。一連の評価を見ていくと、『刺青』『少年』評での「珍らしい材料」「新奇」などという表現から、「異常」「性欲衝動」「官能倒錯者」といった批評言語を身につけていく過程が見られるであろう。しかし、ここでの「異常なる性欲」とは、素材の新奇性を形容することばにしかすぎない。

一九一六年頃になると、こうした「異常なる性欲」に対して、芸術性という附加価値が読み取られるようになる。たとえば、赤木桁平は谷崎の「変態的心理の描写」について「心理そのものの性質がすでに異常《アブノルム》であり、且つその内容が氏自身の宗とする芸術的境地とも吻合するために、「詩」と「真」とがぴつたり一致して、意外な芸術的完成を示してゐる」（「谷崎潤一郎氏に就いて」『中央公論』一九一六・四）と、「異常」は、「芸術的境地」の域にまで高められていると評価する。また南部修太郎も、谷崎は「正に驚異すべき程の病的アブノオマルな感覚と、爛熟と壊敗の官能と、怪奇と凄愴を極めた幻想を表現し得てゐる」と評している（「谷崎潤一郎氏の芸術の考察」『雄弁』一九一九・四）。ここでの「病的アブノオマルな感覚」は否定的価値ではなく、谷崎の芸術性の特徴を物語る重要なキーワードとなっている。

このことを端的に示すのが、一九一六年に刊行された谷崎潤一郎傑作自選『刺青　外九篇』（春陽堂）の広告（図②『早稲田文学』一九一六・一〇）の文句であろう。「文壇唯一の異色ある作家谷崎氏の傑作集也。〔中略〕悉

図②

く芳烈絢爛なる表白、艶美なる悦楽、病的興味を恣にしたる天才芸術の閃なり」――〈変態性欲〉は文学的な価値であり、「天才芸術」にまで昇華される。

　以上、見てきたように、明治末年から大正にかけての同時代評価の変化――サディズムやマゾヒズムなどの〈変態性欲〉が単なる「新奇」な題材から、作家の芸術性、天才性に結びつけられる「異常」へと変化してゆく背景には、一九一三年のクラフト＝エビング『変態性欲心理』の発刊、一九一五年の羽太・沢田共著『変態性欲論』の発刊をはじめとする〈変態性欲〉ブームの到来を見ることができる。

　また、「変態」性が「天才」に結びつけられる背景には、ロンブローゾからノルダウにいたる退化論、変質論を含んだ世紀末の科学の影響もある。ノルダウは、その変質論において犯罪者、娼婦、アナーキスト、狂人に特徴的な骨相学、遺伝学、人類学的「変質的兆候」は、作家や芸術家にも同様に見られ、狂人の兆候としての変質は、天才の兆候でもあると主張した。作家や芸術家の天才性と、狂気、病気などの親和性は、病誌学において、より強固な結びつきがあるものとして記述される。

　こうした谷崎の初期小説評における変化は、〈変態性欲〉ブームにおいて〈変態性欲〉の概念が流通した結果でもあり、また、逆に谷崎本人の作家的評価の上昇にともなって、同時代評者たちが〈変態性欲〉に文学的価値を見出していったともいえる。もちろん〈変態性欲〉小説作家を谷崎潤一郎だけに代表させることについては問題があるかもしれない。しかし、〈変態性欲〉小説と読まれうる小説は、谷崎だけでなくジャンルを横断して存在する。一九一〇年代、他の小説家にとっても〈変態性欲〉という素材は魅力的なテーマであったことがうかがえる。同時代の文芸評や性欲学文献において〈変態性欲〉の例として挙げられている文学作品を列挙してみよう。

　寄宿舎での男色の習俗を描いた森鷗外『ヰタ・セクスアリス』（『スバル』一九〇九・七）は有名であるが、雑誌『白樺』では、魯鈍な給仕へのマゾヒズム的欲望を描いた日下諗《くさかしん》『給仕の室』（一九一〇・七）、志賀直哉への男色的な恋愛感情を告白した里見弴『君と私と』（一九一三・四〜七）、寄宿舎での同性愛を挿入した犬飼健『一つの時代』（一九一七・一二）などがある。山崎俊夫《やまざきとしお》は、男娼的気質を備えた二人の少年の悲哀を描いた『夕化粧』（一九一三・一）、僧侶の若い稚児へのサディステックな行為を描いた『雛僧』（一九一六・一二）などを『三田文学』に発表している。その他には、学生たちのあいだの少年愛を描いた中村星湖『製糸場の裏』（『太陽』一九一四・七）、小説家Ｓの少年愛嗜好を描いた久米正雄『大人の喧嘩』（『人間集　第一』新潮社、一九一九・一二）などもある。また、女性同性愛では、田村俊子『あきらめ』（『大阪朝日新聞』一九一一・一〜一二）、『春の晩』（『新潮』一九一四・六）をはじめ、雑誌『青鞜』でも川田よし『女友達』（一九一五・三）、菅原初『旬日の友』（同）などがある。こうした〈変態性欲〉小説隆盛の状況について、菊池寛は次のように語っている。

然し此連中〔自然主義：引用者注〕の描いた性欲は万人通用の性欲である、いかに猛烈な性欲を描かれてあつても夫は決して異常ではなかつた。私の茲《ここ》に説かうとする病的性欲が文学と交渉を開いたのは谷崎潤一郎氏及び山崎俊夫氏の作品に依つてゞある。〔中略〕あれ〔谷崎潤一郎「捨てられる迄」：引用者注〕を読んで普通の異性間に於ける恋愛的冒険《リーベスアヴエントオイエル》と看過して全篇を裏付けて居る病的性欲に何等の注意を注がないものは共に近代文芸を語るに足らぬ、

（「病的性欲と文学」『不二新聞』一九一四・二・三）

菊池の見方によれば、自然主義文学が描いたのは「万人通用の性欲」でしかなかったが、これからの文学は「異常」な「病的性欲」に注目することが必要であるとされる。ここでも注目したいのは、新しい「近代文芸」の描くべき積極的な価値として「病的性欲」を持ち出していることである。菊池は谷崎や山崎の作品に描かれた「病的性欲」を、否定的な価値とはとらえていない。むしろ、「病的性欲」に「近代文芸」の価値を見出している。

〈変態性欲〉のロマン化ともいえる現象が一九一〇年代に起こっていたのだ。

しかし、そのロマン化とは作家や作品によって、内容は異なる。たとえば、山崎俊夫の〈男性同性愛〉小説は、近世の男色文化に接続する優美さ、古色味を特徴とし、また、田村俊子や『青鞜』などの〈女性同性愛〉小説では、同時代の女学校文化、シスターフッドに還元されるような新しい女性文化を基盤に持っている。谷崎潤一郎の場合は、同じマゾヒズムを描いた小説でも、江戸の頽廃文化を背景とする『刺青』と、西洋式の緊縛や鞭打ちに快楽を覚える『饒太郎』ではロマン化の質が異なっている。谷崎潤一郎の〈変態性欲〉作家の突出性は、さまざまなバリエーションの〈変態性欲〉のロマン化に成功したという点にあるかもしれない。しかし、谷崎潤一郎を〈変態性欲〉作家として礼賛するにはためらいがある。マゾヒストに与えられる、〈変態性欲〉者という恥辱は、マゾヒストにとって快楽であるからだ。

一九一〇年代、〈変態性欲〉を素材にした小説が登場した背景には、羽太や沢田らが牽引した同時代の〈変態性欲〉ブームがあった。谷崎自身も、クラフト＝エビングなどの原著からいち早く〈変態性欲〉の知識を得て、パフォーマティブに〈変態性欲〉を演じている。また、永井荷風の絶賛を受けてデビューし、サディズム、マゾヒズム、女装といった「新奇な材料」を巧みにあやつる作家としてすでに流通しているなどの諸要素をかんがみなければならないだろう。いずれにせよ、谷崎潤一郎という〈変態性欲〉作家は、こうした時代性の中で見出され、谷崎自身も〈変態性欲〉小説という流れを作り出していった。

〈変態性欲〉を演技的に演じられる〈変態性欲〉ブームという文化的な素地において、その演技性が顕著に見えるのが、谷崎潤一郎『富美子の足』である。『富美子の足』は、まさに〈変態性欲〉ブームと、〈変態性欲〉作家であるというレッテルを巧みに利用した小説である。

変態性欲小説『富美子の足』

『富美子の足』は一九一九年六～七月、雑誌『雄弁』に掲載され、同年九月『近代情痴集』(新潮社) に収められた。『富美子の足』の概要は次のとおりである。「僕」は、六〇歳を越えて糖尿病と肺病を病む塚越老人とは遠い親戚である。塚越は富美子という芸者上がりの女性を妾として側に置いている。塚越は洋画を専攻している「僕」に富美子の絵を描いて欲しいと懇願する。それも、柳亭種彦の田舎源氏の国貞の絵にあるようなポーズのままに描いて欲しいという。以前から富美子に会いたくて塚越のもとを訪れていた「僕」であったが、富美子の絵を描いていると、彼女がとる妖艶なポーズ、とくに彼女の足に魅了されてしまう。そして、塚越は死ぬ間際まで富美子に踏まれながら死にたいという願望を満たしこの世を去る。こうした出来事が、「僕」が「谷崎先生」宛てに出した手紙という形式で描かれている。

『富美子の足』で物語化される〈変態性欲〉はフットフェティシズムである。「僕」は「異性の足」を「神の如くに崇拝しようとする不可思議な心理作用」を幼い頃から持っていたが、「忌まはしい病的な感情」であると悟って、人に知られないようにしていた。しかし、「世の中には異性の足を渇仰する拝物教徒、――Foot-Fetichist の名を以て呼ばるべき人々が、僕以外にも無数にあると云ふ事実を、つい近頃になつて或る書物」から学ぶ。

日本語文化圏におけるフェティシズム概念の移入を、斎藤光「「性的フェティシズム」概念と日本語文化圏」(『フェティシズム論の系譜と展望』京都大学学術出版会、二〇〇九) を参照しながらまとめておく。フェティシズム概念の日本語文化圏への紹介は、『色情狂編』(一八九四) からであり、より詳細な邦訳『変態性欲心理』(一九一三) を経由して、〈変態性欲〉概念として通俗化・大衆化してゆく。『色情狂編』ではフェティシストの色情狂者の行為が症例として挙げられているが、まだフェティシズムそのものの概念は定着しておらず、明確に定式化されるのは一九一二年以降であるという。そして、「日本語文化圏でのフェティシズムとフェティシストのリアリティの獲得」に大きな役割を果たしたのは、日本近代において精神病学の先鞭をつけた呉秀三《くれしゅうぞう》と谷崎潤一郎であるという。斎藤は学術の領域において日本土着のフェティシズムの事例を具体化した呉に対して、文学の領域において性的フェティシズムを物語化し、「性的フェティシストの主体化」がなされたのは谷崎潤一郎『富美子の足』であるとする。

　饒太郎が「クラフトエビングの著書」をひもとくことで、「Masochisten の芸術家」としての自己を発見したように、『富美子の足』においても、〈変態性欲〉の書物からフットフェティシズムの概念を学び、フェティシストとしての自己確認を行っている。ただ、『饒太郎』と『富美子の足』が大きく違うのは、『饒太郎』では「自分が憐れむ可き Masochisten であると云う秘密」とあり、マゾヒズムはあくまで「秘密」の行為であった。夜な夜な女装をして浅草を徘徊する男を描いた谷崎潤一郎の『秘密』も、まさにタイトルにあるように女装は、秘密であるからこそ、隠微な快楽として描かれている。『富美子の足』では富美子の足に踏まれることを無上の快楽としている塚越老人のフェティシズムは、「僕」と富美子と女中しか知らない「秘密な癖」とされているが、「僕」はフェティシズムという性癖を隠すのでもなく、『秘密』の快楽の源泉にするのでもなく、「僕は他日、是非先生に此れを小説にして頂く事を望んで居るので、内々さう云ふ野心もあつて此の手紙を差上げる次第なのです」と、むしろ、この「近代的な病的な神経」を積極的に小説として世に知らしめて欲しいという。

　『富美子の足』という小説は、富美子にさいなまれる塚越老人というフェティシストの物語が「僕」の眼を通して語られるというのが筋であるが、実際の主人公は、タイトルが示すように「富美子の足」である。なぜなら、「僕」は手紙の中で、富美子の「顔の輪郭」「眉」「口つき」を仔細に説明し、とくに「足」「足の指」「踵」（足の）「肌の色」の部分になると、その描写が延々六ページにもわたって続けられる。小説の構成としては不自然である。素人である「僕」の書いた手紙という設定が、こうした不自然さをカモフラージュしているのであるが、表現レベルにおいても多分にフェティッシュである足の描写が、この物語のフェティシズムぶりを象徴している。

『富美子の足』という小説は、おそらく近代文学初の「足」が主人公の小説である。その「足」に、塚越老人や「僕」の欲望がまとわりつくだけではなく、「僕」によって肯定されたフェティシズムの欲望は手紙の受け取り手である「谷崎先生」にも共有され、さらにこの物語を読む読者たちにも共有される仕掛けになっている。アンヌバヤール・坂井は、『富美子の足』の手紙という構造について、「一人称言説は特定された読者（物語世界内でのその手紙の受取人）から不特定多数の読者（物語世界外の読者）へ向けられた言説へと変貌する」（「暴露される一人称と小説の可能性」『文学』九巻五号、二〇〇八・九）と指摘している。また斎藤光も「非犯罪的、非病理的」にされたフェティシズムは、「僕」と塚越という、「「少数者」としての「仲間」の関係性の成立を暗示」させるだけではなく、「そもそも青年が谷崎に手紙を送るという構成自体、「少数者」とそのつながりを暗示」すると指摘する（斎藤前掲書、二〇〇九）。

『富美子の足』という物語の表面的な筋は、フェティシストとしての性癖を持ち、富美子に踏まれながら死んでゆく塚越の物語が〈主〉で、それを書き記す「僕」は〈従〉であるように読めるが、実は、塚越と「僕」の主従の関係は逆転している。「僕」は塚越の性癖に感づくと、「僕の方から積極的に出て、足の曲線が女の肉体美の中で如何に重大な要素であるかを説き、美しい足を崇拝するのは誰にも普通な人情」であることを塚越に語り、塚越のフェティシストとしてのアイデンティティを肯定し、「僕」はひそかに塚越を真正のフェティシストとして仕立てあげてゆく。しかし、それは、物語の中だけではなく、「手紙」という形式によって、読者をもフェティシズムの誘惑に巻き込んでゆく。

フェティシズムという欲望が共有される背景には、〈変態性欲〉ブームの広がりがあり、それを楽しむことができる読者たちがいる。だからこそ、「僕」は富美子と塚越の物語を、「何等かの価値」ある「小説」として語ることができる。しかし、逆も考えられないだろうか。「谷崎先生」に宛てられた手紙というかたちの物語は、「小説」として公表されたかどうかはわからない。結果的に読者は手紙という形式の小説を読んでいるのだが、物語内レベルにおいては、これは手紙でしかない。その手紙を『富美子の足』で読む読者は、「私」や塚越のフェティッシュな欲望をのぞき読みしているのである。「僕」と塚越、そして「谷崎先生」のあいだで共有されているフェティシズムという欲望は、異様に長く、執拗な富美子の「足」の描写を読むことによって読者にも伝播し、読者たちのフェティッシュな欲望が喚起される仕掛けとなっている。読者は『富美子の足』を読むことを通じて、フェティシズムというのが、単なる〈変態性欲〉ではなく、読む価値のある魅惑的なテーマであると知るであろう。もしかしたら、そのとき、読者は、すでに立派なフェティシストに仕立てあげられているのかもしれない。

そして、その「僕」が一番に「崇拝」するのが「谷崎先生」である。この『富美子の足』というテクストの最後に現れる「谷崎先生」という署名は重要な意味を持つ。物語の冒頭で「先生」と呼びかけられた人物が、最後の最後で「谷崎」だとわかるしかけである。これは、谷崎当人が、自分は〈変態性欲〉小説作家であるという自覚がなければできない芸当であろう。塚越のフェティシズムという欲望は、「僕」によって肯定され、「僕」が「崇拝」し、フェティシズムの一番の「理解」者である「谷崎先生」に手紙という形式で届けられる。「谷崎先生」という署名があることによって、『富美子の足』という物語は、単なる〈変態性欲〉の人々の話ではなく、〈谷崎潤一郎〉という作家によって権威づけされた物語となるのである。

『富美子の足』は『近代情痴集』に収められたとき「老人哀話」という角書きが付けられているのだが、一九二六年の『近代情痴集』の広告では、「変態性欲小説『富美子の足』」と堂々と紹介されている。すでに、〈変態性欲〉は異常性欲として排除される概念でもなく、「小説」として楽しむことができる概念へと変化していることがこの広告からわかる。

このように『富美子の足』という小説が登場するには、〈変態性欲〉をパフォーマティブに演じられる〈変態性欲〉ブームという文化的な素地が必要であり、谷崎潤一郎は「谷崎先生」を演じることによって、「変態性欲」小説『富美子の足』を完成させたといえるだろう。

おわりに

最後に――〈変態性欲〉ブームの流れを作った『変態性欲論』の広告文を見てみよう。

変態性欲論（羽太鋭治沢田順次郎共著）　同情の愛と色情狂を研究せるもの七百余頁の大冊なり、それ性欲は自然の本能にして人類進化の源なりと雖一度節度を超へんかその害悪の及ぶ所頗る恐るべきものあり、変態性欲はその最も不自然なる者、医師法律家心理学者の須らく研究せざるべからざるものたり、〔中略〕近時谷崎潤一郎氏などによりて描かるゝ病的現象は本書に其解を見出するに難からず、文学者と雖一本を備ふる必要あるべし。

（『読売新聞』一九一五・六・二四朝刊）

『饒太郎』の饒太郎や、『富美子の足』の「僕」のように、自らのマゾヒズムやフェティシズムの欲望を、『変態性欲論』を読むことによって確認できる読者たちがいたとすれば、この読者たちは、通俗性欲学と文学のあいだで自己のアイデンティティを形成することになるだろう。

通俗性欲学が、同性愛やサディズム、マゾヒズムを〈変態性欲〉として性欲の異常な状態として危険視し、病理として囲い込みながらも、一方、文学においては、病理化されたセクシュアリティのロマン化を行う。しかし、性欲学と文学は相反する力ではないだろう。性欲学と文学は手を取り合いながら、〈変態〉である「私」＝読者を生産し続けるのである。

第6章

田中守平と渡辺藤交——霊術家は〈変態〉か

一柳　廣孝

田中守平　1884-1929

はじめに——霊術家と〈変態〉

総論や第四章で紹介されているごとく、一九二〇年代の変態シーンをリードした中村古峡《なかむらこきょう》は、「所謂霊能作用とは何ぞや——心霊研究を名とせる天下の贋様師に戒告す」（『変態心理』三巻四号、一九一九・四）で、次のように述べている。

近頃心霊問題の研究が、大分諸方面から盛んになって来まして、これに関する真面目な著述や、又熱心な研究家が、おいおいと世に現われるようになって参りましたのは、時代の推移に伴う精神科学の当然の発展とは申しながら、誠に喜ぶべき現象であると思います。けれども又その反面から観察しますと、斯ように心霊問題の研究が勃興するに従い、それを機として、無暗に名ばかりを大にした、贋様師《いかさまし》的の怪しげな学会（?）が、あちらにも此方《こちら》にも出て来るようになりましたのは、寧ろ寒心に堪えない次第であります。一寸新聞を拡げて見ましても、毎日の広告欄内に斯う云う贋様師の大袈裟な広告の、一つや二つは見当らないことはありません。

こうした状況については、MN生「交霊現象実見記」（『変態心理』一〇巻二号、一九二二・八）にも「雨後の筍のように現れたものは所謂心霊屋である。東京の田中の太霊道並に〇〇式気合術或は心身改造、名古屋の慰安哲学京都の日本の心霊、大阪の何々と、何れも太霊とか霊理とか何々リズムとか神秘とかいやにもったいぶって居るようである。私は変態心理研究に於て中村先生や其外諸先生のお話を承わってから、此等の研究に興味を覚えて来たので、各地から見本とか目録という様な物を取寄せて見たが、荒唐怪異の独断を列記した物が多い」といった言及がある。

古峡やMN生が批判する「贋様師的の怪しげな学会」や「心霊屋」が行っていたのは、近代西洋医学の認識によらない、唯心論的な発想に基づく病気の治療法の伝授、および治療の実践だった。彼らの仕事は現代ならば、一見すれば臨床心理士のそれに近いかもしれない。しかし彼らの理論が公には認められていなかったこともあり、その活動には常に胡散臭さがつきまとっていた。

吉永進一「解説　民間精神療法の時代」（『日本人の身・心・霊――近代民間精神療法叢書　八巻』クレス出版、二〇〇四）は「明治末から昭和はじめにかけて、多数の精神療法が出現した時期がある。しかし、その言葉の指す内容は、必ずしも現在の精神療法と同じではなかった」とし、戦前には精神療法を実践する医師が多くなかったこと、当時は精神療法といえば、ほとんどの場合は民間療法を意味したこと、またその効果が心理的な問題にとどまらず、機能的疾患から器質的疾病にまで及んでいたこと、その理論的前提として、心が身体を支配するという黄金則があったことを指摘している。

このような民間で行われていた精神療法は、当時「霊術」と呼ばれていた。井村宏次は霊術を「唯心主義にもとづく〈物質操作技術〉」と定義しているが（『新・霊術家の饗宴』心交社、一九九六）、この霊術を駆使する専門家が「霊術家」であり、古峡やMN生が「贋様師」「心霊屋」と罵倒していたのは、彼らのことである。

霊術の直接的なルーツは、一九〇三（明治三六）年以降に活性化した催眠術ブームにある。催眠術は、心理学や精神医学における最新の研究対象であると同時に、メスメリズムに由来するオカルティックなイメージを保持したまま日本で受容された。なかでも、人間の内面にアクセスして精神の無限の可能性を開くといった催眠術のイメージは、いわゆる暗示療法への期待を掻き立てた。催眠術による暗示によって心のありようを変えることで、あらゆる疾患を癒すことができるという期待である。肉体に対する精神の優位を強調し、暗示療法を基盤として、霊術は西洋医学に対峙する独自の場を作り上げたのだ。

古峡も催眠術への関心から変態心理研究に進んだという経緯もあって、雑誌『変態心理』は多くの催眠術関連記事を掲載している。にもかかわらず古峡が霊術家を「贋様師」扱いしているのは、催眠術の正しい理解が、霊術によって阻害されていると考えていたからである。古峡から見れば、彼らは催眠術の知識を意図的に誤用し、非科学的な理論構築によって神秘的な雰囲気を演出しているにすぎない。さらには患者を〈変態〉状態に導いてあらゆる病を治すと豪語し、庶民から金を巻き上げる、憎むべき詐欺師集団となる。古峡の視点に従えば、彼らは社会通念からの逸脱者、犯罪者とみなされても、いたしかたない。

変態心理の学術的研究を標榜する雑誌『変態心理』にとって、霊術家たちは叩きつぶすべき敵だった。たとえば『変態心理』六巻四号（一九二〇・一〇）は催眠術革新号と銘打ち、催眠術に関する最新の学術的なトピックを紹介するとともに、太霊道、江間式気合術、天霊術、帝国神秘会といった霊術や霊術団体に対する複数の批判記事を掲載している。真の「精神」医学の確立をめざしていた古峡にすれば、霊術は一般社会に対して〈精神〉

の非科学的なイメージを助長する妨げだったといえよう。

とはいえ、別の見方もありうる。霊術家たちは、大正期にあって〈変態〉を職業の域にまで高めた、希有なる精神療法家、活動家だったとする視点である。日本全国を駆けめぐり、臨時の治療所を仮設しては、一日に数百人の患者を相手にする霊術家も珍しくはなかった。全国各地に支部を設けた霊術団体も、一つや二つではない。彼らには需要があったのだ。霊術家たちの活動が、大正期の〈変態〉をめぐる様相の一端を物語っていることは、否定できない。

ここではMN生が挙げている「心霊屋」の中から、「東京の田中の太霊道」と「京都の日本の心霊」に注目してみよう。前者は太霊道の主宰者である田中守平《たなかもりへい》、後者は京都に本拠を置いた日本心霊学会の渡辺藤交《わたなべとうこう》を指す。患者の精神状態を〈変態〉に導き、心身相関理論を踏まえて、彼らの心身を〈常態〉へと移行させる霊術家たちの活動と、その結末について考えてみたい。

田中守平――霊術から宗教へ

田中守平（一八八四～一九二九）は、大正期最大の霊術団体といわれ、大本教と並び称された太霊道の主宰者である。太霊道は、新聞の一面を使った大々的な宣伝広告を行うなど、メディア戦略という点でも大本教に比肩する存在だった。田中の足跡は、伊藤延次編『太霊道主元伝』（太霊道本院出版局、一九一八）にまとめられている。太霊道が作成した創始者の伝記であるため、かなり割り引いて読む必要があることを意識しつつ、おもに同著を参照しながら彼の足取りをまとめておこう。

田中は一八八四年、岐阜県恵那郡武並村（現、恵那市武並町）に生まれた。暮らしは貧しかった。八歳のときに鬱状態になり、通学以外は家に引きこもっていた。しかしきわめて優秀で、一一歳で郷土の雑誌『美徳』に

「忠君愛国士の平生」を寄稿。一五歳の頃から外交に関心をいだいていたという。

一九〇〇年九月、半年間勤めた小学校教員を辞して上京。国民英学会、東京数学院、鳴和学館などに通う。その間、某伯爵家の書生を経て、大蔵省印刷局の臨時雇として勤務。一九〇二年には内閣統計局集計係となり、通勤のかたわら日本法律学校で法律を学び、さらに同年九月には一橋外国語学校別科に入学した。当時の典型的な苦学勤労学生だったといえる。

そんな田中の運命を変え、彼の名前を一躍全国に知らしめたのは、一九〇三年一一月一九日に彼が桜田門前で引き起こした、天皇への上奏事件である。その場で逮捕された田中に対して、多くの新聞メディアは好意的だった。彼は憂国の士と擁護された。ロシアに対する強硬策を主張した田中の進言が、日露戦争前夜の当時の世評を代弁していたからである。警察庁は田中を誇大妄想狂とみなし、不敬罪を適用しなかった。田中は兄に引き取られ、故郷へ戻った。当局の監視下におかれることとなった彼は、自宅裏山の庵に蟄居した。この翌年、日露戦争が勃発する。

田中が本格的な修行生活に入ったのは、一九〇五年の正月明けからという。一月五日に恵那山に入り、静座黙行。さらに二月上旬より六月上旬まで九〇日間の断食を行う。この修行の中で彼は霊能力を会得し、のちに太霊道として唱導する思想的な核心を得たという。下山して里に戻ってからは、日本海海戦の詳細、日露講和条約の締結を予言し、また慢性リュウマチの女性、歯痛の少女を癒すなど、特異な能力を発揮した。

一九〇六年、満を持して田中は動き出す。一月、名古屋で大日本帝国青年会を創設、機関誌『日本之青年』を創刊する。五月、格好のチャンスが訪れた。児玉源太郎大将との面談である。児玉は日露戦争時における満州軍の総参謀長であり、戦後は陸軍参謀総長、南満州鉄道創立委員長の任にあたっていた。このとき田中は児玉の誘いを受け、事務所を東京に移すとともに、会の事業として蒙古探検隊を計画した。しかしその直後、児玉が急死して計画は頓挫。青年会も解散させられ、帰郷に追い込まれた彼は、再び霊力の修養に励み、患者の治療施術に従事した。

それから二年後の一九〇八年、田中は上京した。青年会を再興すべく動き始めたものの、一二月中旬、青年会事務所に手入れが入り、未決囚として東京監獄に勾留される。田中にとって、再度の試練である。免訴放免されたのは、半年後の一九〇九年六月三日だった。故郷へ戻った彼は、政治運動から距離をおく。煩悶の時代を経て、実利主義に対する反発から精神世界への関心が高まり始めた世間の動向と歩調を合わせるかのように、田中は新たな形而上学の構想をまとめ、霊力を応用した世の救済を考え始める。彼が「宇宙の太霊」を感得してまとめたという『太霊道真典』は、千里眼ブームのさなかにあたる一九一〇年九月に完成した。

田中によれば、太霊道は「人類に超越的思想を与え、霊理学は万有の根本を理論的に究明して一面思想の根底を為し、霊子術は霊理学を直ちに実人生に応用具現して以て各人の心身を改造し、人類をして人類以上の超境に導く」ものである（『太霊道及霊子術講授録』太霊道本院出版局、一九一六）。このように太霊道は、思想（哲学）、理論、実戦的な技法の三部門の体系からなる。また、ここでいう太霊とは宇宙に遍在する第一の本義であり、霊子とは生命の実体であって、太霊から生じる。この霊子が発動することで肉体は構成され、有機的な精神が発現する。霊子術とはこの霊子を発現させる技術であり、治病、教育、軍事などに応用可能であるという。

もっとも、山村イヲ子「太霊道の霊子術解剖——附、院下田中守平の正体」（『変態心理』六巻四号、一九二〇・一〇）によれば、太霊道の講義録はすべて、田中の片腕だった栗田仙堂が東京神田の古本屋から種本を買ってきては筆を走らせたものにすぎず、講義録が「内容も意味もないただの文字の羅列に過ぎない」のは当然だ、ということになるのだが。ちなみに栗田はのちに田中の元を離れ、リズム学院なる霊術団体を立ち上げている。

さて、一九一一年、上京した田中は七月に東京霊理学会を設立。呼吸法、座法、お手当て、自動運動を組み合わせた霊子療法を唱えて治療活動を始めた。同年九月には大陸に渡り、各地で霊術を開陳しながら、辛亥革命前後の清国、朝鮮、満州、蒙古など各地を遍歴して、一九一三（大正二）年二月に帰国。東京に宇宙霊学寮を開設して、霊術家の養成にあたる。翌一四年、京都に宇宙霊学執務所を設置。一五年には衆議院議員に立候補したが、惜しくも落選した。

それでも、田中の快進撃は止まらない。一九一六年、今度は大阪に宇宙霊学寮臨時教習所を設置。同年六月には、東京の麴町に太霊道本院開院。大規模な新聞広告を開始するとともに、治療的霊術の施術と霊術家の養成にあたった。機関誌『太霊道』の刊行は、翌一七年一一月である。同誌には、霊子作用を医療に応用した実例が医者によって紹介されている。一五年にわたって慢性子宮内膜症と頭痛に悩まされていた患者が三回の施術で全快したケース、一〇年前から成長し始めた頭部の脂肪瘤が二〇回の施術で三分の一の大きさまで縮小したケースなどである（朝倉松四郎「医療に応用して奇蹟的効果ある霊子作用」）。この霊子作用は「患部の病める細胞刺戟をして治療強壮たらしむるに止まらず、身体全部に活力を増生して積極的に其機能を全うせしむることを得る」らしい（牧虎文「霊子術応用治療」）。

このように治療方面での実績を強調することで、太霊道は着々と会員を増やしていった。一九一九年には、同じく日の出の勢いだった大本教の幹部と対決する一幕もあったものの、翌二〇年七月三一日、田中の故郷である岐阜県恵那郡武並村に太霊道恵那総本院を落成、本部を移転するにいたった。このイベントを、井村宏次は「維新以来、そのかたちをととのえつつあった霊術家運動の一大頂点であり、同時に、その崩壊と変質への第一歩であった」と評している（井村前掲書、一九九六）。

大正時代の霊術運動のピークが一九二〇年前後であるとすれば、一九二一年二月の第一次大本教事件や、同年一二月の太霊道総本院（霊雲閣）炎上は、今から見れば霊術退潮の予兆といえよう。しかし、太霊道の勢いはまだ衰えていない。一九二三年には当時の東京市長、後藤新平が太霊道総本院を訪問。武並村には郵便局や鉄道駅が誘致され、一九二六年に国鉄武並駅が開業した。この頃の太霊道会員には、成蹊学園創設者の中村春二、幸田露伴の兄で千島の探検、開発に尽力した海軍軍人の郡司成忠、のちに神道天行居を創設した友清歓真などがいる。

田中もまた、その活動範囲をさらに広げていた。一九二六年八月、長崎で亜細亜民族大会に出席した後に各地で講演、巡業を重ねた田中は、翌二七（昭和二）年一月、福岡で太霊道霊子術実験会を開催、同年一二月には中国大陸へ渡り、満州鉄道クラブ、旅順中学校で講演を行った。一九二八年三月には、台湾日日新聞本社でも講演を行っている。

しかし、ここまで順調に発展していたかに見えた太霊道に、突如大きな変化がもたらされた。一九二九年四月、田中が太霊道を太霊教と改称し、組織も宗教教団に変革する旨を発表したのである。各支部からは激しい反対意見が挙がったものの、組織改革は強行され、太霊道総本院は太霊教総本山宮に改められた。この間、組織内部の動揺は治まらなかった。同年一一月、岡山別院が太霊教から脱退した。同別院は、新たに日本霊道会を創設する。混乱が続く同年一二月一四日、田中は名古屋逓信局で面談中、循環器障害の発作で倒れた。三日後の一七日、逝去。享年、四六歳。田中を失った太霊道は、ほどなく解体した。

田中の死に前後して、霊術運動は勢いを失っていく。田中の死の翌年にあたる一九三〇年、「療術行為ニ関スル取締規則」（警視庁令第四三号）が発令された。以後、霊術の規制は厳格化する。こうした政府の動きに対抗するべく、一九三一年には清水英範らによって大日本療術師会が設立され、霊術家たちの大同団結が図られたものの、一九三五年の第二次大本事件を契機として、霊術の衰退は不可避となった。

渡辺藤交――霊術団体から出版社へ

前節で紹介した田中が、本来の政治的志向を霊術団体で実現させ、やがて太霊道による霊的文明の建設というスローガンの下に日本主義のグローバルな展開をめざして宗教教団への組織改革を実行したとすれば、渡辺藤交（一八八五～一九七五）は、田中とは異なる霊術の生き残り戦略を描き、それに成功した数少ない霊術家の一人

渡辺藤交　1885-1975

だった。ここでは渡辺藤交（本名：久吉）の軌跡について、おもに渡辺『心霊治療秘書』（日本心霊学会本部、一九一三〔改版一九二四〕）、『霊的体験録』（日本心霊学会、一九二四）などによりながら紹介しよう。

渡辺は、一八八五年、愛知県三河地方に生まれた。橋本時次郎「西に藤交あり東に鉄石あり」（『精神統一』一九二一・五〔『破邪顕正　霊術と霊術家』二松堂書店、一九二八に転載〕）には「彼は三河の産、幼にして出雲国簸川郡塩谷村に在る神門寺という寺の小僧に成った」「長じて京都に出で知恩院中学林に遊んだ」とある。また、この前後については『霊的体験録』に「嘗て青年時、宗教学校に学び、業卒り、まさに一山の住職に選ばれんとするとき、心臓病を患い、次で殆ど万病併発、主治医も到底不起と宣言したるとき、奇しき因縁によりて白隠禅師の「夜船閑話」を読みて、心機一転し、前途に希望の光を見出し」「日本心霊学会を創設した」とある。

『心霊治療秘書』によれば、渡辺は心臓病のために出雲で静養していたさいに白隠禅師『夜船閑話』を読み、内観法を修して効験があったらしい。そこから彼は精神療法に関心をいだき、研鑽の結果、一九〇六年に呼吸式感応的心霊治療法を感得、『心霊治療秘書』の稿を起こした。また、病は神経衰弱だったという指摘もある。このとき松江で渡辺に精神療法の教えを授けたのは、木原鬼仏だった（橋本前掲文）。木原は、松江を拠点に心霊哲学会を主宰していた霊術家である。

一九〇七年、中学林を卒業した渡辺は、翌〇八年四月、京都寺町の透玄寺内に事務所を設け、日本心霊学会を創立した（『霊的体験録』）。『心霊治療秘書』の刊行は、それから五年後の一九一三年九月になる。同書には、次の一文がある。「余曾つて心臓病に犯され当に瀕死の境にあり。百医の青嚢も何の齎す所なきを以て精神療法に就かんことを欲し普く斯道の先輩学者の門を敲き之を試むるに頗る効あり、終に余が重患を転変して全治の歓喜を得せしめたり。爾来余は大に鑑みる処あり、奮然として研鑽に研鑽を重ね修養を積み、此に心霊治療法を感得するに至れり」。

渡辺のいう「心霊治療法」とは「特に呼吸式に則り調息調子をなし、一超、直ちに観念力の本源に合致せしめ、人の活元、即ち人の生命の泉を開かしめる秘諦に接するもの」だという（『心霊治療秘書』）。「固定せる心理及生理学を超越したる『力』としての観念、即ち所謂念力を基としたる呼吸式感応的治療法」（同前）に基づく実戦的な心霊治療を標榜する日本心霊学会は、独自の理論と治療技術を打ち出しているという意味で、まさに典型的な霊術団体だった。渡辺は自らの仏教人脈を生かし、各地の寺院を支部として取り込むことで、全国的な展開を可能にした。

ちなみに、一九一七年三月の時点で、北は北海道茅部郡臼尻村（現、函館市臼尻）、南は熊本県上益城郡龍野村（現、甲佐町）まで、日本心霊学会の支局・支部は三五カ所に及ぶが、そのすべてが寺院内である。「近県地方病患者の治療並に教授を受けんとする方の依頼に応ず」（福岡県、長岸寺）、「心霊公衆治療の委嘱に応ず」（山形県、長慶寺）といった宣伝広告文を見る限りでは（『日本心霊』創立十周年記念号、一九一七）、地方寺院の僧侶にとって、日本心霊学会の心霊治療は魅力的な副業だったと思われる。

この後、日本心霊学会は月刊の新聞を刊行し始める。一九一五年二月に発刊された『日本心霊』である。翌一六年二月からは月二回に、さらに一九二四年一月からは月三回の刊行となっている。発行部数は毎号二万部以上、「米国の「プログレシッブ・シンカー」又は英国の「ライト」にも比すべき日本初の心霊新聞」であったという（『霊的体験録』）。数ある霊術団体の中でも「新聞大の機関紙」を刊行していたのは日本心霊学会だけだったようだ（『霊術と霊術家』）。この間、一七年三月には『日本心霊』創立十周年記念号が刊行されている。また一八年には諸事業の発展にともない、京都市河原町二条下ルに本部を移転。同時に治療部を本部内に設け、一般病人の治療にあたった（『霊的体験録』）。

この『日本心霊』創立十周年記念号には、実に一一〇頁にわたる会員の治療報告が掲載されている。ここでは「十数年来の聾癒ゆ」「心臓病全快」「発狂者も全癒」など、その劇的な治療効果が紹介されるとともに、「施療千に達す」「来患二百、俄に助手を呼ぶ」「百戸余の村落の患者全癒」など、地方寺院の僧侶たちが多くの患者と向き合っている様子が浮かんでくる。

　こうした霊術団体としての日本心霊学会の頂点をなした事業が、一九二五年の六月二七日に京都市公会堂で開催された、日本心霊学会創立一八周年記念講演会である。講師は福来友吉《ふくらいともきち》と今村新吉が務めた。演題は福来が「無我一念精神統一の妙味」、今村が「強迫観念と恐怖心」。聴衆は一六〇〇名を数えたという。この時点での、日本心霊学会による心霊治療法の伝授者は約八〇〇〇名。研究部、出版部、新聞部、治療部などを組織として備え、中心事業を心霊治療法の宣伝と伝授においていた（『霊的体験録』）。

　この講演会で注目すべきは、日本心霊学会の人脈である。先に仏教界との強い結びつきという点を挙げたが、千里眼事件の主役の一人として知られる福来友吉との関係も興味深い。日本心霊学会は、福来の観念＝生物説を巧みに彼らの理論の中に取り込んでいる。その意味で日本心霊学会の活動は、福来理論の具現化という側面を持つ。この講演会のもう一人の講師である今村もまた、千里眼事件にかかわっていた。今村は京都帝国大学医科大学における精神医学教室の創設者であり、精神病理学の権威として知られていた人物である。彼を媒介にした京都大学の人脈は、のちの人文書院に大きな実りをもたらした。こうしたアカデミズムとの紐帯は、他の霊術団体には見られない特徴である。

　ちなみに、探偵小説家の小酒井不木もまた日本心霊学会と深くかかわっており、一九二七年には『慢性病治療術』『医談女談』の二著を同学会から刊行していた。また小酒井は、野村端城『白隠と夜船閑話』（日本心霊学会、一九二六）に序文を寄せ、次のように述べている。「動物実験によって発達した近代医学は、人間をも動物視し物質化しようとし、従って心に就ての観察をおろそかにした」「人間には自然治癒力なるものが具わって居るのであって、その自然治癒力を巧みに働かせたならば、多くの病は自然に治癒する筈である。元来、医術なるものは、この自然治癒力を適当に発現せしめる術に過ぎないのであって、而もこの自然治癒力なるものは患者の心と甚深の関係を有するものであるから、心を顧みない医術は、自然治癒力を思う存分に発現させることが不可能な訳である」。この小酒井の主張は、日本心霊学会の存立基盤を十分に代弁しているだろう。

さて、すでに福来友吉『観念は生物なり』（一九二五）、同『精神統一の心理』（一九二六）、今村新吉『神経衰弱に就て』（一九二五）などを公にしていた日本心霊学会出版部だが、霊術団体から出版社への移行が明確になるのは一九二七年、今村新吉が「人文書院」と命名した後のこととなる。以後、人文書院は心理学、国文学、和歌などの書籍を中心に旺盛な出版活動を展開し、一九三六年には保田与重郎『英雄と詩人』が池谷信三郎賞を受賞した。太宰治『思い出』（一九四〇）もまた、人文書院の刊行である。

戦争による中断を挟んで事業が再開された一九四七年以降は、欧米の文学、哲学、社会科学書の翻訳出版に尽力し、一九五〇年から刊行を始めた『サルトル全集』は学生、知識人のあいだで爆発的な人気を呼んだ。日本に実存主義を定着させたこの事業は、人文書院二代目社長、渡辺睦久の企画編集による。ヘルマン・ヘッセ、ボードレール、ランボー、パスカル、ゲーテ、スタンダールなどの全集もつぎつぎに出版し、一九六六年にはサルトルとボーヴォワールを日本に招待するなど、人文書院は日本を代表する〈人文〉系出版社として定着した。戦後の人文書院の飛躍的な発展を見定めたかのように、渡辺は一九七五年、世を去った。享年、九〇歳。

おわりに

大正期の霊術家たちと〈変態〉の関係を考察する場合、二つの観点がありうる。一つは、患者を〈変態〉状態にして治療する霊術のシステムをめぐる問題。もう一つは、この治療を行う霊術家たちの〈変態〉性をめぐる問題である。古峡からすれば、患者が〈変態〉状態に陥るのは科学的に説明がつく現象にすぎない。一方霊術家たちは、この現象を肉体に対する精神の優位、唯物論に対する唯心論の勝利の証拠とみなし、そこに働く力について、多種多様な仮説を展開した。太霊道の田中なら霊子、日本心霊学会の渡辺なら念力（観念力）、といった具合に。

しかし時代は〈変態〉を封じ込めようとしていた。雑誌『変態心理』の取り組みは、既存の学問体系によって〈変態〉を社会的な規範の内部に吸収、再編するものだった。また一方では、社会の〈常態〉に抵抗すべく、あえて〈変態〉を志向することで秩序の外側を構築する勢力に対して、徹底的に批判した。こうした状況に危機感を覚えた霊術団体の方策を、ここでは二つ紹介した。一つは太霊道が志向した宗教団体への転身、もう一つは日本心霊学会における出版事業への一本化である。

前者の場合は、当初から科学的な規範の外側におかれていた宗教的なフィールドへの自発的な転身ということができよう。それに対して後者は、あえて霊術団体の看板を降ろして、団体が所持していたアカデミズムとのつながりという財産を最大限に生かした選択だったと捉えることができる。人文書院は最初期の精神療法や心霊のイメージを徐々に脱色し、精神医学関連の書物を積極的に刊行するとともに、一般文芸書の出版へとスライドしていった。だが、日本心霊学会の遺伝子は、戦後になっても消えていない。フロイト、ユング関連書籍や神秘学関連の書籍の刊行は、かつての日本心霊学会のアイデンティティゆえだったのではないか。

いずれにせよ、田中や渡辺の軌跡が大正期の〈変態〉をめぐる運動の一端を示していることは疑えない。霊術家たちは、正常と異常の狭間に領域横断的な場を作り出すことによって、〈変態〉という概念に揺さぶりをかけ続けていたのである。

コラム②

なぜ男たちは暗示にかかるのか
――谷崎潤一郎

西元康雅

あなたは他人の眼をじっと見据える、あるいはその眼に魅入られたことがあるだろうか。谷崎潤一郎『痴人の愛』（『大阪朝日新聞』一九二四・三・二〇～六・一四／『女性』一九二四・一一～一九二五・七）においては、ナオミの「眼」が象徴的に語られている。譲治との諍いにおいて、ナオミは「殆ど敵意をさえ含んだ眼つきで睨めツくらをする」「物凄い瞳を据ゑて私の顔を穴のあくほど睨め」る。また別の場面では「大きな眼に露を湛へ」た後、「うつすらと半眼を閉じたまま」であるところのナオミに譲治が「睫毛がぶるぶる顫へてゐる眼瞼の肉を吊りあげると、たとへば貝の実のやうに中からそつと覗いてゐるむつくりとした眼の玉は寝てゐるどころか真正面に私の顔を視てゐる」のであった。ナオミの眼について、譲治は以下のように集約している。「もし実際に動物電気と云ふものがあるなら、ナオミの眼にはきつと多量にそれが含まれてゐるのだらうと、私はいつもさう感じました。なぜならその眼は女のものとは思はれない程、炯々として強く凄じく、おまけに一種底の知れない深い魅力を湛へてゐるので、グツト一と息に睨められると、折々慄然とするやうなことがあつたからです」。

ここでは、「ナオミの眼」が「動物電気」になぞらえられている点に着目したい。荒俣宏『世界大博物図鑑　第三巻』（平凡社、一九九〇）によれば「動物電気説」とは、一七九一年にイタリアの動物学者・ガルヴァーニが唱えたものであり、カエルの筋神経標本が起電機の働きで、脚の痙攣を引き起こすという。中村古峡風にいいかえれば、譲治の「主意識の下層」にある「潜在意識」が「一時的変態現象」の一つ、「催眠現象」に移行し、「自発的精神活動の休止」にいたったものである（『変態心理学講話集　第一編』日本精神医学会、一九一八）。すなわち、ナオミの「動物電気」とは他者の自家意識を衰弱させ、思いのままにするという点で譲治にとって暗示と同じ作用を持つのである。その端緒を、初期作品である『幇間』（『スバル』一九一一・九）に求めたい。『幇間』は催眠術でもって、女芸者・梅吉が幇間・三平に催眠術を仕向けるがゆえである。

『幇間』の作中時間は、発表時とのズレがあり、明治「四十年の四月の半ば頃」である。その頃、催眠術は〈科学〉から〈大衆〉への通俗的関心、また娯楽の対象として消費される過渡期にあった。さて、三平はどのようなかたちで催眠術を仕向けられていたであろうか。「かう云つて、旦那が睨み附けると、「ああ、真平、真平。そいつばかりはいけません」と、顔色を変へて、逃げ出さうとするのを、旦那が後ろから追ひかけて、三平の顔を掌で二三度撫で廻し、「そら、もう今度こそかかつた。もう駄目だ。逃げたつてどうしたつて助からない」さう云つて居るうちに、三平の項はぐたりとなり、其処へ倒れてしまひました」。こうした催眠術のかけ方はメスマー、ブレイドといった催眠術、暗示の第一人者を直ちに想起させる。だが一方で『幇間』には、谷崎潤一郎に独特の暗示の術式が描かれていることは見逃せない。「「あ、こりや、こりや」と、陽気な三味線に乗つて、都々逸、三下り、大津絵などを、粋な節廻しで歌はれると、子供ながらも体内に漠然と潜んで居る放蕩の血が湧き上つて、人生の楽しさ、歓ばしさを暗示されたやうな気になります」と、歌やことばが「血」を刺激し、「暗示」を生み出すというメカニズムが顕著である。「面白半分にいろいろの暗示を与へると、どんな事でもやります。「悲しいだらう」と云へば、顔をしかめてさめざめと泣く。「口惜しからう」と云へば、真赤になつて怒り出す。お酒だと云つて、水を飲ませたり、三味線だと云つて、箒を抱かせたり、其の度毎に女達はきやツきやツと笑ひ転げます」「「梅ちやんの為めならば、命でも投げだします」とか、「梅ちやんが死ねと云へば、今でも死にます」とか、尋ねられるままに、彼はいろいろと口走ります」こうしたことばの応答を介した暗示は後年の『白狐の湯』（『新潮』一九二三・一）における狐が扮する西洋人女性ローザによる誘導的暗示へとつながっていよう。

最後に、いわゆる「古典回帰」の時代にあたる『吉野葛』（『中央公論』一九三一・一〜二）にも触れておきたい。津村がお和左を見初めたのは「僕は、大方あの手紙の文句、『ひびあかぎれに指のさきちぎれるよふにて』と云ふ——あれに暗示を受けたせゐか、最初に一と眼水の中に浸かつてゐる赤い手を見た時から、妙にその娘が気に入つたんだ。それに、さう云へば斯う、何処か面ざしが写真で見る母の顔に共通なところがある」とあくまで、亡き母が書き残したことばによる暗示が新しい母の像を創出しているのである。

以上から、谷崎潤一郎における暗示は、変態心理をめぐる言説を受容するばかりではない。「操り方／操られ方」への関心を持ち続けていたこと、それを自己流の術語として小説の言語に組み入れていった様相が見えた。谷崎は生涯を通じてその作品の中に暗示を希求する男たちを描き続けたのである。

コラム③

芥川龍之介
——〈変態心理〉言説に翻弄された大正の文豪

乾英治郎

「僕の意識してゐるのは僕の魂の一部分だけだ。僕の意識してゐない部分は、——僕の魂のアフリカはどこまでも茫々と広がつてゐる。僕はそれを恐れてゐるのだ。光の中には怪物は棲まない。しかし無辺の闇の中には何かがまだ眠つてゐる」——これは芥川龍之介の最晩年の作品『闇中問答』（遺稿）の一節である。古今東西の書物から得た該博な知識と、登場人物の精密な心理分析によって〈理知主義〉文学の旗手と謳われていた芥川だが、実際には理性から〈逸脱〉した魂の領域——いわば〈変態心理〉に関心をいだき続けた作家でもあった。

作家デビュー前の二一歳のとき、逗留先の静岡県から東京の友人に宛てた書簡の中で芥川は次のように書いている——「新聞によれば千里眼問題再燃の由本屋にたのみやりし福来博士の新著（福来友吉『透視と念写』宝文館、一九一三・八・七：引用者注）も待遠しく田舎の新聞が同問題の記事を少ししか出さぬが歯がゆく候」（浅野三千三宛、同・八・一二）。ここに示されているような芥川の心霊科学に対する興味は、ドッペルゲンガーをテーマにした『二つの手紙』（一九一七・九）、『影』（一九二〇・九）や、降霊術を扱った『妖婆』（一九一九・九～一〇）、『アグニの神』（一九二一・一～二）といった怪奇小説からも看取しうる。一方、『奇怪な再会』（一九二一・一～二）は、芥川自身「怪談」と呼んではいるが、超自然現象というよりは異常心理を扱った小説といいうる。日清戦争時に日本に密入国した中国人女性が異国での孤独な生活の中で精神を崩壊させていく軌跡を追いながら、彼女の見る幻視の数々を鬼気迫る筆致で描いた作品である。〈狂気〉という主題は、初期の『忠義』（一九一七・三）から最晩年の『河童』（一九二七・三）、『歯車』（遺稿）にいたるまで芥川文学には頻出するが、自伝的長編小説『路上』（一九一九・六～八）の二五章では「実際厳密な意味では、普通正気で通つてゐる人間と精神病患者との境界線が、存外はつきりしてゐないのです。況んやかの天才と称する連中になると、まず精神病者との間に、全然差別がないと云つても差支へありません。その差別のない点を指摘したのが、御承知の通りロムブロゾオの功績です」というかたちで、チェザーレ・ロンブローゾの「中間者」（Grenzzustande. 常人と区別のつかない「異常者」）という概念や「天才論」を援用している。天才あるいは「狂人」や犯罪者といった〈社会的逸脱者〉の多くは〈精神的遺伝〉によって生み出された先天的〈変質者〉であるとするロンブローゾ系統の学説は、芥川の人生を少なからず束縛した。なぜなら、芥川の生後まもなく実母が発狂しているためである。箴言集『侏儒の言葉』の中で「遺伝、境遇、偶然、――我我の運命を司るものは畢竟この三者である」（「運命」遺稿）と述べた芥川は、「狂人」の息子である自身もまた、母からの「遺伝」ゆえに発狂するのではないかという潜在的恐怖を抱えて生きねばならなかった。晩年、健康上のさまざまな障害が重なり神経衰弱が甚だしくなると、発狂への恐怖はにわかに現実味を帯びる。精神治療の主治医であった斎藤茂吉に「この頃又透明なる歯車あまた右の目の視野に回転する事あり、或は尊台の病院の中に半生を了ることと相成るべき乎」（一九二七・三・二八）と書き送っている。激しい頭痛をともなう「透明なる歯車」の出現（閃輝暗点と呼ばれる視覚異常だと思われる）は、小説『歯車』の重要なモチーフにもなっている。同作にはさまざまな幻視や妄想が描かれているが、西山康一は芥川の旧蔵書の中の森田正馬『神経質及神経衰弱症の療法』増補五版（日本精神医学会、一九二六）に記載された症例との共通性を指摘し、森田の説くロンブローゾ風の学説が芥川に影響を与えた可能性を示唆している（「芥川龍之介と森田正馬――「歯車」と『神経質及神経衰弱症の療法』を中心に」『日本近代文学』二〇一五・五）。異世界を舞台にした寓意小説『河童』では、河童の胎児が「僕は生れたくはありません。僕のお父さんの遺伝は精神病だけでも大変です」という理由で自らの堕胎を望むという場面が出てきたり、「悪遺伝」の撲滅のために「健全なる男女」に「不健全なる男女」との結婚を推奨する「遺伝的義勇隊」なる組織が登場するなど、最晩年の芥川の「遺伝」に対する関心の深さがうかがわれる。

新潟で行った座談会（一九二七・五・二四）は、参加者の一人が精神科医の式場隆三郎（後に山下清の後援者となる）ということもあって〈天才と狂人〉についての話題が多く、ロンブローゾの名前も出てくる。この中で芥川は「僕なども精神病の本を読むと自分を疑つて来ますね。それで斎藤（茂吉：引用者注）君にあまり読むなと云はれました。一体ノーマルとはどういふ事なんでせう」と式場に問いかけたり、当時精神病院に収監中であった作家・島田清次郎を弁護したりしている。また、「精神病者は最も進んだ人間だと云つていゝですね」という発言に対する会場の「沈黙」が印象に残る。

芥川は一九二七（昭和二）年七月二四日未明に自殺する。同時代的な精神医学の言説の中で「中間者」として生きざるをえなかった彼は、ついに人間社会から〈逸脱〉してしまったのである。

第III部

〈変態〉の水脈

テクスト・表象

第7章

性的指向《セクシャリティー》と戦争——大日本帝国陸軍大尉・綿貫六助の立ち位置《スタンス》

島村 輝

忘れられた作家・綿貫六助

梅原北明と『変態・資料』

一九二〇～三〇年代にかけて、〈変態〉をめぐっての言説、ジャーナリズムの動向を牽引するグループの中心にあった梅原北明が、『変態十二史』シリーズ（本編一三冊、別冊付録三冊、計一六冊、一九二六～二七）の企画販売の成功に気を良くして、それまでに携わっていた『文芸市場』（一九二五・一一創刊）よりもいっそう内容的方向性を明確に打ち出そうと発刊したのが、雑誌『変態・資料』である。この雑誌は一九二六（大正一五）年九月に創刊され、一九二八年六月まで、計二一冊を刊行した。「会員頒布」を謳ったにもかかわらず、その多くの号が発売禁

綿貫六助　1880-1946

止の処分を受けたものである。

『文芸市場』、この『変態・資料』、それらの後継と目される『カーマ・シャストラ』（一九二七・一〇創刊）、『グロテスク』（一九二八・一一創刊）といった雑誌群、およびその周辺から多数刊行された〈珍書・奇書〉こそ、その後により大きなメディアを席巻することになる〈エロ・グロ・ナンセンス〉のブームを準備した中核といってよい。サブカルチャーの領域からの、〈風俗〉と〈安寧〉への一撃こそ、彼らの真骨頂だったのである。『変態十二史』にあっても『変態・資料』にあっても、そこに「変態」ということばが、まさしく想像力をはばたかせるジャンプ台として働いていた。そのことの重要性は、その後の〈エロ・グロ・ナンセンス〉の全盛期に向けての、このことばの使用と流通の動向をたどってみれば一目瞭然であろう。

『変態・資料』二巻一号（一九二七・一）が発禁処分になったのを受け、続く二巻二号（同年三月）は「筆禍紀念号」と銘打って、北明の執筆による『明治、新聞雑誌資料、並筆禍文献』という特集で一冊全部を埋めている。この号の巻末には上森健一郎による「警視庁の仰せを伝へます」という文書が掲載され、そこでは同時期刊行の『ファンニ、ヒル』（訳・佐々木孝丸）、『変態十二史』中の『崇拝史』『交婚史』が禁止となったことの説明と対策が、当局への皮肉交じりに記されている。しかし実際はここでもらされている以上の混乱が、編集陣のあいだに生じていた。伊藤竹酔や文芸市場社の事務担当であった樋田悦之助の検束・拘留、上森健一郎と梅原《うめはら》北明《ほくめい》の取り調べなどといった事態が続き、北明は「文芸資料研究会編輯部」の運営と『変態・資料』の発行から手を引くことになる。二巻三号（同年四月）に「謹告」として『文芸市場』を北明の個人誌にするとの告知が出され、その後二巻五号（同年六月）、二巻六号（同年七月）に分載された「江戸町奉行支配考」を最後に、北明のこの雑誌への寄稿は絶たれることとなった。これ以降『変態・資料』は北明のもとを離れて続刊されたが、内容においてはそれ以前に勝るとも劣らない、趣味的で興味深い探求の報告が掲載されている。

綿貫六助の「男色小説」四部作

そうした中で、終刊近い時期に連載された綿貫六助《わたぬきろくすけ》の一連の作品は、〈変態〉的性的指向《セクシャリティー》を前面に押し出した創作として、とくに注目されるべきものである。綿貫は一八八〇（明治一三）年群馬県生まれ。陸軍士官学校を卒業後、日露戦争に従軍し、早稲田大学を卒業後一九二四年に長編小説「戦争」を発表した小説家である。三巻一号（一九二八・二）から四号（同年四月）にわたって掲載された『晩秋の懊悩』『惨めな人たち』『丘の上の家』『静かなる復讐』の四部からなる連作は、田山花袋を思わせる自然主義的な文体により描き出されているが、主人公はバイ・セクシャルであり、結婚して子どももありながら、老年の男性を家に招き入れ性的関係を結んでいくという、見方によっては相当に過激な内容を含んだ作品といえる。主人公と相手の老人との関係は決して美化して描かれておらず、むしろ醜悪といえるような描写が続くが、その醜悪さが一種の気迫や力強さを感じさせる怪作といっていいだろう。

本論ではこの『変態・資料』掲載の四部作にいたるまで、今はほとんど忘れられた作家となっている綿貫の独特の性的指向を表面に出した作品を紹介するとともに、文筆家としての彼のもう一つの側面である、軍記・戦争読物作家としての面をとりあげて、その分裂と統一のうちに見出される、広義の〈変態〉性の意味について考えてみたい。

〈老教師〉三部作と小林多喜二『老いた体操教師』『スキー』

綿貫六助研究のこれまで

今は忘れられた作家となって久しい綿貫六助に関する、まとまった先行研究としては、市川祥子による二つのものが代表的かつ重要なものである。一つは短いながらも丁寧で詳細な文献調査に基づいた綿貫の文学的評伝ともいうべき「綿貫六助素描」（『群馬県立女子大学　国文学研究』二二号、二〇〇六・三）、今一つは「白石実三宛綿貫六助書簡について」（『群馬県立女子大学紀要』二四号、二〇〇七・二）である。後者は群馬出身で博文館の編集者としても活躍した作家・白石実三（一八八六〜一九三七）へ宛てた綿貫六助の書簡を翻刻・紹介するとともに、その資料の周辺の事情を詳しく考察したものである。

前者には一九二二年一二月一日発行の『早稲田文学』二〇五号に掲載された『家庭の憂鬱』を筆頭として、没後の一九五〇（昭和二五）年に日高譲編によって刊行された『人生随筆』中に収められた随筆「郊外散歩」までの綿貫の著作が、発表年代順に整理されている。また後者にはその「補遺1」として、一九二一年の『中学世界』に三度にわたって掲載された〈老教師〉ものを筆頭として、やはり没後の一九七二年九月『定本ちゅうこう詩集』（美術四季社）に収載された「小野君を追って」「渡良瀬日記」（いずれも初出誌不明）まで、前回のリストからもれていた作品を掘り起こして整理が行われている。いずれも資料の少ない綿貫六助を研究するに際して、基本的な資料として参照できる貴重な調査報告である。

上記「補遺1」の末尾に登場する『定本ちゅうこう詩集』の著者、おの・ちゅうこうによる「放浪の作家　綿貫六助」もまた、生前の綿貫と親しく交際を結んだ文学者による、生身の彼の面影を伝える記録として、異彩を放つ資料である。「放浪の作家　綿貫六助」を含む『わが群馬の文学者たち』（上毛新聞社、一九七九）には、綿貫の他に、萩原朔太郎、新井紀一、萩原恭二郎といった、多少なりとも名前の知られている作家・詩人ばかりではなく、著者のおのと交流のあった、群馬のいわば無名の文学者たちの消息も多く収められており、興味はつきない。

その「放浪の作家　綿貫六助」には、以下のような記事が見出される。

利根郡白沢村（川場の隣村）はぼくの生まれた村で、当時、父が生きていて酒を売る飲食店をやっていたが、綿貫はそこへやってきて、よく父と飲んだ。ぼくはその頃、中央の日本詩人協会（これが当時は唯一の団体）の会員であり、博文館の「少女世界」に詩を毎号寄稿して大枚五円の稿料をもらっていたから気負っていた。当時は酒が一・八リットル一円くらいであり、米が十キロで二円というバカ値であった。

綿貫は文学の先輩格らしく、父と飲みながらよくこう言っていた。

「小野君は（ぼくのこと）、きっとものになりますよ。第一、親孝行だからね。……小野君には、ぼくの毒（悪いところ）は、うつしませんよ」

綿貫のいう「ぼくの毒」というのがどういったことを意味していたのかは、この文脈からだけでは不明だが、少なくとも後に述べるような綿貫の性的指向を共有することを、おのに求めたことはなかったようだ。おのはその後「綿貫の家を尋ねて宿泊したこともたびたびある」、また自分の転居先に綿貫が訪ねてきたことも数度に及ぶ、と率直に記し、「こんなわけで、綿貫六助とぼくとの交りは肉親的なものであった」としている。

あるとき旅館にいっしょに泊って、朝、ぼくが鏡に向って顔をつくろっていると、綿貫が一首よんだ。

朝早く起きて　鏡に向いけり
親に似し顔　君はつくるや

こうしたことを屈託なく記すほどに、綿貫とおのとの交友は、それこそ「肉親的」なものの水準で推移したのであろうことがうかがわれる。『定本ちゅうこう詩集』に綿貫の逸文二篇が収録されているのも、二人のこのような深い交流と、綿貫に対するおのの情愛がもたらしたものであろう。

『中学世界』掲載の〈老教師〉もの三部作

おのは当時「博文館の「少女世界」に詩を毎号寄稿」していたと記しているが、白石実三もまた博文館の現役編集者であり、一九二一年の『中学世界』に綿貫の〈老教師〉ものが三度にわたって掲載された際の伝手として白石の存在があったことは、市川の資料による考証がある（市川前掲論文、二〇〇七）。

〈老教師〉もの三部作とは、『罷免された老教師より』（『中学世界』二四巻六号、一九二一・五）、『老教師の悔悟』（同誌二四巻九号、一九二一・七）、『老体操教師の告白』（同誌二四巻一二号、一九二一・一〇）の三作である。三作の執筆、掲載の詳しい経緯については市川（二〇〇七）の考証に譲るが、これら三作は、綿貫自身の経験に基づく事件とそれについての述懐を、「私」「僕」が語り掛け、あるいは告白するという形式をとっている。第一作では昨年秋まである学校で体操と英語を教えていた「私」が、罷免された後、在職中に偏見と差別とをもって接した生徒に当時のふるまいを詫び、その生徒の描いた絵に癒されたこと、今後の更生について語っている。二作目は、罷免されて後洗礼を受け、職場を新たな学校に転じて、生まれ変わったように清浄な生活を送ろうとする決意を述べたもの。三作目は、罷免後にもとの職場の生徒から送られてきた手紙を引用し、罷免の原因となった出来事の真相について語ったうえで、現在ではキリストの導きのもとに、教師として清浄な生活を送っていると、近況を伝える内容となっている。

学生投稿家・小林多喜二の『文章倶楽部』入選作

今回本論執筆にあたり、綿貫六助について調べるうち、この三作の存在と内容とを改めて認識し、そこから興味深い連想が働いた。それは、のちにプロレタリア文学の代表作家となる小林多喜二の、商業学校から高等商業学校への進学前後に執筆された〈幻のデビュー作〉の一つともいうべき『老いた体操教師』『スキー』の二作との関連である。

一九二一年四月、庁立小樽商業学校から小樽高等商業学校へと進学した小林多喜二は、投稿雑誌『小説倶楽部』の懸賞小説への応募を始める。翌年一一月に同誌が廃刊になるまで、四作が選外佳作とされ、うち二作が誌上掲載された。その二作のうち『龍介と乞食』は一九二二年一月号の同誌に掲載されたことが古くから知られており、これまでの全集中にも収録されていた。しかしもう一作の一九二一年一〇月号で選外佳作第一席となった『老いた体操教師』は、掲載誌の当該号が永らく発見されず、その本文がどのようなものであったのかは、残されたほんの一部の断稿からうかがい知るばかりであった。その『老いた体操教師』が、曾根博義の手によって昭和女子大学図書館旧近代文庫から発掘され、発表された（曾根博義「小林多喜二全集未収録小説「老いた体操教師」」『語文』一二七号、二〇〇七・三）。また二〇〇九年秋には、同一人物と見られる老教師を主人公とする『スキー』という作品が『国民新聞』一九二一年一〇月三〇日付紙面に掲載されていることが、木戸健太郎によって発見され、市立小樽文学館の玉川薫の校訂後『市立小樽文学館報』第三三号（二〇一〇・三・三一発行）に掲載された。現在このどちらも『DVD版　小林多喜二　草稿ノート・直筆原稿』（雄松堂書店、二〇一一）に収録されているが、それまでは当然どちらもどの全集・アンソロジーにも未収録、新発見の作品であった。

『老いた体操教師』は、北海道の中学に勤める老体操教師Tが主人公である。日露戦争に出征し、弾傷によって足腰が不自由であったが、その愛嬌のある性格が、校長はじめ生徒からも愛されていた。日露戦争の従軍の思い出を誇りとし、昔話を生徒に聴かせるなど、教師生活を楽しんでいたのだが、あるとき校長が交代し、厳格な新校長がやってくる。T先生は悩んだ挙句、生徒に厳しい態度で接するようになるが、それが生徒の反感を呼び、排斥運動の挙句に、学校を首になってしまう。生徒の一人が町で先生に遭った際に、先生は「この町でいる場所がなくなってしまった」「しかし履歴書は日本中に出している」といった、という内容である。『スキー』は同じく日露戦争の古傷に悩むT先生が、小樽の学校に赴任してきて、慣れないスキーの技術を習得しなければならなくなった話だ。体操教師であるにもかかわらず、老いて、身体も不自由な彼は、授業の後も一人でスキーの練習をし、凍えて帰宅する。しかし家族は彼がなぜスキーの練習に励むのかを、理解しないようであった。彼は涙を抑えることができなかった。

綿貫と多喜二――両者が目前に見たもの

この「T先生」のモデルが、多喜二の小樽商業学校在学中の教師であった富岳丹次（一八七七〜一九四二）であることは、曾根博義の調査によって明らかにされている（曾根博義「多喜二短篇　モデル教師特定」『読売新聞』二〇〇八・一・二九）。綿貫の〈老教師〉三部作のモデルは作家本人であると想定されるところから、両者のモデル間には直接的な関係はないといってよい。しかし綿貫と多喜二の作品群の主人公の境遇は、偶然の一致として見過ごせないような共通点を含み、同時に相違点も見出される。

綿貫六助は一八八〇年の生まれ、『老いた体操教師』『スキー』のモデルとされる富岳丹次は一八七七年の生まれであり、二人はほぼ同年代である。二人とも日露戦争に従軍し、重傷を受けながらも社会復帰、一度は学校の教師として定職を得ることに成功した。市川前掲論文（二〇〇七）中の資料5からは、教師としての綿貫もまた、T先生と同じく、生徒たちと人懐こく話をする、情味のある教師であったことがうかがわれる。だが両者とも、学生の裏切り、離反（カンニング行為、排斥運動）により免職となってしまう。

綿貫の〈老教師〉三部作では、主人公は新たな職場を得て更生するというかたちになっているが、多喜二の『老いた体操教師』では、T先生は教師として再生することは難しそうである。

ここで綿貫の〈老教師〉三部作と多喜二の二作品の発表時期を並べてみると、『罷免された老教師より』が一九二一年五月、『老教師の悔悟』が七月であり、『老体操教師の告白』が一〇月発行の『中学世界』であるのに対して、『老いた体操教師』は『文章倶楽部』二一年一〇月号、『スキー』は同月三〇日号の『国民新聞』掲載となっていることがわかる。このタイミングは微妙であろう。

設定上に似通った点があるとしても、綿貫と多喜二の小説の舞台、モデルはそれぞれ違っていることが明らかであり、展開も結末も大きく異なる以上、多喜二が綿貫の作品を読んで〈剽窃〉を試みたという言い方はあたらないだろう。しかし、博文館発行の『中学世界』を、当時投稿に志していた文学少年であった多喜二が目を通し、参考にしていなかったと考えるのも、不自然であろう。

おそらく小樽高等商業学校進学後、多喜二は『中学世界』で綿貫六助の〈老教師〉もの連作のうち、少なくとも最初の二作を読み、触発されたに違いない。そこに扱われている、日露戦争従軍によって負傷し、教師となり、罷免された主人公の境遇に、つい先日まで在学していた小樽商業学校で、ほとんど同じような富岳先生の境遇が重ね合わされ、『老いた体操教師』『スキー』（このどちらが先に擱筆されたかは明らかではない）が書かれたと見るのが、妥当ではないだろうか。これら二作と、三部作最終作の「老体操教師の告白」の発表時期が重なったのは、たまたまのことであろう。

綿貫と多喜二とのあいだには、二〇年以上の歳の差がある。一方は教師の、もう一方は学生の立場でもある。暮らしていた場所も、交友関係も大違いだ。しかし、おそらくこの二人のあいだには、日本近代史上の大イベントたる〈日露戦争〉と、〈傷病兵のその後の教師生活〉という、庶民としての日常の困難との矛盾が、共通の文学的課題として、目前に横たわっていたのではないだろうか。その後〈エロ・グロ・ナンセンス〉と〈プロレタリア文化〉のせめぎ合う時代に、前者は〈変態男色文学〉〈戦記・戦争読物〉作家として、後者は〈プロレタリア文学〉〈反戦文学〉の旗手として、世に知られるようになる。その二人が、〈大正デモクラシー〉の末期、投稿作家であった時代にこのような題材を共通にとりあげ、そのことをもって文学者として世に認められるきっかけをつかみ、勇気を得たことは、記録され、記憶されてしかるべきことであろう。

『霊肉を凝視《みつ》めて』の文学的出発

出発点としての『霊肉を凝視めて』

現在一般的な文学事典等では、綿貫六助はどのように紹介されているだろうか。試みに『日本近代文学大事典 机上版』(講談社、一九八四)の記述を見ると、その主要部分は

陸軍士官学校卒業後、日露戦争に従軍。大正七年、早大英文科卒。長い軍隊生活や戦争体験をもとに、長篇小説「戦争」(一九二四年五月)を聚芳閣より刊行。戦争の惨状を描き、厭戦的傾向の作品として注目を浴びた。

とあり、この頃の記事としては

短編集『霊肉を凝視めて』(一九二三年二月、自然社)もあり、

と大変控えめに書かれている。

たしかに「戦記・戦争読物作家」として、綿貫が圧倒的な読者を獲得するにあたっては、『戦争』の発行とその普及の事実を欠くことはできないが、この頃の彼にはすでに軍隊生活の中に横行していた〈男色〉への強い関心と嗜好が表明されており、のちに集中的に題材とされることになる、彼自身の性的指向にまつわる問題と切り離して考えることはできない。この作品集を出してまもなく、綿貫は「私の変態心理」と題する本格的な性的指向カミング・アウトの文章を、『変態心理』一一巻五号(一九二三・五)に寄せている。

〈戦記・戦争読物〉作家、あるいは〈男色小説〉作家として括られがちな綿貫であるが、彼の文学的深層には、

そうしたことばで括ってしまうことのできないような、こうした題材をとりあげて作品化せざるをえない暗闇があるように思われる。そうした彼の文筆家としての多面性を、コンパクトに凝縮したものが、『戦争』に先立って出版された『霊肉を凝視めて』であると見られる。

綿貫はこの作品集に、強い愛着を持っていたようである。『文章倶楽部』一九二七年三月号のアンケート「大正十五年間に現れたる作品のうち、最も記憶に残れるもの」に、綿貫は次のように答えている。

大正十年〔実際は一二年刊：引用者注〕、「霊肉を凝視めて」と云ふ短編集中に収められたものは皆記憶に残つてゐます。就中「家庭の憂鬱」「白日の憂鬱」「戦場小話五編」「小松林」「姉の死」〔巻中では「松子の死」として「この一篇を亡き姉上の霊前に捧ぐ」という献辞を付けている。なおこの書物全体については、扉裏に「この書を亡き母上の霊前に捧ぐ」という献辞がある：引用者注〕など私が黒土に化つても忘れぬものです。

この創作集には、この他に「強い人」という作品が収められているが、自分の創作集一冊ほとんどを「大正十五年間に現れたる作品のうち、最も記憶に残れるもの」として挙げているのは、市川のいうような「自意識の強さ」（市川前掲論文、二〇〇六）とともに、またそれほどこの作品集の内容に、文学者としての思い入れが込められていたことを示してもいるであろう。

性的指向と軍隊生活

『霊肉を凝視めて』をその内容上から整理してみると、日露戦争後退役して学校教師となっている哲吉とその妻・杉子を主要な登場人物とする『家庭の憂鬱』『白日の憂鬱』、家族関係の軋轢から没落し、心中や病死にいたる悲惨な結末までを描いた『強い人』『松子の死』、男色関係を求めて近づいた、年配の逞しい船頭の家を訪ねるうちに、その船頭の若い妻にも魅力を感じ、彼女からも誘惑を受けて、関係を持とうとする寸前に、主人に現場に踏み込まれて、破局にいたる、若い陸軍少尉を主人公とする『小松林』、そして日露戦争従軍の体験に直接取材したものであろうと思われる「戦場小話」五編、という分類になろう。

同書の巻末におかれた「書後に記す」で、綿貫は次のように刊行までの事情を記している。

大正十一年の早稲田文学十二月号に発表した家庭の憂鬱が、非常にいゝと思ふから、他の力作があつたら合せて、新人叢書に入れたいと云ふ突然の書簡が、自然社の主人梅津氏から来たので、初めてあつて見ると、私の作品をよく読んでゐられたので、何よりもうれしかつた。

ここから考えると、この創作集は『家庭の憂鬱』ばかりではなく、それまでの綿貫の文学的傾向をよく知る編集者の手によって、制作されたものであることが想像される。

『家庭の憂鬱』『白日の憂鬱』は、夫婦間、親子間の鬱陶しい諍い、軋轢をおもな題材とする、暗くやりきれないような印象の作品である。『家庭の憂鬱』では、哲吉・杉子夫婦の隣家の姪娘で、女子大学生の雪枝の登場によって、夫婦間の隙間が浮き彫りになるという話であり、一風田山花袋の『蒲団』を思わせるようなところもある。基本的には夫婦の関係をベースとしているこの作品だが、中に次のような一節がある。

雪枝から受けた柔らかな感じが、云ふに云はれない美しい印象が、杉子の手前をはゞかつて、かくさうとすればするほど、鮮やかなものになつて哲吉のなかに燃え立つた。異性に対するかうした味《テイスト》は、彼の初めて味はふものであつた。これまで、同性殊に老人に不思議な魅力を強く感じた、他には類の少ない彼が、少女に対して初めて強烈なものを感じると云ふことは、特殊なことに相違なかつた。

はしなくも洩らされているように「これまで、同性殊に老人に不思議な魅力を強く感じた、他には類の少ない彼」というのが、哲吉の（そしてそこに重ね合わされる綿貫の）性的指向についての自己認識であった。綿貫のこうした性的指向と軍隊生活との関係は、『小松林』ではさらに率直に解き明かされている。ここでは哲吉に比定される登場人物は哲二である。

戦場に見た恐ろしい死の影も、幾回か経た重い負傷も、哲二は烈しい意志の力で征服してきたのであつた。が身内から起つてくるかうした不思議な魅力をどうすることもできなかつた。

哲二は、十七の秋から八年ほど軍隊生活をしてきた。その間ぢう圧へつけられて凍ついたやうな美しい情緒は、ある動機から不思議な方へ芽を出したのであつた。で彼のミケランゼロが憧憬れたやうな力強い男性の肉体美に霊魂のとろけるやうな魅惑を感じるやうになつたのであつた。

性的指向の疎外と厭戦・反戦思想

さて、このように軍隊生活中に自らの性的指向を自覚したとされる綿貫であるが、本創作集に収められた「戦場小話」五篇にあっては、そうした「逞しい老人男性の肉体に憧れる」という方向が鮮明に出ている作品は少なく、わずかに第二作目としておかれた「捜索隊」の中で、中国人の家を徴発・占拠し、そこで旅団長の接待をしようとする連隊長・可仁と、連隊旗手である和田少尉との関係に示唆されているにすぎない。

この短篇は、徴発された家の住人である姉妹の少女が、保護者である老爺の抵抗や和田少尉の抵抗もむなしく接待の場に引き出され、宴会後に可仁連隊長に性的暴行を受けるという事件のほうが、メインとなっているといってよかろう。

その夜の内に老爺は姉妹を連れて、自宅であった家を去る。和田少尉はその姿を二里ほど離れた川のほとりまで見送り、次のような感懐をもらす。

戦争の惨禍は、人と人が殺し合うばかりぢやない。人のしらない所に、恐ろしい惨めなものがある。これは誰の罪だ？……

『をゝ、呪はしい戦争よ！　俺は永久に汝を呪つてやるぞ！』

かう叫びながら和田は、冷い夜露の降りた砂地にばたりと尻を衝いて、悲憤の涙を拭つた。

いったんは脱走を決意した和田だったが、軍規の縛りは固く作用し、結局原隊に戻ってくる。その和田を見た可仁連隊長は、和田と枕を並べて寝ながら「自分が年甲斐もなく誠に過つたことをしたのだ。君は、我輩を愛してゐたんだから、決して悪くは思ひもすまいが……」と、言い訳にもならぬことばをかける。しかし和田は何をいわれても「棒のやうに固まつて黙つてゐた」。

この作品に描かれているのは、単に性的指向の〈変態〉的現れ、ということではないだろう。和田少尉が、可仁連隊長を性的に愛しており、その連隊長の性的欲望が異性である若い姉妹に向けられたということへの嫉妬の炎が、一瞬のあいだ燃え盛ったことは、それとして書かれている。しかし作品全体の構成・文脈から考えるなら、和田少尉の良心が、中国人姉妹と老爺に対して向けられていること、そうした中で自分も連隊長の中国人姉妹への性的暴行の手助けをする結果となって、自ら性愛からの疎外者という立場になったことが、彼の悲しみと絶望を助長したのである。ここでは和田少尉の性的指向の疎外と、戦争における性的暴行・性奴隷化とは、同一の平面におかれているといってよかろう。

同じく和田少尉を主人公に、子どもを産んだばかりの主婦が、家族のいる自宅を慰安所とされ、そこで性的相手をさせられる現場を案内されて、いくらかのお金を渡し、何もせずに立ち去る、葉山嘉樹の『淫売婦』を思い起こさせるような第一話「獣人」、徴発した民家の若い中国人娘を輪姦した翌朝に日本軍の襲撃を受け、自らの犯した行為に対する神の罰と考えて自死したロシア兵を描いた第三話「暗雲」といった厭戦的な作品が続き、第四話「二人の兵卒」では、戦場で刺し違えて負傷した敵味方の兵士が、同じ病院で助け合って療養している姿を前に、そこを訪れた軍医部長が、担当の軍医に対して、次のような態度で臨む一節がある。

『同じ神様から創られた人間同志ですもの――……牙も蹴爪も生まれるときに持つて来ない人間と云ふ動物が、一体、牛や虎の真似をして、付き合つたり、嚙みあつたりすると云ふことは、ない筈ですがな』

かう云つたが、彼は我と我が無意識の興奮を抑へつけるやうに、どくんと唾をのみ下して口を噤んだ。彼は、かうした罪のないものに、生命を堵して惨酷な嚙み合ひをさせるのは、誰の罪だ？　と思つたが、部下の大勢ゐる前で、さうした思想を口に出すことはできなかつた。で二人の兵に向つて、

『お前等が今行《や》つてゐるやうに、仲よくして救け合ひ給へよ。何もお互同志の上に恨みがあるわけぢやないんだからね』

彼は、こんなことを云ひながら、軍医に出口まで送られたが、深く思ひに沈みこんだ、悲しげな顔をして出て行つた。

これが削除も、一文字の伏字もなく掲載出版されているということ自体驚くべきことであるが、綿貫はこれに続く第五話「朝陽」では、旧知の和田少尉に、あろうことか「中国人間諜の首を刎ねろ」という上官の命令に、決死の反抗までさせているのである。

『霊肉を凝視めて』を通して見る綿貫六助の人間性

こうして創作集『霊肉を凝視めて』を概観してくると、綿貫六助という作家の性的指向を包摂するような人間性の、ある総体が浮かび上がってくるような気がする。心理内部に潜む自己愛と博愛、同性にも異性にも向けられる性的欲望や関心、戦場での悲惨な体験に基づく人間愛といったものが、このデビュー短編集においてもすでにしっかりと表現されているといえるのではないだろうか。それは今日一般に、軽蔑的、あるいは侮辱的な意味を込めて使われる「変態」ということばの意味するところとは、大きく異なるものだと考えないわけにはいかない。

『霊肉を凝視めて』の翌年、綿貫は長篇『戦争』を発表し、一躍著名作家の仲間入りを果たすことになる。この『戦争』についても、市川前掲論文（二〇〇六）中に、同時代評などを紹介するかたちで、簡潔な解説が書かれている。市川がまとめているように、「確かに、センセーショナルなだけの、またエンターテイメント的視線からの戦争ものではない、〈芸術〉的な作品として迎えられ、体験に基づく戦闘場面の描写と、厭戦・反戦のあからさまな表明は衝撃を与えた」といえるであろう。長篇小説『戦争』をめぐっては紙数の関係もあり、稿を改めて論じたいと思うが、ここでも性的指向と戦争とが深く絡み合って、その多面的な姿が描かれていることは、いうまでもない。そういった書法をとったこと自体が、このときの大日本帝国陸軍大尉・綿貫六助のとろうとしていた、文学表現への姿勢・態度の表明でもあったのではないだろうか。

『変態・資料』四部作掲載の裏側にうかがわれるもの

『変態・資料』への作品掲載と綿貫六助の立ち位置《スタンス》

綿貫の『変態・資料』に寄せた四部作のうちの第一作『晩秋の懊悩』が掲載された三巻一号（一九二八・二）

の「編集後記」には、「綿貫六助氏の「晩秋の懊悩」はＭの字自慢の掘出し物である。氏は長篇小説「戦争」などによつて創作家としても現文壇に一家をなしてゐる人だが、氏がもつと一家を成してゐるのは男色実行者としてゞある。氏のは美童が対称《〔ママ〕》でなく、老人を珍重するところ、まさに天下無二であらうと思ふ」とあり、その後に「因みに同氏は予備陸軍大尉である」と付け加えられている。これを皮切りに同巻四号（一九二八・四）まで、『惨めな人たち』『丘の上の家』『静かなる復讐』の四部からなる連作が掲載されたのは、先に述べたとおりである。これらの作品については復刻版『変態・資料』第五巻（監修解説・島村輝、ゆまに書房、二〇〇六・一〇）により、現在はそのすべてを容易に読むことができる。『晩秋の懊悩』と『丘の上の家』については、『アンソロジー　文藝作品に描かれた同性愛』（近代日本のセクシュアリティ35『同性愛言説・性教育からみたセクシュアリティ』ゆまに書房、二〇〇九・六）によっても、内容に接することができる。

『変態・資料』復刻の監修、解説執筆にあたった立場からいえば、この四部作は、ぜひ雑誌掲載時の形態で読んでいただきたいと思う。紙数の関係で多くを語るわけにはいかないが、当時の時代状況の中での『変態・資料』という雑誌のもくろんでいたもの、「変態」という用語の多義性と批判性が、その編集態度や内容などから読み取れるからである。時勢はまさに〈三・一五〉弾圧事件の前後。〈満州事変〉の勃発まで三年あまりといった時期である。そこに綿貫六助の特異な性的指向が赤裸々に表現された〈男色小説〉（現代において、より正確を期していえば「バイ・セクシャル」小説、あるいは「多様な性的指向を兼ね持つ男性を主人公とする性的小説」とでもいうべきであろう）を掲載することの意味を考えなければならない。〈風俗〉と〈安寧〉を旗印とした弾圧を潜り抜けながら、時代への一撃を志した〈変態〉たちの、作品執筆から編集、出版、流通にまでかかわる態度と、ここでその隊列に加わった、予備役とはいいながら「大日本帝国陸軍大尉」である綿貫六助の立ち位置を、現代の読者はよくよく見極めなくてはなるまい。

第8章　妄想される〈女ごころ〉——木々高太郎『折蘆』考

小松史生子

木々高太郎　1897-1969

木々《きぎ》高太郎《たかたろう》——本名、林髞《たかし》は、今日のミステリ研究史においては、一九三五（昭和一〇）年前後に雑誌『新青年』を筆頭とする探偵小説誌上にて小栗虫太郎と並ぶ新進探偵小説作家としてデビューし、『網膜脈視症』『就眠儀式』といった初期の作風に注目されて、おもに精神分析学を探偵小説の領域に取り込んで展開させてみせた作家として紹介されることが多い。小酒井不木や正木不如丘といった医学者あがりの作家の系統に位置し、慶応医学部教授の座にあったことも、いよいよ彼の作品をして異常心理によって起こる犯罪を精神分析の論理で解くものと大摑みされる傾向に拍車をかけている。とはいえ、『新青年』を中心に、大正末から昭和戦前期にかけて精神分析の趣向を探偵小説に取り込んだ作家は、一人木々のみではなかったし、江戸川乱歩はもとより横溝正史や小酒井不木など、むしろこうした傾向は『精神分析』や『変態心理』など通俗心理学系雑誌が牽引したフロイト学説の普及とともに、ある程度常套化していたともいえる。したがって、本論は、木々高太郎をこの傾向を示す唯一無二の作家として述べるわけではなく、異常心理と精神分析をレトリックとして用いる当時の探偵小説の言説圏の中で、木々のテクストが特異な執着を見せる〈女ごころ〉なるモチーフに着目し、これがあの探偵小説純文学論争を引き出し、戦後の松本清張誕生にまで影響するライトモチーフとなったのではないかという推測の検証を試みるものである。

木々のテクストに若い娘が見せる就寝前の奇妙な行動を精神分析で読み解く『就眠儀式』(『ぷろふぃる』一九三五・六)という作品があるが、これに先だって、『新青年』誌上にはまったく同等のモチーフを扱った水上呂理『精神分析』があることが興味深い。

水上呂理『精神分析』は、『新青年』一九二八年六月号に発表された。三角関係の恋のもつれから生じた自殺未遂事件と渦中の処女の就眠儀礼とを絡めた短編で、現在でも『新青年』掲載作品のアンソロジーが編まれる際には収録されることがある。水上呂理は木々高太郎と違い、医学畑の人間ではまったくなく、本人の言によればたまたま手近にあったフロイトの解説本を読んで、「これは使えそうだ」と考えたらしい(鮎川哲也「深層心理の猟人・水上呂理」『幻影城』一九七五・七)。戦後におけるこの証言がうなずけるのは、作品中で描かれた就眠儀式の内容がフロイトの『精神分析学入門』第三部・第一七講で紹介された一九歳の娘のそれとまるっきり同じであることを見てもわかる。つまり、まったくの素人が思いついたフロイト学説と探偵小説のドッキングなわけだが、それではどのように両者が組み合わされているかというと、これがすこぶる単純明快である。「神経症の症候は性的の代用満足である」とするフロイト論の解釈を、そのまま事件の謎を解決する論理に転用して、美須子という処女を真犯人に指摘するというものだ。こうした物語の展開には、ともすれば精神分析の臨床現場において女性がおもなヒステリー患者として観察される側におかれ、男性は診断者すなわち医者として観察し指導する側に立つという、わかりやすいジェンダー構図が想定されていることは明らかであろう。しかも、この小説は、美須子が神経症に陥り事件まで引き起こした潜在意識下には実兄に対する近親相姦的欲望があるとして、その因を取り除くためには、美須子を真犯人であると診断した当の青年と結婚するほかはないという結論にいたって解決とされる。当時の『新青年』の読者層および探偵小説のおもな読者層がほとんど男性に偏っていたこと、もしくはそのように想定されていたことをうかがわせるようなテクストとも考えられ、一九二〇年代にフロイト学説がどのような変奏コードで一般に受容され、ジェンダーのフィルターを通して物語化されたかをわかりやすく示す資料体であることは間違いない。

一方、そのおよそ六年後に『ぷろふぃる』に発表された木々高太郎『就眠儀式』はどうであるかというと、こちらも若い未婚の娘が特定の時計や刃物を隠してからでないと眠れないという就眠儀式を、精神分析の大家である大心池先生がやはりフロイト学説を基礎にして解明していく物語であるが、水上呂理テクストとは異なり、真犯人はこの娘ではなく、娘の父親と恋人に負わされていて、物語は捻りが効いたものとなり、さすがに単純なジェンダー構図にはなっていない。来客に対する父親の殺意を無意識下で察した水尾子という娘が、彼の殺意の象徴である時計や刃物を隠さずにはおれない神経症を示したという結論は、巷に横行する俗流フロイト学説（水上呂理テクストがいうところの「神経症の症候は性的の代用満足である」など）への痛烈な批判とも読み取れる。とはいえ、水尾子の就眠儀式にまで発展する実の父親への懸念は、裏返せば娘の内部に実父への近親相姦的欲望に近しい心理が潜んでいる（テクスト本文では「エディプス観念群《コンプレクス》で、父親への異常な愛着」と表現されている）とも換言できるわけで、診断者である大心池先生の下した結論はやはり、水尾子が恋人の青年と結婚するために尽力するという〈結婚が神経症の解決策〉という命題を導き込まずにはおれない。

こうしてみると、医学に深い造詣を持つ専門家であった木々も、素人だった水上呂理のテクストとさほど径庭のある作風をものしたわけではなかったといえるわけだが、水上呂理が以後二、三篇の小説を残したのみで筆を折ってしまったのに対し、木々高太郎はこれ以降も大いに期待される新進作家としての活動を精力的にこなしていくなかで、フロイト精神分析の言説を露骨にレトリックに流し込むような作風から一歩抜け出し、永遠の謎《ミステリー》として妄想される〈女ごころ〉について掘り下げていく傾向を、次第に深めていくのである。

その第一の成果として現れたのが、今日でも名作として知られる『文学少女』(『新青年』一九三六・一二)であった。この作品の概略は、万事控えめで薄幸な女性ミヤが稀に見る文学的才能を有しており、不幸な結婚生活の中で精一杯の文学修行をするものの、書いた小説は師事した作家に盗まれ、またその卑怯な作家から送られてきた謝礼金は文学を理解しない夫が飲み代として勝手に遣ってしまい、発狂間近まで追いつめられたミヤはメチルアルコールで夫を殺害、この事件が公になって皮肉にもミヤの文学はマスコミの注目を浴びることとなって天才作家としてもてはやされるも、彼女はすでに死の床にあった——というものである。現実の青踏運動を作中に取り込むことで時事的な女性の社会的地位をめぐる闘争を背景にし、ミヤという一人の文学少女の人生を抑制された文章で描ききった。江戸川乱歩はこの作品を評して、「普通の小説である」と断じたが、続けて以下のようにも述べた。

僕は嘗つて「日本探偵小説傑作集」(春秋社)の序文で、探偵作家諸氏の作風を紹介したことがあるが、その中で木々高太郎君だけは、少し見誤っていたことを、告白しなければならない。彼の文学執心には、医学者の余技以上のものがある。単なる精神分析家ではない。文学心に燃ゆること、探偵小説界、彼の右に出づるものもない程であることが、段々分って来た。

僕は彼の作品に、スリルまで高められた「情熱」と「自尊心」とを感じる。それが人を打たぬ筈はない。「文学少女」で言えば、わざと学校の答案を間違って書くというくだり、「恋愛は二人のことだけれど、文学は孤独の業である」と言うくだり、有名な小説家に自作を剽窃されて、怒るよりも喜ぶ心理、その謝礼金の小切手を夫が費消したことを知って、突如としてメチルアルコールを買いにゆくあたりの描写、そして、女主人公が獄中で一躍流行作家となる運命、

「先生、痛みなどは何でもありません。私は始めて人生を生き度いと言う希望に燃えて来ました。〔中略〕文学と云うものは、何と言う、人を苦しめ、引きちぎり、それでも深く生命の中へと入って、消すことの出来ないものでしょう。でも、私はもう七度も生れて来て、文学の悩みを味いたいのです。私は骨の髄まで文学少女なのです」

これは女主人公が、普通の人には堪えられぬ程の、骨の腫瘍の痛みに堪えながら、大心池先生に叫ぶ言葉である。

僕は、それを、作者木々高太郎の絶叫ででもあるように錯覚して、快い戦慄を、禁じ得なかったのである。

（江戸川乱歩「文学少女を読む」『柳桜集』版画荘、一九三七）

今日われわれがミステリと聞いてすぐ想起するようなトリックの類は、それが物理的なものにせよ心理的なものにせよ、『文学少女』には見出せない。そうした観点から、乱歩が「普通の小説」として読んだのは当然の次第である。そして本論でも、『文学少女』を強いて探偵小説か否かの土俵で論じるわけではない。そうした土俵ではなく、『文学少女』が探偵小説の領域から、探偵小説を書いていた作家の内から生み出されてきたという、そのテクスト誕生の経緯と、テクスト誕生を促した言説の磁場を見据えたとき、この小説の女主人公の異常な心理が、客体化され診断される側の〈女性〉への一方的なジェンダー・レッテルの立ち位置ではなく、乱歩が期せずして指摘するところの「作者自身の絶叫」が投影されたものとして主体化されている点に注目したいのである。換言すれば、精神分析の言説コードが探偵小説に取り込まれる際におびき寄せるジェンダー構図の語りが、『文学少女』ではあたかも無効化されるかたちで、客体化されるべき〈女性〉が主体化され、〈男性〉であるべき作

者の情熱と自尊心を体現する人格として造型されたところに、この小説の名作たるゆえんと「普通小説」と呼ばれる理由が認められるのではないかということである。

実際、女主人公ミヤの造型は、貶められる運命のただ中にあっても凛として鮮やかで、ぎりぎりの瀬戸際まで希望のかすかな光を見失わない、見事な生き様として描かれ、読者の胸に響く。そこには、女性であるがゆえに虐げられる理不尽さを声高にかこつ描写はなく、むしろ人間全般の普遍的な懊悩へ相通じるものとしてミヤの姿が描かれる。大心池先生という木々のテクストでは重要な精神分析探偵が登場するものの、ミヤの影としてのインパクトしかないほどに、この女主人公の印象は強烈だ。水上呂理『精神分析』の美須子や木々『就眠儀式』の水尾子があくまで男性から観察される女性として紙人形にも似た薄っぺらい造型でしかないのに比べ、『文学少女』のミヤには観察される側のジェンダーとして予測されるような診察台の上のモルモットじみたところはない。ミヤは疑いなく作者の分身であり、そうした意味では、たとえばフローベールが「ボヴァリー夫人は私だ」と宣言した事態と同様なことが、このテクストには生じている。フロイト学説を援用しジェンダー構図の語りから脱していない『就眠儀式』からおよそ二年後に、木々高太郎にこのような『文学少女』を生ましめた原動力はどこにあったのだろうか。答えにたどり着く前に、一つの参考資料体として、当時の文学関係者も多くかかわっていた雑誌『精神分析』の誌面を覗いてみよう。大槻憲二主宰で江戸川乱歩も名簿に名を連ねていた雑誌『精神分析』は、一九三三年八月創刊。フロイト学説の評価と受容について懐疑と反感と無理解が横行する医学界の現状を打破せんとする大槻の主張で運営されていくこの雑誌は、中村古峡《なかむらこきょう》主宰の『変態心理』と同じく、創刊号の序文付言にあるとおり、「極めて広範なる興味と公平なる立場とに即」し、「論説欄、研究欄、時評欄、所報欄、海外斯学界消息欄、相談欄、文芸欄など」を設ける編集方針を明言する。こうした編集方針のもとに、精神分析の領域の言説コードと文学の領域の言説コードが交錯する現場が成立するわけで、人間心理をトリックに採用する探偵小説ジャンルにとっては、いわば願ってもないネタの宝庫であったととらえることができよう。『精神分析』は各号で特集が組まれる体裁で、一九三四年二月号は〈女性心理研究号〉である。前号には予告が載っており、次のような文章を見ることができる。

女の心は謎であると昔から人々が云つて参りましたが、流石のフロイドもこの世界は「暗黒の国」であると嘆じてゐます。併し我々は雄々しくこの国の探検に旅立たねばなりません。只今、その遠征隊の作戦計画は、大体左の如くであります。

書き手が男性、読み手も男性という、固定された言説市場での発言に他ならないが、原典であるフロイトは無意識の領域を暗黒と呼び、おもにヒステリー研究の対象患者が女性であったこともあって、女性を暗黒大陸に喩えた。右の予告文はそうした原典の文脈からの連想比喩で、観察者であり診断者である〈男性〉を「遠征隊」（能動性）ととらえ、〈女性〉を遠征隊によって「雄々しく」「探検」されるべき未知の大陸（受動性）と意味づけするわけである。当の『精神分析』〈女性心理研究号〉には、フロイトの『精神分析入門』から「女性論」が大槻憲二の訳で掲載され、「男性＝能動、女性＝受動、の一概的な考え方の誤りであること」「我々が注意しなければならないことは、社会的秩序の力が同時にまた女を受動的な立場に追遣つてゐるのを軽視すべきではない」とはっきり翻訳されているにもかかわらず、である。そして、この特集号が刊行された一九三四年こそ、木々高太郎が『網膜脈視症』で『新青年』デビューした年であった。『網膜脈視症』をこうした当時の精神分析言説の場を背景に改めて見直せば、この小説で大心池先生の診察する患者が女性ではないことに気づかされる。患者は、母親に連れられた九歳の男の子であった。木々のテクストは、そもそもの出発から、精神分析を取り込む探偵小説の通常の語りのコードから、じゃっかん外れていた可能性がここに見出されよう。

こうして、先に見たような『就眠儀式』の不徹底な通俗フロイト学説への批評を経て、『文学少女』で俗流フロイト理解を取り込んだ探偵小説の語りのジェンダーから脱却の契機を見せた木々のテクストは、次に『折蘆』という奇妙な小説へと展開することになる。

『折蘆』は、『報知新聞』に一九三七年一月一六日〜五月二七日まで連載された。この小説は、東儀四方之助という銀行関係の資産家の次男が私立探偵事務所を開き、彼を探偵として殺人事件の謎を解明する筋立てであり、たしかに探偵小説としての結構を備えてはいるものの、物語のテーマ軸はむしろ東儀をめぐる女性たちの不可思議な行動とその意味するところを探ろうという点におかれているらしく読める。東儀の昔の恋人である節子の特異な人格、その謎めいた言動。さらに東儀の現在の妻である嘉子の、東儀には愚鈍にしか映らない日頃の性格と、末尾にいたっての思いもかけぬ逆襲。『折蘆』の奇妙な味わいは、主役の座が、男性であり探偵という名の観察者・診察者であるところの東儀ではなく、女性であり観察され診断され、そして貶められ続ける嘉子であったかのような読後感を与える点に求められる。常に夫の影に隠れ、夫である東儀のことばによってしかその人格が描かれない嘉子が、小説の末尾で置き手紙というかたちで初めて自身のことばで自身を語る――その嘉子のことばによって事件の真相が東儀に告げられ、さらに嘉子が東儀を捨て他の男と駆け落ちするという幕切れは、後味は悪いものの、ある意味では痛快ですらある。実は、東儀という男は、嘉子と結婚するに際して、「あらゆる方面から妻について調べ」るような男なのである。六カ月もかけて、その生い立ちから交友関係、「ことごとく調べあげ」、「嘉子の姉二人のかくれた恋愛事件まで調べあげた」ほどだ。さらには、「家庭内の父母や兄弟に対する、嘉子のやり方」をも調べるが、その理由は、「嘉子を自分の父母兄弟のうちに投げ入れて、決して不都合がない」かどうかを確かめるためであったというのだから、徹底している。同時に、何か強迫神経症的な凄みすら覚える。東儀の妻に対する評価は仮借なく、一例を挙げればこうだ――「東儀は、考えている妻の横顔を観ながら、頭が悪いのか、気がきかないのか、無邪気なのか、注意が不足しているのか、――それでいて、ときどき全く反対に、素晴らしく記憶がよく、気がきくことのある妻に対して、だんだん腹が立ってきた」。また、のちに重要な伏線ともなる「新事件」の章の左記の箇所などにも、東儀の妻に対する態度が端的に表現されている。

「それは女にとっても同じですわ。女は、殿方の真実を知ろうとして出来ないものですから、迷ったあげく、自由にならない生き者になるんですわ。やはり、ここでも、真実が問題なんですわ」

東儀は、おやと思った。それは、嘉子としては、上出来であった。東儀は嘉子がこの上何かいうと、例のトンチンカンなことをいい始めると思って、あわてていい出した。

嘉子が正当なことを口にすると、女には論理性がないと断定している東儀には我慢がならない。嘉子がトンチンカンなことをいいだすからと断っているが、その実は、嘉子の論理が自分のそれを上回ることを恐れている東儀なのである。彼は終始一貫して、妻が何を思い、何を語ろうとしているのかを辛抱強く聞く態度を見せず、始終イライラして話を遮る。そしてそれを、いかにも妻が愚鈍なせいであると語るわけなのだ。こうした東儀のありようには、かつて自分を翻弄したまま別の男と結婚し、平然と不倫を促すような言動をしてはばからない節子という昔の女の影響が考えられるわけだが、テクストはあくまで東儀の視線に立脚した語りで統一されており、読者は東儀の判断評価に即して物語を読むため、東儀が発するロジックの正当性を疑うことがない。嘉子の背反の気配を隠蔽する、これは見事なレトリックの効用をなしているといえなくもないのだ。そして、そのようなレトリックの効用のさなかで、いわば最終的に探偵からコキュにまで失墜した東儀は、嘉子の置き手紙すら、自身の矜持を賭けて、ここ最近の嘉子の態度が以前よりゆきとどいていたなどと夫の立場から批評し、「自分が嘉子を馬鹿にしていた復讐のために、嘉子は別れたのではなかった」と弁明を試みるていたらくであるが、さすがに自分が文字どおりの意味で「妻を馬鹿にしていた」事実を認めざるをえない。だからこそ、最終章のタイトルは「敗北の旅」なのであり、東儀こそが折れた蘆に他ならなかったことを示唆して終わる。

こうした『折蘆』のレトリックは、精神分析を取り込む探偵小説のジェンダー構図の語りの約束事を覆し、観察者および診断者である〈男性＝探偵〉の「敗北の旅」を終章に据えることで、意外な犯人というミステリのナラティヴの王道パターンを、それこそ意外な角度で実現することになったといえるだろう。『折蘆』の新聞連載について、「作者の言葉」（『報知新聞』一九三六年一二月三〇日）で、木々は次のように述べている。

これは探偵小説でありますから、まず謎があり、それが論理的に段々に解けてゆく興味を中心としたのであることはいうまでもありません。しかしそればかりではありません。この小説の底には人間的の懊みが横わっています。探偵小説には人間的懊みなどというものはいらぬと言う人があるかも知れません。しかし、謎を解くということが、既に真実を知らんとする人間的の懊みから来ているのに、何の疑いがありましょう。女性の真実を知らんとするのは、男性の懊みであり、男性の真実を知らんとするのは女性の懊みに違いないでしょう。この小説の半分を読むと、女性を侮辱し、女性の悪口ばかりをいう小説のように取れるかもしれません。女性の読者はさぞ怒るでしょう。しかし、そこで怒ってしまわないで、終りまで読んで下さい。ついにはその悪口が女性を尊び、女性を崇める所以であることが明らかとなるでしょう。

かくて『折蘆』という言葉の象徴する意味も初めて解けてくるでしょう。作者はこの意味において、一般の探偵小説を好きな人々には勿論のこと、広く女性の読者に読んで貰い度いのです。いや女性のみではありません。およそ女性に関心を持つ一切の男性に読んで貰い度いのです。

連載開始前から、すでに作者の頭の中に小説の末尾までの構想がはっきりあったことがわかる。観察者・診断者と被観察者・患者の立場の逆転、語りにおけるジェンダー構造への逆襲、何より、このテクストは「女性の読者」に向けて書かれたという、当時の探偵小説では非常に珍しいターゲットの宣言を明示している。同年の『精神分析』一一・一二月号において、〈アブフウブ〉欄で不老泉院主が「吉屋信子を憐む」なる文章を書き、「女は男から性的に『侵略』されるものにきまつてゐるから。それがいやだと云う女は不感症と云う病気なんだ」と放言している、まさにその同時代にあって、木々高太郎のテクストが綴る一連の〈女ごころ〉のテーマ軸は、はたしてどのように解釈されたのだろうか。『折蘆』の一年前、『人生の阿呆』（『新青年』一九三六・一〜五）によって世間は木々高太郎に第三五回直木賞を与えた。男子の孫を溺愛する祖母による犯罪を描いた『人生の阿呆』を認めた世間は、一転して男性というジェンダーの敗北を描いたとおぼしき『折蘆』をどう評価したのであろう。木々自身は『折蘆』連載が終了した時点で、「自分としては、決して悪い出来とは思っていない〔中略〕しかし、自分が年来主張もし、少しずつ実践に移してもゆこうと考えてはげみつつある、理想から見れば、それは駄目である」（『シュピオ』一九三八・一）といっている。この時期の木々の「理想」とは、甲賀三郎と激しく戦った、例の探偵小説芸術論であろう。探偵小説は芸術であるか否かについて、トリックとロジックにのみこだわる狭義の甲賀説と、究極的にはトリックとロジックをさえ消し去ってもかまわないとする木々説とは、どちらも極論に傾きすぎて論争としては不毛の感なきにしもあらずだったが、少なくとも木々のテクストを以上分析してきたような、妄想される〈女ごころ〉と現実の〈女ごころ〉の思わぬギャップが生むレトリックの作風と見るならば、探偵小説芸術論争において一つの回答案を木々は提出していたのだといえなくもない。

こうした木々高太郎の〈女ごころ〉のテーマ軸を、直に継承して自身のテーマ軸に転化しえたのが、松本清張だったのではなかろうか。松本清張の作品には、周知のように悪女がよく登場する。宿命の女《ファム・ファタール》と呼ぶにはあまりに生活の匂いが濃厚に立ちこめる松本テクストの描く女性像だが、彼女たちの行為は男というジェンダーが支配する社会システムへの暗い復讐劇をとることが多い。そして怨嗟に満ちた彼女たちの行為は、犯罪というかたちをもって男性たちを戦慄させる点で、ジェンダーの構図に囚われた語りを逆説的に補強していると批判することはたやすいわけだが、そのように一方のジェンダー側から妄想される〈女ごころ〉に対して、痛快なしっぺ返しにも似た逆襲を仕掛ける隠蔽された心理としての〈女ごころ〉を謎と見るという観点からすれば、木々高太郎が先鞭づけたレトリックの仕掛けが松本清張のテクストの語りにも基調音として響いている気配を感じることができる。たとえば、ミステリ作家としての松本清張の出世作となった『点と線』（『旅』一九五七・一～一九五八・一）――この作品は今日では時刻表を用いたアリバイトリックの嚆矢として古典となっている。しかし、時刻表の間隙を読み取り卓抜なトリックを仕掛けたのが、常に夫の影に潜み意思表示を見せることのない病床の妻であったという設定こそが、実はこのテクストの語りの醍醐味なのであって、交通手段が発達して時刻表アリバイが古びてしまった今日では、むしろこの隠された深層心理――二人の男性刑事からはまったく等閑に付されていた〈女ごころ〉の、ラストにおける逆襲のレトリックのほうが鮮やかに印象に残るだろう。それは「事件の裏に女あり」などという単純で陳腐なジェンダー・テーゼではなかろう。事件を追う刑事の一人は、犯罪の真の計画者である石田亮子の部屋にまで入り込み、本人に会い、そこに積まれていた時刻表を目の当たりにしていながら、夫である石田辰郎の貫禄のある外見と、彼が〈男〉であるから事件に能動的にかかわったはずという先入観に囚われて、ぎりぎりまで亮子の隠蔽された役割に気づかない。石田辰郎のことを「時間の天才」などと呼び、巧緻な時刻表アリバイトリックは〈男〉である夫が作り出したものと、まずは考えるのだ。しかし、実際は、その夫をして時刻表の数字の上で踊らせていたのは、肺結核に冒され余命いくばくもない妻の頭脳と実行力であった。最後に、この隠蔽された〈女ごころ〉の持ち主・亮子は、夫の辰郎を道連れに自殺したのではないかと、刑事は推測するにいたる。夫を捨て駆け落ちする『折蘆』の嘉子の姿と、夫を死出の道に強引にともなわせた『点と線』の亮子の姿は、真反対の行動のように見えながら、その実はどちらもが、「妻はこうであってほしい」と願う夫の妄想を鮮やかに裏切り、束縛されたジェンダー・コードの語りから遠く走り去るかのような感慨をいだかせる点で、その像が重なってくる。

とはいえ、木々高太郎の描く〈女ごころ〉のレトリックが、前述したように作家自身の魂の分身として造型され、その意味で究極的にはジェンダー・フリーの様相をすら漂わせるのに比べ、松本清張の〈女ごころ〉のレトリックはそこまで主体化されておらず、あくまで他者として、客体化される対象として描かれている点は注意すべきである。『点と線』の亮子も、本文テクストでは彼女の犯罪計画の真の動機は夫の浮気相手への制裁であったなどと、いかにも夫＝〈男〉が妄想したがる〈女ごころ〉の説明がなされていて、むしろこのような公式化された説明などなかったならば、木々のテクストの後継として特異な作品世界を構築できたかもしれぬと思われてならない。病魔に冒された体で年中寝ていなければならない人間が、そのありあまる退屈な、しかして死と隣り合わせという絶望的な状況のさなかで、己の生命力のすべてを賭けて一冊の時刻表の読み解きに集中する、その悽愴さのみに焦点をあてていたならば――あれほど平凡な人間の平凡な犯罪動機を提唱し続けた松本清張の作品でありながら、『点と線』の真犯人のこの〈女ごころ〉の凄まじさは異常なまでの緊迫感とともに人間の業の奥深さをさえ物語るものになっただろう。しかし、そうした方向性の切り捨てこそが、あるいは松本清張の作品を社会派ミステリ・ブームの幕開けの位置におき、大衆的なベストセラー作家の地位に彼を祭り上げた原動力となったのかもしれず、直木賞を受賞しながら今日ではほとんど忘れ去られているかのような木々高太郎のスタンスと比べると、それはそれで感慨深いものがあるというものだろう。

第9章

三島由紀夫——とてつもない〈変態〉

柳瀬 善治

三島由紀夫 1925-1970

はじめに

三島由紀夫の〈変態性〉ついては、これまでその同性愛表象を中心に考察が深められてきた。本稿では、それらを踏まえたうえで、同時代の認識の枠組みから逃れ去るもの・言説の一貫性を解体する〈開かれたもの〉として三島の〈変態性〉＝〈変質性〉をとらえ、彼の小説の語りの変化の問題や世界認識全体との関係も視野に入れながら考察していきたい。

三島の同性愛表象　その歴史性・知的構築性とそこからのズレ

まず、前提条件として問題とすべきは、三島の同性愛表象の歴史性とその知的な構築性である。同時代言説との関係と読み手の位置づけについては、武内佳代が詳細な検討を行っている（「三島由紀夫『仮面の告白』という表象をめぐって」『F-GENSジャーナル』九巻、二〇〇七・九）。武内の指摘で興味深いのは、三島に対する望月衛の論文の影響である。

望月の『性と生活』（理想社、一九四九）に最初に着眼したのは猪瀬直樹『ペルソナ』（文芸春秋、一九九五）であり、猪瀬は木村徳三の記述（『文芸編集者の戦中戦後』大空社、一九九五）を手掛かりに、望月の日記の記述などから、この心理学者を望月だと推定し、ヒルシュフェルト『性の病理学』（三島はドイツ語原書で読んだと推定される）の記述と『仮面の告白』との対応を見ている。また井上隆史は三島の木村徳三宛書簡の記述から、この猪瀬の推測を追認している（「全集解題補訂」『決定版三島由紀夫全集　補巻』新潮社、二〇〇五）。

武内は望月と三島との関係について次のように述べている。

比較的知識階層向けの雑誌「思索」を通した、望月の同性愛モデルと本作のその造型との再帰的かつ補完的な表象の往還は、いまだそのイメージが熟さぬメディア状況のもとで、「仮性同性性愛」＝「変態」＝〈病としての異常な性〉としての同性愛イメージ（変態性欲コード）を一部の知識階層の読者に発動させ、彼ら読み手の好奇（あるいは同性愛当事者なら苦悩）を誘い出したと推察することもできるからである。（武内前掲論文）

武内は、望月『思索』論文を発掘する一方で、望月のモデルと三島の造形とのあいだに「再帰的かつ補完的な表象の往還」を見ている。興味深い見解だといえようが、では三島の造形に「再帰的かつ補完的な表象の往還」

から逸脱する要素はないのだろうか。

知的構築性については、跡上史郎がこのように述べている。

『仮面の告白』（一九四九・七）が始まってしばらくすると、読者は次のような記述に行き当たることになるだろう。

かうして私は二種類の前提を語り終へた。それは復習を要する。第一の前提は、糞尿汲取人とオルレアンの少女と兵士の汗の匂ひとである。第二の前提は、松旭斎天勝とクレオパトラだ。

私たちは、三島のこのような分析能力の高さに改めて舌を巻くべきなのである。三島は、現在のようなセクシュアリティに関する理論も何もない時代に、「性的指向 sexual orientation」と「性自認 gender identity」を区別しているのだ。

（跡上史郎「最初の同性愛文学」『東北大学文芸研究』一五〇号、二〇〇〇・九。「性的指向」「性自認」については風間孝・河口和也『同性愛と異性愛』岩波新書、二〇一〇）

跡上は『仮面の告白』の「第一の前提」を「性的指向」（男性同性愛）、第二の前提を「性自認」（トランスジェンダー）に対応させ、この二つを弁別したうえで、『仮面の告白』を「同性愛者の」「アイデンティティのまさに近代的な構築」を見る。

ただ、本稿で扱うのは、後者のトランスジェンダー性、その三島の作品での、通常は見過ごされがちな徹底ぶりである。

つまり、三島の〈変態性〉＝Queerを〈変質性〉＝Metamorphose、同時代の認識の枠組みからずれ、逃れ去るもの・言説の一貫性を解体する〈開かれたもの〉として理解し、さらにそれを彼の文学全体を貫くものとして、小説の語りや政治認識も含めとらえなおそうとするのが本稿の試みである。

『仮面の告白』以前の作品からの連続性・不連続性

ここでは『仮面の告白』以前の作品との対応を見ていきたい。それ以前の初期作品との関係については、井上隆史の検討がある。井上は、「そこに底流する主題は、心理的な意味で、あるいは身体的な意味で不能に陥った青年が、妹的な女性の導きによって、倒錯的な性に目覚めていくというものである」としている（『豊饒なる仮面三島由紀夫』新典社、二〇〇九）。これらの『仮面の告白』に統合される草稿群との関係について井上は別の論考で詳細に検討し、『仮面の告白』の執筆が早かったのは、すでに草稿群によって下準備がなされていたからだとしている。井上は、三島が『仮面の告白』執筆当時に抱えていたさまざまな問題を統合する概念装置として「同性愛」を理解している。「同性愛」という装置を作品を統合するためのもの、「アイデンティティの拠点を与える」ためのものとしてとらえているのである。

『仮面の告白』にあって、『仮面の告白』以前の三島にはないもの、それは同性愛という概念なのだ。〔中略〕この意味では、三島にとって同性愛は精神的危機の原因ではなく、むしろアイデンティティの拠点を与えることによって三島を救済する概念なのだ。（「仮面の恩寵、仮面の絶望」『三島由紀夫研究③』鼎書房、二〇〇六）

これに対し、『仮面の告白』の同性愛は三島にとって本質的なものだととらえる見方として、柿沢瑛子・西野浩司・伏見憲明「三島由紀夫からゲイ文学へ」があり、跡上前掲論文もこの見解を踏まえている。

伏見　ただ今回、『仮面の告白』と『禁色』を読み直して、僕は改めて三島のすごさを思い知った気がした。あの時代に、だよ、あれだけ深く自分の闇に降りていって、己の不可解な欲望と向かい合い、さらにゲイたちの内面を冷徹に描写し分析してみせた。〔中略〕三島は、そこまで自分の置かれた状況を理知的に把握し、欲望を言葉でわしづかみにしてしまったがゆえ、かえって行き場がなかったと思うんだよね。

（「三島由紀夫からゲイ文学へ」『QUEER JAPAN』VOL・2　二〇〇〇・四）

「同性愛」という「主題」が、『仮面の告白』の中で「アイデンティティ」を統合する装置として機能しているという井上の見解は、「同性愛」という主題が三島にとって本質的なものであったという伏見の見解と矛盾はしまい。つまり、『仮面の告白』の段階で自分にとって大切な主題（同性愛表象）を発見したから、そこから秩序立てた作品構成をしたという理解をすればつながるからである。もし、「アイデンティティ」を統合することが一次的で「同性愛」という主題はその目的を達成するためのかりそめのものであったならば、『禁色』でもこの主題を追及していることの意味が見えなくなる。

そして、「一定の秩序に従って整理する」（井上）、「欲望を言葉でわしづかみにしてしまったがゆえ、かえって行き場がなかった」（伏見）という理解に対し、三島の「ジェンダー・アイデンティティ」の編成には余剰が本当になかったのかと問うことはできるだろう。つまり、三島の主体認識は、同性愛／異性愛に納まらないもっと流動的・多型的なものではなかったのかという可能性を問うことである。

久保田裕子は戦前の習作であり『仮面の告白』の原型の一つである『扮装狂』（一九四四・八）について「むしろここ〔『扮装狂』：引用者注〕で前景化しているのは、自らのジェンダー・アイデンティティに違和を覚え、混乱し不安を覚える姿である。男／女といったカテゴリーは実際には変更可能性があり、彼は「豊かな肢体を、黙示録の大淫婦めいた衣装に包んで」いた天勝や「超自然な衣装」に身を包んだクレオパトラなどのように現実から分離された別の世界を仮構し、その中で自由なトランスジェンダー状況を密かに楽しんでいる」（「『仮面の告白』」『三島由紀夫研究③』鼎書房、二〇〇六）としており、この指摘は前掲跡上論文での理解「トランスジェンダーとしての性自認 gender identity」を裏付けるものである（「日本における「女装」「トランスジェンダー」の問題について」『戦後日本女装・同性愛研究』中央大学出版部、二〇〇六）。

さらに久保田は、「同性愛をめぐる近代的なセクシュアリティの布置を真摯に踏襲しながら、そこからずれ続けていく語り手によって「整理」「再編成」される過程で、当時の時代や文化の中で名付けられずに打ち捨てられたもの」があるとも指摘している。

この「同性愛をめぐる近代的なセクシュアリティの布置」の「再編成」の中で「ずれ続け」たもの、「打ち捨てられたもの」を三島の〈変態性〉を示すものとして見直す必要があろう。

「記憶」を統御する話者とその蹉跌——『春子』から『仮面の告白』へ

では三島はどのように「ジェンダー・アイデンティティ」の「再構築」を行ったのだろうか。

そのカギは三島が『仮面の告白』『鏡子の家』などの長編小説を書く前に書いた短編小説にある。三島が「ジェンダー・アイデンティティ」の再編成・再構築を行う際には、その前に短編で実験・予行演習を行ってから長編執筆に取り掛かっているからである。その例として、『春子』が挙げられる。

『春子』（『人間』一九四七・一二）は、『仮面の告白』（河出書房、一九四九・七）以前に書かれたものだが、作品中で、「春子」は「私のあらゆる恥かしい記憶と好んで結びつく」ものとして、話者の「記憶」をかき乱すもの、他者としての性の代理として現れてきている。「彼女は凶事であり凶変であり」「彼女は「事件」でなければならなかった」。

「私」が「春子」と「路子」が「相撲を取る夢」を見る場面があるが、そこでの二人は「女軽業師の衣装」を身に着けており、ここでも『扮装狂』との対応が見られる。

ここで、三島文学の中に自己の「記憶」の編成の中で抵抗する他者の性の「記憶」という主題が現れてくる。この『春子』の話者と後述する『仮面の告白』の話者には大きな違いがある。『春子』の話者は「記憶」と「快楽」の処理が、のちの『仮面の告白』の話者ほど巧みにできないのである。そのため、「それから逃げ出さずにゐられない」が「私を魅するものとてないあの「快楽」」、その「快楽」が「私」を犯し始め「私の記憶は俄かに錯乱の色を帯びてくる」ことになる。久保田のいう「自らのジェンダー・アイデンティティに違和を覚え、混乱し不安を覚える姿」がここで前景化される。

その「快楽」とは他者に見られる「快楽」「誰かに見られてゐたいといふ異様な欲望」、つまり「春子に見られたい」という「快楽」である。この快楽を知ってしまったのち、「路子」との「接吻の追憶」は、「春子に見られてゐた接吻として反芻され」、「別誂へのはげしい生き方」を夢見ていた話者「私」は、「春子」にそれを演じさせるのではなく、自らがそれを代行して演じる立場を選ぶことになるのである。

『春子』に対し、『仮面の告白』の「私」は、自分にとって都合の悪い「記憶」、自分を支配しようとする「記憶」を整合的に隠蔽する話法を駆使しようと「試みる」存在である。『仮面の告白』の冒頭の挿話を見てみよう。

永いあひだ、私は自分が生まれた時の光景を見たことがあると言ひ張つてゐた。〔中略〕どう説き聞かされても、また、どう笑ひ去られても、私には自分の生れた光景を見たといふ体験が、信じられるばかりだつた。おそらくはその場に居合はせた人が私に話して聞かせた記憶からか、私の勝手な空想からか、どちらかだつた。〔中略〕さうからかわれても、私はいかに夜中だろうとその盥の一箇所だけには日光が指してゐなかつたでもあるまいと考へる背理のうちへ、さしたる難儀もなく歩み入ることができた。

ここで話者「私」が述べているのは、生まれたときの「記憶」があると「言ひ張つてゐた」ということであり、これが最初の「記憶」なのだという事実証明をしているのではない。『仮面の告白』の話者は「おそらくはその場に居合はせた人が私に話してきかせた記憶」を「確かに私の見た私自身の産湯のときのものとして、記憶のなかに」召喚するという「背理のうちへ、さしたる難儀もなく歩み入ることができ」ると自称する存在なのだ。「アイデンティティ」を一定の秩序に従って再編成する方法としてこれ以上巧妙なものはありえまい。

しかし、『仮面の告白』では、この「同性愛」という秩序による「記憶」の「再編成」・「ジェンダー・アイデンティティ」の「再構築」は完遂をしていない。このような「記憶」の再編成による他者性の消去の儀式は、電車の中で別の女性を園子と見間違うこと、しかもそれが「園子を見出したときの感動」と「そつくり」であったことで、動揺をきたすこととなる。その「些細な記憶」が、「思ひ出が突然私の中に権力を取り戻し」、「思ひ出の隅々までが、一つの明瞭な、苦しみの調子に貫かれてゐ」くのである。「園子は私の正常さへの愛、霊的なものへの愛、永遠なものへの愛の化身のやうに思われた」という、「永遠なもの」の還元の試みは、「感情は固定した秩序を好まない。それは灝気《エーテル》の中の微粒子のように、自在にとびめぐり、浮動し、おののいてゐることの方を好む」として直後に流動的な表象化によって相対化される。

この語りが表象するのは、おそらく、久保田のいう「ずれ続けていく語り手によって「整理」「再編成」される過程で、当時の時代や文化の中で名付けられずに打ち捨てられたもの」そのものであり、「異性愛の体制に回収されない同性愛」という部分だけではない、この語りの運動がもたらす流動性を、三島の〈変態性〉の証として、さらに追及してみる必要がある。

『禁色』前後──「知的概観的世界像」と「傍点」という〈亀裂〉

ここでは、『禁色』執筆前後の問題について、三島の当時の世界観や文体の変質の問題と絡めながら考えていきたい。

〈変態性〉＝〈変質性〉（Metamorphose）の問題と絡んで注目すべきなのは、先に見た『仮面の告白』での語りの運動がもたらした流動性が、その後の三島作品でどのように展開されているのかという点である。『鍵のかかる部屋』（『新潮』一九五四・七）は三島自身によって『鏡子の家』（新潮社、一九五九）の「母胎」「エスキース」（『裸体と衣装』）であるとみなされている作品であるが、そこには次のような一節がある。

「この非流動的な、ごつごつした、骨や肉や内臓から成り立つたぶざまな肉体といふもの。これが問題だ」
「さもなければ、彼は歌ふだらう。飛ぶだらう。どんな細い隙間でも、一種の流動体になつてすりぬけるだらう。現実の連鎖は解かれるだらう」
彼は自分を限りなく無力なかわいい玩具と考へることに熱中した。目をつぶつて自分を一生懸命シガレット・ケースだと思はうとすれば、人間は実際或る瞬間には、シガレット・ケースになることだつてできる。

ここで提出されている流動性・変質性の表象は、単なる「扮装狂」にとどまらないボーダーレスな身体観・世界観に基づくものであり、通常の「トランスジェンダー」というレベルを完全に超えている。この主人公一雄の発想は『鏡子の家』での清一郎の「ネオンサインになりたいと思つた」「ビールの滓になりたいと思つた」という発想に対応しており、一九五〇年代の三島の作品には、こうしたボーダーレスな身体観・世界観がはっきりと表れている。

こうした世界観には、三島の原子爆弾と情報化社会についての透徹した認識が影響している。

「かくて例の水爆実験の補償は、私の脳裏で不思議な図式を以て、浮かんで来ざるを得ない。いづれも人間の領域でありながら、一方には、水爆、宇宙旅行、国際連合を含めた知的概観的世界像があり、一方には肉体的制約に包まれた人間の、白血球の減少があり、日常生活の生活問題があり、家族があり、労働があるのだ」「精神はどこに位置するか？　精神は二十世紀後半においては、人間概念の分裂状態の、修繕工として現はれるほかはない。統一と総合の代わりに、あの二つのものの縫合の技術が精神の職分になるだらう」

（「小説家の休暇」一九五五年七月十九日の日記）

この当時の三島の作品には、この「知的概観的世界像」に立脚した寸断された身体像や認識を統御する遠近法の不在、接続詞の極端な省略などの特徴が表れている。

「さらに隣室には見知らぬ他人がをり、ここには次郎がゐる。そして次郎の外部には皮膚や髪の毛があり、内部には血みどろの内臓がある。彼の働いてゐる心臓と新潟の雪とは同時に在る。この聯関は何事なのか？」

（「旅の墓碑銘」『新潮』一九五三・六）

「ただ、世界が寸断されてゐた。それを縫い合わせやうとする不気味な、科学的な、冷静な手がどこかに見えた。彼はその手を恐れた」

（「鍵のかかる部屋」『新潮』一九五四・七）

「一雄の世界は瓦解し、意味は四散してゐた。肉だけが残つた。この意味のない分泌物を含んだ肉だけが。そ

れはみごとに管理されて、完全に運営され、遅滞なく動いてゐた。医者の言つたとほりだつた。百パーセントの健康」　（同作）

そのため、この当時の三島の小説に見られる語りは『仮面の告白』や『盗賊』（真光社、一九四八）などで見られた秩序で統御された語りではなくなっているのである。『盗賊』の語りは、山崎義光が述べるように、フランス心理小説の影響を受け、「もっとも高次の語りの座からの語りが優勢で、その語りの座自体を相対化するような要素がないために、読み取る余地なく語りつくされたという印象をもたらす」（「小説の方法としての文体」『三島由紀夫の表現』勉誠出版、二〇〇一）ものであった。

しかし、それが一九五三年の段階ではすでに変化をしている。こうした語りの変化を、山崎は「二重化のナラティヴ」と呼んでいる。これは「世界を鳥瞰的な第三者の立場から意味づける視座がなく」「超越的な次元から明示的には物語られることのない」「物語られている登場人物の視点と、それを受け取る読み手の視点とで、二重化された異なる意味を派生する物語の叙法」（「二重化のナラティヴ」『昭和文学研究』四三集、二〇〇一・九）のことであり、こうした語りは、先に述べた三島の核時代・高度情報化社会での世界認識の変化と対応している（この問題については、拙書『三島由紀夫研究』創言社、二〇一〇も参照のこと）。

では、『仮面の告白』と同様に同性愛表象を扱った作品である『禁色』（一九五一・一～一九五三・八）の語りについては、そうした「二重化された異なる意味を派生する物語の叙法」にあたるものを見出すことができるだろうか。

『禁色』の語りにおける「語り手の取る一定の距離」について杉本和弘は興味深い考察を行っている。杉本は「傍点は往々、作者の抱懐するイロニイの表白である」という一文に着目し、「傍点」が男色や同性愛を表象する語彙に対し使用されていることから、「このような傍点に表白された「作者の抱懐するイロニイ」は、結果として男色家やその世界を揶揄するものになる。語り手が〈異性愛＝正常〉〈同性愛＝異常〉という日常的な枠組みを利用することで、日常世界（異性愛＝正常）の側から男色を相対化していることを示しているとも考えられる」と述べている（「鏡と男色」『名古屋近代文学研究』四号、一九八六・一二）。

これは、まさに「物語られている登場人物の視点と、それを受け取る読み手の視点とで、二重化された異なる意味を派生する物語の叙法」の萌芽と呼べるものであり、『禁色』執筆の時点で、三島の中にそうした語りへの問題意識がきざしていたことを物語る。

「愚考と俺の作品とは無縁であり、愚考と俺の精神、俺の思想との間も無縁だ。俺の作品は断じて愚考ではないのだ。（傍点は往々、作者の抱懐するイロニイの表白である。）」

「浮気者の夫に苦しめられた女は、二度目の結婚の相手をこの種族に求めればいいのである」

「同類と思われてはならない」

伏見のいう、「深く自分の闇に降りていって、己の不可解な欲望と向かい合い、さらにゲイたちの内面を冷徹に描写し分析してみせ」るために、『禁色』では、『盗賊』で見られたような、フランス心理小説を模した「世界を鳥瞰的な第三者の立場から意味づける視座」によって、登場人物の言動が統括され、批評されている。しかし、〈男色〉を表す語彙に傍点が打たれることにより、そこにアイロニカルな響きが加わり、二重の意味が発生することとなる。

つまり、発話者が〈男色〉を肯定的に述べている場合にはそれを否定するニュアンスが付け加わり、また（杉本の解釈とは異なり）語り手が「日常世界（異性愛＝正常）の側から男色を相対化している」ように見える場合でも語彙に傍点が打たれることによって、その視座そのものが実は流動化している。傍点によって、異性愛・同性愛どちらのコードから発話されているのかが決定できなくなるからだ。

杉本のいう「〈異性愛＝正常〉〈同性愛＝異常〉という日常的な枠組み」は、武内が「「仮性同性性愛」＝「変態」＝〈病としての異常な性〉としての同性愛イメージ（変態性欲コード）」と述べたものだが、三島はその「同性愛イメージ（変態性欲コード）」を『禁色』の中で利用し、かつて『仮面の告白』で構築した「同性愛者としての自己像」とその構築に使用した「秩序に従って構成する」語り、さらにはその際に使用した同時代の「同性愛イメージ」を、「傍点に表白された「作者の抱懐するイロニイ」」という手法によっていずれも相対化しているのである。

さらに興味深いのは、杉本が、先ほどの論とは別の論考（「「禁色」論のための覚書」『後藤重郎教授定年退官記念国語国文学論集』名古屋大学出版会、一九八四）で、先に触れた『旅の墓碑銘』に着目していることである。杉本は、この作品で見られる三島の認識上の危機意識を三島が当時行った世界一周旅行に起因するものとみなし、そこから『禁色』第二部で悠一が康子の出産を「見る」行為を、「見ることでなんとか現実を領略していこうとする三島」の姿を見出している。

ただ、この「見る」行為については、『禁色』の結末部において、「現実」「見た」という語彙にともに「傍点」が打たれることにより、その意味はアイロニカルなものに変貌してしまっている。

「どうだい。現実はどうだったね。お気に召したかね」

「檜さんの視線は紛う方なく僕に向けられているが、檜さんが見ているのは僕ではない。この部屋には、僕ではない、もう一人の悠一がたしかにいるのだ」

自然そのもの、完璧さに於いて古典期の彫像にも劣らぬ悠一、その不可視の美青年の彫像を悠一ははっきりと見た。

悠一はかつてのように「見られる」ことによって、自身の美しさを確認することはできなくなっている。そしてこの場面では「見る」ことも実はできていないことが、「傍点」による「イロニイ」、「物語られている登場人物の視点と、それを受け取る読み手の視点とで、二重化された異なる意味を派生する物語の叙法」によって示されているのである（この作品において、「見る」という動詞に、しばしば「傍点」が打たれていることは、三島が「見る」行為に非決定性を含ませていたことを物語っている）。悠一は、俊輔の自殺と遺産の相続によって、俊輔から自由になることができずに終わる。作品中に「名状しがたい自由」とあるようにである。そして先に見たように実際には、悠一は「見る」自己にも「見られる」自己にもなりきれていない。むしろ、この決定不能な状態をこそ重視するべきであろう。

三島は後年『禁色』について、「私は小説「禁色」の中で、女装の男娼などの疑異性愛的分子を払拭して、わざと簡明な定義に従ひ、「男色とは男が男を愛するものだ」といふ平凡な主題をつらぬいた」（『小説家の休暇』）という自己注釈を施しているが、この明快な方法意識は、かえって『扮装狂』『春子』で見られた、「扮装狂」＝「トランスジェンダー」の主題を三島が『禁色』で故意に抑圧していたことを物語る。

いわば、この「傍点」は、三島の語りに刻まれた〈亀裂〉、抑圧しようとしたものに回帰され、復讐されたことをしめす〈亀裂〉である。三島が、その〈亀裂〉に向かい合い、「知的概観的世界像」として論理化し、はっきりとした方法化＝「二重化のナラティヴ」を創出するのは、この『禁色』の後のこととなる。

反復される〈破綻〉——三島における「死の欲動」

先に確認したように、三島の認識上の危機は、原子爆弾と情報化社会が人間精神に与えた衝撃によるものであり、その危機意識は、『旅の墓碑銘』以前の作品にも兆しが見られるものである。

『旅の墓碑銘』とともに、「菊田次郎もの」として知られる『死の島』（『改造』一九五一・四）は、『禁色』の連載開始直後に書かれた作品だが、この作品にも、先に見た接続詞の極端な省略、断絶の問題化という特徴が見られており、そうした断章性はさまざまな島を巡るというプロットにも影響している。

この作品の「菊田次郎」は、「芸術家」であり、彼の「旅」は、「未知の土地」に「親炙した観念」を「生まれたままの新鮮な姿で」探そうとする。「未知から生まれた」と自称するこの「芸術家」には戦前の作品に先例がある。『中世に於ける一殺人常習者の遺せる哲学的日記の抜萃』（『文芸文化』一九四四・八）には、「未知なもの」を「殺す」ことで成長する「殺人者」が描かれている。この「殺人者」とは明らかに「芸術家」の象徴である。だが彼にとって唯一殺せない、また嫉妬すべき対象がある。それが海賊である。

　海賊は飛ぶのだ。海賊は翼をもつてゐる。俺たちには限界がない。俺たちには過程がないのだ。俺たちが不可能をもたぬといふことは可能をももたぬといふことである。
　〔中略〕生まれながらに普遍が俺たちに属してゐる。〔中略〕創造も発見も「恒に在つた」に過ぎないのだ。恒に在つた。——さうして無遍在にそれはあるであらう。

「殺人者」「芸術家」は未知（見たことのないもの）を「発見」「創造」する存在であり、「海賊」（行動者）は「恒に在」るものにただ「帰る」だけでよい満たされた存在として表象されている。

他者との距離。それから彼は遁れえない。距離がまずそこにある。そこから彼は始まるから。

三島は、戦前の作品では、絶望的な「海賊」との距離を「彼は未知へと飛ばぬ」と表象していた。しかし、『死の島』では、その「距離」は「未知から生まれた」と自称する「芸術家」によってあらかじめ無化されているかのように描かれている。

二米幅の緑の海峡が内に畳み込んでゐる距離の大きさは、ほとんど限りがないと謂つてよかつた。その無限の介在のたゆたひは、十二単衣のやうに重複した距離の集積であり、眺めてゐる次郎の思念の中では、ある時ははるかかなたにある時は手をふれればふれられる近くに、その島がかはるがはる思ひ描かれた。

この無限の「距離」の集積＝襞の認識は、「媚態を帯びた距離感」「快い誘惑」「肉欲に襲われた人のやうに」といった官能的なセクシュアリティの意味負荷を帯びた語彙によって表象されている。後年、「人間概念の分裂状態の、修繕工」「あの二つのものの縫合の技術」と呼びなおされるものは、この時点では「分離や別離に赴きやすいこの二つのものをいつも危ふい稜糸でつなぐ役割をする妖精」と名指されており、その呼び声にひかれて、「僕」は「死の島」へと向かうのである。

この段階で、三島は戦前の作品にあった自己の芸術における「距離」、行為と認識の「距離」を、襞のように伸び縮みし、官能性を帯びたものとして、巧妙に処理しようと試みている。ただ、「島」のあいだの「無限の距離」という主題は、すでに、三島の芸術観に〈亀裂〉が入っていること、その「距離」が埋まらないことを物語っており、同時期の『禁色』での「傍点」による「イロニイの表白」が、その〈亀裂〉の例証である。

この〈亀裂〉を生み出すもの、いわば小説の語りの統御を自壊させる〈死の欲動〉とも呼べるものが三島の小説では絶えず反復するかのごとく現れる。

より具体的に述べれば、『金閣寺』(『新潮』一九五六・一〜一〇)の「有為子」(その名前自体が有為転変＝流動性を指し示している)は、彼女の死をもって、主人公溝口の「記憶」の中で脅迫反復される「死せる名」＝死の欲動となる。娼婦まり子のもとを溝口が訪れる際、「有為子は留守だつた」とされているのはその「死の欲動」への抵抗を示している。だが、まり子との「行為」すら、「私は思ひ出せぬ時と場所で(多分有為子と)、もつと烈しい、もつと身のしびれる官能の喜びをすでに味はつてゐるやうな気がする」として「私の源の記憶」の代理の役を与えられる。溝口の性的な行動はこの「有為子」の代理でしかなくなっているのであり、これは『春子』における「春子に見られたい」欲求の反復であり、扮装狂＝トランスジェンダーという主題の反復である。

三島は、自己の〈変態性〉(流動性・変質性)を自覚し続けており、『仮面の告白』の時点では、それを一つの秩序(同性愛という主題)に従ってすべての「記憶」を「再編成」する語りによって統御しようとしたが、その試みは失敗に終わっている。『禁色』執筆の段階においては、すでに、「傍点」という名の〈亀裂〉が語りの中に含まれ、意味が決定不能の状態(同性愛のコードなのか、異性愛のコードなのか、あるいは「見る」自己なのか、「見られる」自己なのか)になっている。自己の〈変態性〉(流動性・変質性)は、『鍵のかかる部屋』『鏡子の家』の中で、「ネオンサインになりたい」「ビールの滓になりたい」というかたちで、より徹底したものとして描き出される。

つまり、三島における〈変態性〉(流動性・変質性)とは、単なる異性愛／同性愛の二項対立を指すものではなく、彼の文学観・世界観と結びついたもっと根源的なものである。先に挙げた二つの「反復」、つまりトランスジェンダー(主体の根源的な流動性・変質性)という主題の「反復」と、小説の構成の〈破綻〉の「反復」は、同一の事態の裏表である。三島は作品中で自己の〈変態性〉(＝変質性・流動性)を最終的に閉ざすことができず、絶えず統御に失敗する。しかしそれは、むしろ彼が己の〈変態性〉に誠実に向き合い、それを的確に表象するための語りを模索し続けた証でもある。

三島天皇論の〈変態性〉――〈他者に向かって開かれる〉受動性

先に見た『扮装狂』には、このような興味深い一節がある。

僕の衝動の美しさを、ただ僕は椿事の光景に見ることはよさう。椿事を待つことにそれを見よう。待つということがすでに扮装の一つではないのか。

ここでは、「椿事（事件）」・「待つ」という主題がすでに見られており、先に見た『春子』（「事件」としての「女」）や後年の天皇論へとつながっていく。この「待つ」主題が三島にとって十代の頃から重要であったことがうかがわれる。「待つということがすでに扮装の一つ」ということばは、扮装（トランスジェンダー・変容性）という主題が「待つ」＝受動性というもう一つの主題と密接にかかわっていることを物語る。

この「待つ」という主題は、その後、三島の政治論文、なかんずくその天皇論において、展開されることになる。三島は、一九六〇年前後より、単一の絶対的価値―天皇を希求するようになる。三島は、「「道義的革命」の論理」（『文芸』一九六七・三）の磯部浅一解釈において彼の「道義的革命」に「限定性」を見ている。この「限定性」は、「待つ」という態度としてとらえられる。

磯部一等主計の遺稿においては、この「待つこと」と「癒しがたい楽天主義」とが、事件の力学と個人との情念とを一つなぎにして、不気味なまでに相接着している。

三島の天皇論においては、天皇の到来を待ち続けるためには徹底した受動的な姿勢が必要とされる。しかし、一切の能動的なアクションを起こさないその姿勢は、天皇以外の「他者の声」を同時に呼び込んでしまい、結果的に三島の希求は不可能になる。ではなぜ不可能となるのだろうか。受動性の姿勢をとる限り、主体は自らに到来するものの性質を〈選択できず〉、また〈決して拒みえない〉。そのため、自らが望むものとは違うものの到来、すなわち他者性を決して排除できなくなるからである。三島の受動性の政治学は、その徹底した「待ち」の姿勢ゆえに、皮肉なことにその到来を待ちうける瞬間だけ、〈あらゆる他者に向かって開かれてしまう〉のである。これは本論で確認してきた、〈変態性〉（流動性・変質性）の表象以外の何物でもない。三島の天皇論は、彼の小説（およびジェンダー・アイデンティティ認識）と同じように、その統御の極点で自壊し、〈あらゆる他者に向かって開かれる〉可能性を示すのである。

三島は、『文化防衛論』（『中央公論』一九六八・七）を書くと同時に『アンアン』に創刊の辞を書き（一九七〇・三）、『憂国』（『小説中央公論』一九六一・一）と同時に『スタア』（『群像』一九六〇・一一）を発表できる人間でもあった。

おわりに――「とてつもない「変態」」としての三島由紀夫

先の対談「三島由紀夫からゲイ文学へ」で、伏見憲明は三島を「本物の」「とてつもない「変態」」と呼んでいる。

伏見　たぶん三島は、選民意識によって自分がマイノリティであることを支えたのではなくて、選民意識が巨大だったから、その分マイノリティだということをほかの何か、例えば教養であるとか大義であるとか、いろいろなものをもってきてバランスをとらなければならなかったんだと思う。だから僕は、三島由紀夫は本物の「変態」だと思うね（笑）。

伏見　僕は今回、彼の聡明な分析眼を再評価することで、逆に三島がとてつもない「変態」であることを確信したんだよね（笑）。

伏見のいう、「いろいろなものをもってきてバランスをとらなければならなかった」という事態は、三島の表象する〈あらゆる他者に向かって開かれた〉巨大な謎の成り立ちを図らずもいいあらわしたものとなっている。三島は、一九七〇年一一月二五日に、周知のような自死をとげた。その死の儀式は、それ以後の人間に〈模倣も相対化も消費も許さない〉代物であり、それはまさに四方田犬彦が「いずれのコードを用いるにせよ、三島は回収されない」（「三島由紀夫あるいは善用のための祈り」『最新流行』青土社、一九八七）と述べるしかないものである。

誰一人として〈模倣も相対化も消費も許さない〉境地に到達したという点で、三島は伏見のいう「本物の「変態」＝Queer」であり、また最後の行為が一切の解釈を拒む（それまでの変容性＝Metamorphoseを失った）という点で彼の自死はクィア理論の〈パフォーマティビティ〉〈トランス性〉の対極にある。こうした三島から何を学び取るかは今後の読み手の上にのしかかる課題となろう。また、それゆえに、三島の作品は、絶えずすべての読み手に対し〈開かれ〉続けるのである。

※三島由紀夫作品の引用は『決定版三島由紀夫全集』（新潮社、二〇〇〇）による。

第10章

戦後空間を生きのびる〈変態〉——阿部定と熊沢天皇

坪井　秀人

阿部定　1905- ？

『猟奇女犯罪史』の中の阿部定

阿部定事件を映画化した作品として誰にでも知られているのは大島渚監督による『愛のコリーダ』（一九七六）であろう。完全版が日本国内では上映ができずに先に海外で公開されて、日本ではなく世界が最初にその芸術性を認めたという、いかにも大島渚にふさわしい彼の代表作の一つだが、その評価を決定づけたのは、阿部定《あべさだ》その人よりも藤竜也演ずる画面の中の石田吉蔵が、公開時一九七〇年代の同時代から見ても、家父長的な男性像から外れた、ある種フェミニンな美しさを放っていたからではないだろうか。過激な性描写の数々も透徹した愛の変奏として肯われうるものであった。

そんな『愛のコリーダ』とおよそ正反対な阿部定表象を行ったのが、先立つこと七年、石井輝男監督が『網走番外地』のシリーズの後に撮った、『明治大正昭和　猟奇女犯罪史』（東映京都、一九六九・八・二七公開）という作品である。この作品でも若杉英二がマチスモとはおよそ対極的な吉蔵を演じてはいる。それにこの映画は他ならぬ実物の阿部定を出演させ、吉田輝雄が演ずる解剖医、この猟奇物語集《オムニバス》の実質的な語り手が聞き役になって、阿部定本人の実体を可視化し、その肉声を聞かせているのだ。細身の身体に着物をきちんと着こなして話すやや老いた阿部定は、終始表情が硬く、その姿は世間で流通するところのステレオタイプな毒婦・妖婦像を拒否しているかのようにも見える。

にもかかわらず、〈猟奇〉と銘打ったこの映画自体は、阿部定本人のそのような意図を離れたところで作られているといえるだろう。映画はこともあろうにその幕切れに明治初期の高橋お伝の物語を介入させるのだ。最後には、くだんの解剖医が標本室でホルマリン漬けされた高橋お伝の性器に見入るという（生来性犯罪者説＝優生学的な感性むき出しの）、グロテスクかつ陳腐なシーンまで用意されている（たとえば田村栄太郎『妖婦列伝』（雄山閣、一九六〇）は、高橋お伝の死骸が浅草の警視第五病院で解剖検屍されたとする仮名垣魯文『高橋阿伝夜刃譚』の記述を踏まえつつ、次のように記している。「解剖で重要なのは陰部であって、斬りとって保存してあった。アルコール漬にしてあったが、特長としては「小陰唇の異常肥厚及び肥大、陰梃部の発達、膣口・膣内腟の拡大」であることが、明記してある。波之助・市太郎に対する熱情も、この医学的な説明を要するわけである」）。かたや斬首され、その性器が晒し物にされ、かたや恩赦の後に自らの声で自身の愛の信念を語る二人の女性。彼女たちを並べることによって、映画は阿部定の記憶のなお生々しい出来事を高橋お伝という毒婦伝説の中に回収してしまったといわざるをえない。

すでにいうもおろかなことだが、かくのごとくに『猟奇女犯罪史』は、公開から五〇年近く経った現在から見ると、どのように評価したらよいか戸惑うばかりの作品なのである。今日の基準で政治的に公正《ポリティカル・コレクト》に問題をあげつらえばきりがないし、それ以前に映画の撮り方もあまりにゲリラ的で、一定の演劇的文法によって説明することが困難だからである。

たとえばまず表題が内容と不整合をきたしている。扱われている主要な事件、すなわちホテル日本閣事件、阿部定事件、小平事件は、いずれも起きたのは〈昭和〉の時代で、最後に全体を象徴的に包括するように配された高橋お伝の事件は〈明治〉の出来事。これに対し、表題に含まれる〈大正〉の時代は描かれていない。〈猟奇女犯罪史〉と銘打ったのは高橋お伝、阿部定そしてホテル日本閣事件の犯人の女性がオムニバスの個々の物語の主役を務めているからで、観客は自ずと近代初頭から戦中そして戦後にかけての〈毒婦実録〉の系譜というものを思い描くことになるだろう。高橋お伝は旧刑法が施行される直前に斬首に処せられた近代最後の女性犯罪者といわれ、ホテル日本閣事件の犯人は戦後初の死刑執行を受けた女性として知られており、死刑というトピックをめぐる呼応関係も忖度してみたくなるが、ホテル日本閣事件の犯人の死刑執行は映画公開の翌年のことである。そして、連続強姦殺人事件である小平事件の犯人は小平義雄で、いうまでもなく男性。小平の絞首刑の場面は比較的詳細に描写されていて、それも最後の高橋お伝の斬首場面と呼応しているのだが（首切り人の山田吉亮を演じるのは舞踏家の土方巽！）、毒婦の物語とは何の関係もない。表題は〈女性（加害者・被害者のいずれか）にかかわる猟奇的な犯罪の近代史〉と読みかえることで、かろうじて辻褄は合うのだが、これを理屈を通して受け取るには、いささか苦しい。

それでもこの映画が尋常ならざる衝迫力を内包して、視聴者に消しがたい残像を残すのは、女と男の邪悪で非道な欲望が俳優たちの身体、とくに彼／彼女らの顔の表情やまなざしが持つ訴求力によって、きわめて生々しく描き出されているからである。阿部定を演じた賀川雪絵などの演技も見事だが、何といっても圧倒的なのは、モノクロで皮膚の細部の動きまで克明にとらえられた小平義雄を演じる小池朝雄が迫真の演技で見せる表情だろう。加えて高橋お伝の首を刎ねる首切り役人を演じた土方巽の凄まじいまでの眼力。これらは文学の描写や論理では太刀打ちできない映像独自の表現力であり、この映画がある種無茶な構成と論理で物語構成を押し通すことができたのもその映像の力に負うところが大きい。

公開から一〇年とは時差のないホテル日本閣事件を別として、同作の二つの主脈というべき、一九三六（昭和一一）年の阿部定事件と、戦争末期一九四五年から敗戦直後の一九四六年にかけて起こった小平事件とが、この映画の中で敗戦を挟んである種の連続性をもってつながりを見せていることには、注目しておいてもよいだろう。阿部定と小平義雄の二人は直接には何のかかわりもないのだが、『明治大正昭和　猟奇女犯罪史』は彼女と彼とを敗戦期の混沌とした時代を接着剤のようにして接合させたともいえる。

阿部定と同時代精神分析言説

二・二六事件と同じ一九三六年の五月、軍靴の足音がひたひたと近づいてくるきな臭い時代のさなかに起きた阿部定事件は、仲居だった阿部定が待合で情交を重ねていた愛人の石田吉蔵を扼殺し、死後その男性器を切り取って逃亡したという事件で、新聞メディアは逮捕にいたる彼女の逃亡劇を連日あたかも捕物帖のごとく活劇風に描いた。服役していた阿部定が恩赦で刑務所から出所したのが一九四一年、それ以降、アジア太平洋戦争下において彼女は世間から姿を隠した。一方、小平事件は七人の女性が強姦・殺害された連続強姦殺人事件で、犯人の小平は一九四六年に逮捕されている。阿部定が再び世間に姿を現したのは一九四七年、彼女の事件の顚末を物語化したいわゆる〈お定本〉が世に氾濫し始め、阿部定がそのうちの一冊を名誉毀損で告訴したことがきっかけであった。

そのあいだにおよそ一〇年という時差を持つ二つの事件が戦後まもなくの最初の阿部定ブームの空気の中で出会っていくという構図は、『猟奇女犯罪史』だけでなく、実は一九四七年一二月刊行の『座談』創刊号に掲載された坂口安吾の「阿部定さんの印象」にも語られている。阿部定を擁護し支持する坂口は、この事件に「一種の救い」を見出し、それと対比するために「ただインサンな犯罪」の例証として他ならぬ小平事件を挙げ、阿部定事件は時代を経ても甦るが、小平義雄の事件は世間で再び騒がれることはないだろうと述べている。

石井輝男の映画はいわばその忘却の運命にあった小平事件を阿部定事件を補完する物語として甦らせたともいえるのだが、一人の男に無限旋律のごとく高まる欲望を波立たせ続けた阿部定を（その実物も含めて）戦後空間の中に再登場させることと、複数の女たちを繰り返し標的にして自身の邪悪な欲望の犠牲にする行為を無限に行おうとした小平義雄の現在的な禍《まが》々しさとを出会わせたところに、〈戦後〉という時代を照射しようとしたこの映画の戦略の核心があったといえよう。

ところで小平事件は庶民が深刻な食糧不足に陥っていた敗戦期の日常の状況が直截に反映した事件であり、小平が被害者の女性たちを闇で食糧を売ってくれる農家に紹介して誘い込む手口を用いているところにも、そうした時代性が色濃く反映しているのだが、食べるために男の甘言に欺され殺されてしまった被害女性たちの無念などは、石井の映画はほとんど一顧だにしない。

私たちが〈猟奇〉ということばで日常倫理から逸脱した事件について語るとき、加害者の異常心理や、その原因として想定される加害者の生い立ちや経験などには関心が払われるのに対して、被害者側の心情や感覚について慮られることはほとんど稀である。それは〈猟奇〉ということばを発した瞬間に、その発信者も受信者も、法の次元でそれを否定することをある種のアリバイにして、猟奇的行為を行うモチーフ（動機）をどこかで諒解、あるいはもっといえばそれを是認しているからではないだろうか。猟奇的主体は〈異常〉であって私たち〈正常〉な人間とは異なる主体なのだから、それ（猟奇的行為）を行う（行いうる）。もし〈正常〉人がそれを行うとすれば、それは原因と結果が整合しない不条理を生じさせるので、それこそが無気味《ウンハイムリッヒ》なものを招来してしまうというわけだ。

かようにして〈猟奇〉事件は病因論という日常性論理（〈異常〉な人間だから〈異常〉な行いを行う。〈正常〉な人間は〈正常〉である限り〈異常〉な行いを行うはずがない）によって安全な場所に格納される。そのような安全策に従って〈猟奇〉の表象を受信する者は、自身の〈正常〉性を維持したままで〈異常〉を日常性の中に持ち込むことへの好奇心を満たすのだ。小平事件の場合に被害者女性たちの視点が蔽い隠されるのは、このように〈猟奇〉を〈猟奇〉として諒解することをそれが妨げるからに他ならない。

もちろん同じ『猟奇女犯罪史』でも、小平事件と阿部定事件とでは、〈猟奇〉の意味はまるで異なる。露骨なまでにミソジニスト的まなざしを貫いているとも見えるこの映画がそもそも女性の視聴者をどの程度想定しているかという問いも立てられるのだが、仮にヘテロセクシュアルな男性という視聴者に限定してこれを考えてみると、彼は小平事件では加害者の小平義雄の〈猟奇〉性にねじれた同一化を果たすことができたとしても、阿部定事件の場合には、視聴者のジェンダー規範が強ければ強いほど、物語内の人物に対して倒錯したかたちでしか同一化を果たすことは難しいはずだ。なぜなら彼は男に対して特殊な性愛の暴力を行使する女性に同一化するか、さもなくば彼女の相手をつとめて扼殺され性器を切り取られてしまう男に同一化することを求められることになるからだ。にもかかわらず、阿部定が一九三〇年代の事件発生当時の世相においてガス抜き的に利用されたのは女性たちによってではなく男性たちによってであったと見られるし（加納実紀代は阿部定事件が戦前最後の「公開ポルノ」として扱われたことを問題化していた。加納「戦争とポルノグラフィー――言論統制下の阿部定事件」『ニュー・フェミニズム・レビュー』三号、一九九二）、戦後における阿部定のリバイバルがある種のカストリ文化的な文脈の中で進められたことも、これは否定できないであろう。

ところで、精神分析学者の大槻憲二が創設した東京精神分析学研究所が編纂して出された『阿部定の精神分析的診断』（同研究所出版部発行、奥付の著者・発行者は大槻、一九三七）という本がある。事件のわずか八カ月後に刊行された著作で、ほぼ同時代的な反応、しかも精神分析の側からの反応として注目できるものである。総頁一二二頁ほどの冊子で、大槻の他、高橋鐵や金子準二、長崎文治、諸岡存が論考を寄せている。表紙にはPSYCHOANALYTISCHE STUDIEN ÜBER EINEN FALL (SADA ABE) VON SALOME-KOMPLEXというドイツ語タイトルが載っていて、ビアズリー描くサロメの有名な絵（斬り取られたヨハネの首に今まさに接吻しようとしている）が掲げられている。この表題は日本語で記せば《サロメ・コンプレックスの一例（阿部定）に関する精神分析的研究》というものである。

ここに見られる〈サロメ・コンプレックス〉については、同書所収論考で高橋鐵がサディズムをもじった「定イズム」という表現を案出して「サディズムの登りつめた症状」と定義し、そこからペニス羨望や去勢コンプレックスに論を展開しているし、大槻憲二はサロメやユーディットの物語を引例して「下腹部の代償として頭部が切断せられる」、部分が全体を代行し、ある部分が別のある部分を代行する、そのようなメトニミックな欲望の機制を「サロメ・コムプレクス」「ユーディット・コムプレクス」と名付けているのである。

大槻は同書に先だって自身の単著『恋愛性欲の心理とその分析処置法』（東京精神分析学研究所、一九三六）の中でも鬼子母神に「巨大なる母性＝妖婦」を見たり（直接の関係はないが、この概念枠組みは戦後小此木啓吾によって主唱された阿闍世コンプレックスのことを連想させるところがなくはない）、情死と性行為とのあいだには深いつながりがあるとして「愛即死の思想」すなわち「性交の観念と死の観念との無意識コムプレクス、即ち同一視」に言及してもいる。同書の発行は阿部定事件からわずか二カ月しか経っていない時期のものなので、その記述に直接的な反映はないとしても、大槻があたかもこの情死（未遂）事件を予知するかのように考察をめぐらしているのは興味深い（同書にはフロイトが著者に宛てた書簡を写真版で掲載するものの、フロイトの〈死の欲動《トーデストリーブ》〉の概念にはついに触れることはない。ただし、前掲『阿部定の精神分析的診断』所収の高橋鐵の論考はそれに言及している）。そして大槻がこうした考察の過程から阿部定事件に対して導いた結論は次のごときものであった。

阿部定の心理は確に異常ではあるが決して病的ではなく、普通人の心理と無関係ではないと云ふ結論に我等は達してゐる。

（前掲『阿部定の精神分析的診断』）

同様の見解は高橋鐵にもあり、上記の「定イズム」＝サディズムは誰にでも通有する普遍的衝動であると述べている。このように同時代においてすでに阿部定事件は、例外的な異常行動として好奇なまなざしに晒されるような、単純にスキャンダラスな受容とは異なった評価をされており、彼女と石田吉蔵が実践したサドマゾヒズムへの衝動を誰しもが共有しうるとみなす視点からとらえられていたことには注目しておかなければならない。しかしこれもまた、先に述べた〈猟奇〉を成り立たせる猟奇性の裏面として見なすべきことがらであろう。

戦後空間の中の阿部定

〈我らの内なる阿部定〉あるいは〈我らの内なる吉蔵〉という認識は、誰にとっても阿部定や吉蔵に同化可能であることを意味しているのだが、あくまでもそれが可能性の領域として担保されることで、正常／異常のバイナリーな枠組みは相変わらず揺るぎなく維持される。精神分析や性科学の言説とはまさしくそのような安定化《スタビライゼーション》の維持装置であった。だからして、そのサドマゾヒズムへの同化の主体には、去勢コンプレックスの主体たる男性の影は色濃く重なるのにもかかわらず、（ペニス羨望の主体たる？）女性の影は稀薄になってしまうのである。

阿部定物語からの女性の排除。ここで想起されるのは戦後もさらに時代を下って一九七〇年代、ウーマン・リブ運動の代表者の一人だった田中美津の次の言説だ。

大抵の男は、女に対してバク然とであれ恐怖を抱いている。近くは連合赤軍の永田洋子、そして男の首を求めたサロメ、ナチスの収容所で最も残酷ぶりをはっきりしたのは女だったという逸話、女の残酷さを証明しようとすればすぐさま品数豊富に取り揃う。女に恐怖を抱く男たちは、己れの寝首を掻かない女として〈モンローのような女〉をさすらい求める。つまり己れの影として、飼犬として生きてくれる女なら、よもや寝首をかくまいと錯覚するのだ。生身の女が、影に、犬に徹して生きられるハズもないのに。

しかし、言うまでもなく〈モンローのような女〉とは実は男の寝首を掻く女の総称なのだ。つまり男に向けて存在証明すべく作られた、その女の歴史性から逃れられる女などいない以上、この世に存在する女という女は、否応もなく男の寝首を掻く女として存在しているのだ。

（以上、田中美津『いのちの女たちへ――とり乱しウーマン・リブ論』田畑書店、一九七二）

「寝首を掻かない掻きたくない」と題された田中のこのエッセイは、ミソジニーの裏返しとしての去勢恐怖を回避してマリリン・モンローのような（ペニス羨望の担い手としての）女性像に女たちを囲い込もうとする男たちを憫笑し、実は〈モンローのような女〉とは「男の寝首を掻く」＝去勢する女に他ならないのだと喝破したものだった。ただ、田中の言説からは「寝首を掻く」（掻かされる）共犯性の中に落ち込む男女の対関係に対する、あるやるせない悲しみも感じとれる。阿部定はまさに「男の寝首を掻く女」だったわけだが、同時代の精神分析学的言説から浮かび上がるのは、そのような阿部定を普遍的な猟奇性あるいは猟奇的な普遍性の中に回収して、〈我らの内なる阿部定／吉蔵〉としてそれを飼い慣らそうとする志向性であった。田中美津の文章が醸し出す悲しみは、阿部定に触れてのものではないのだが、そうした男たちの多型倒錯的な普遍主義に抗しながら、それを憐れむところに発していたともいえるだろう。

さて、戦後に刊行された「お定本」についても瞥見しておくとしよう。一九四七年二月には、阿部定の事件前の少女時代、つまりはプレ阿部定事件史だけを取り上げた織田作之助の『妖婦』（風雪社）が刊行されている。その翌月には冬木健『愛欲に泣きぬれる女——あべさだの辿つた半生』（国際書房）が、さらに六月には木村一郎『昭和好色一代女 お定色ざんげ』（石神書店）が刊行されている。また同年一二月の『座談』創刊号は坂口安吾と阿部定の対談を載せ、坂口に「阿部定さんの印象」というレポートを書かせている。これらのうち阿部定がその内容に納得せず、告訴に踏み切ったのは木村の『お定色ざんげ』に対してであった。

　興味深いのはこの二冊の「お定本」の著者である冬木も木村も、阿部定の全体像を書こうとしてついに書けなかった織田作之助のことを強く意識していることである。織田は『妖婦』に先立つ『世相』（初出、『人間』一九四六・四）という小説で、阿部定事件を書こうとして、一度は戦時中にその予審調書を手に入れるも結局は書けずに終わる作家（「オダサク」と呼ばれる）のことを描いていた。冬木の著は「今わ《ママ》亡き織田作之助の霊に捧げる」という献辞を掲げ、「あとがき」でも織田の（「可能性の文学」に提示された）小説観に言及している。木村の方はその「序」で、織田が阿部定のことを書くというので期待していたのに早世してしまい深い失望を感じた、「織田氏が書けば、あの天才的な感覚を持つて、鋭く迫るものがあると思います」などと書いている。ちなみに阿部定本人も坂口との対談の中で、「織田さんが書けば、それほど怒ンないかも知れない」と述べているのだ。こうしてみると、冬木も木村もある意味では、思いがけず早くに死んでしまった織田作のかわりに阿部定のことを小説に書いたともいいうるかもしれない。

　『お定色ざんげ』と坂口安吾「阿部定さんの印象」は軍国化が進む同時代の世相と、吉蔵・定二人の愛欲・猟奇事件とを関連づける点で共通している。『お定色ざんげ』では二・二六事件を挙げて「暗雲が帝都を蔽い全日本に拡がつて行く時、パツと妖しくも咲いた真紅な話題、お定事件は暗雲を払いのける程、人心を明るくした。朗らかな殺人事件だつた」と記し、坂口は「あのころは、ちやうど軍部が戦争熱をかりたて、クーデタは続出し、世相アンタンたる時であつたから、反動的に新聞はデカデカかきたてる。まつたくあれぐらゐ大紙面をつかつてデカデカと煽情的に書きたてられた事件は私の知る限り他になかつたが、それは世相に対するジャーナリストの皮肉でもあり、また読者たちもアンタンたる世相に一抹の涼気、ハケ口を喜んだ傾向のもので、内心お定さんの罪を憎んだものなど殆どなかつたらう」と記す。

これらを読んで気づかされる重要なことは、事件が進行した時間、すなわち戦時体制に突入していく一九三六年と、事件を回顧する時間、すなわち敗戦期のただ中にあった一九四七年という二つの時間が、一〇年に及ぶ戦争の時代をあいだに挟んで不思議なほどに照応しているということである。坂口は一貫して阿部定の行いを「純情一途」とみなしてその犯罪性を否定するのだが、その坂口や木村によって「朗らかな殺人事件」あるいは「一抹の涼気、ハケ口」とまで評された阿部定事件。この事件は総力戦体制へと雪崩を打って傾いていく窮屈な同時代の風向きを意識して、それに対する対抗的な役割を期待されて語られたということになるのだろうが、その語りのセンセーショナリズムは、窮屈に自己検閲を強いられていた新聞などの活字メディアと、言論の不自由という窮屈を日常の空間において強いられていく民衆読者とのあいだで、まさしく黙契のごとくに共犯的に形成されたと見てよいだろう。

阿部定に対する懲役五年（上記のとおり刑期途中の一九四一年に恩赦によって出所）の判決が下ったのは事件のあった一九三六年の一二月だったが、翌年には予審尋問調書が非合法出版されて世間に流出する事態となった。予審制度自体も廃止（一九四九年）されている今日では到底考えられないオープンな〈情報公開〉が出来していたわけだが、何より注目されるのは、被疑者のプライヴァシーが極度に過小化された同時代コンテクストのもとで、この予審調書が阿部定を文字どおり彼女自身の私小説物語、〈阿部定物語〉を、何らの屈託もなく語り通す、きわめて饒舌で明るい語り手に仕立て上げていることなのである。

そこには自白を強いられた被疑者のあわれな姿など見出すことができない。阿部定はそこでは他者（男たち）によって物語化されて消費される客体などではない。答える者（被疑者）が問う者（尋問者）から語りの主導権を軽々と奪取してしまうような、自在な語りに彼女が没頭しているように見えるのである。その明るく軽い語り口は、三十数年後に『明治大正昭和　猟奇女犯罪史』の映像に登場して語ったときの堅く抑圧された語り口とはまるで別物である。もちろんどちらが阿部定その人の実像に近いのかなどは、誰にもわかるはずもない。逮捕時の阿部定のいくつかの写真の中には、まるで逮捕者とは思えないように、それこそ屈託のない笑顔を浮かべて映っている写真がある。付き添っている刑事が一緒に笑っている写真すらある。

この明るさは戦後に坂口安吾らによって「一抹の涼気、ハケ口」「朗らかな殺人事件」と評されたような反時代的な明るさであったが、しかし結局のところ阿部定が敗戦をまたぐ時代を明るさをまとった女神であり続けたのは、阿部定その人の人格と身体の本体（本質）によるものではないだろう。とんでもない事件を引き起こしながら屈託なく笑っている、この恐るべき明るさは、それを待ち望む民衆の欲望を無意識のうちに代表したものとしてとらえておくべきではないだろうか（その意味で彼女が〈皇紀二千六百年〉の恩赦、すなわち天皇の命によって刑を終えたことは、いかにも象徴的なことではなかろうか）。そしてその代表性のありようにおいて、阿部定は（石井輝男が仕組んだように）〈昭和の高橋お伝〉に位置づけられながら、お伝のように晒し者になることがない。「寝首を掻く」女、斬首する女は、彼女自身は斬首されることもなく戦時から戦後までを生きのびて、そしてその死骸を人前に晒すことはなかったからである。

阿部定から熊沢天皇へ

阿部定は逮捕されたときにも不敵に笑って平然と写真に撮られることのできる存在だった。まさに実像と虚像の二分法を超越した存在だったわけだが、人々の好奇心と欲望を領したその無気味な明るさは、まぎれもなく阿部定その人の身体と癒着していた。つまり、精神分析的視線を含めて世間のまなざしによって私性というものを完全に剥ぎ取られた阿部定は、常に〈ほんもの〉であり続けたのである。そして阿部定のこのアイコンは、いささか突飛な比較と思われるかもしれないが、同じ敗戦期に再登場してくる熊沢《くまざわ》天皇の像と並べ立ててみることによって、一層その同時代的な意味が浮かび上がってくるように思われる。

南朝の子孫を名乗りその皇裔として〈天皇〉を自称した熊沢天皇こと熊沢寛道《ひろみち》と阿部定との間には、いくつかの共通点がある。二人とも戦争期の活動（歴史）が戦後になってから脚光を浴びる（阿部定の場合はプレイバックされ、熊沢の場合は戦後に初めてスポットが当てられる）スキャンダルの当事者であることにおいて共通している（ちなみに二人ともある時期は名古屋の街、しかも現在の千種区周辺に居所があった点でも同じである）。戦争期と敗戦期そして長い戦後の中の一過程の時間の連続と不連続を、彼らはともに象徴的に体現する存在なのだ。戦後の空間が彼らを再びあるいは初めて浮上させるのだが、その背景にあるのは戦時期の時間と戦後の時間とを無意識のうちにつなげようとする民衆の欲望なのだった。

手短に一つだけ事例を挙げれば、熊沢の場合、戦時期の皇国史観と国体思想を支えた南朝正統論（それに先行して交わされた南北朝どちらの家系が本物かという南北朝正閏論の議論を決着させた）の余波が脈打って彼を押し上げた面があったことである。熊沢天皇の登場は維新以後の政体の状況から、北朝の系統に属する天皇家が南朝を正系として認めざるをえないという、ある種のねじれ、その盲点を突いたものだったからだ。

熊沢寛道　1889-1966

もちろんいうまでもないが、熊沢と阿部定のあいだには共通点以上に多くの差異がある。その中で最も明示的な差異とは、熊沢が国内メディアに先んじてアメリカのメディアの視線によって発見されたのに対して、阿部定は良くも悪くも国内的に、窒息した戦時体制の中に囲まれたところで（一筋の風穴を開けながら）とりあげられたことである

（阿部定が大島渚の『愛のコリーダ』によって一挙に国際化するのはずっと後になってからである）。熊沢自身もアメリカ占領軍の威光を最初から利用しており、敗戦直後に彼がマッカーサーに嘆願書を送ったことが長く続く自称天皇（偽天皇）事件の端緒となったわけだが、とりわけ『LIFE』誌の一九四六年一月二一日号が熊沢を写真入りで大きくとりあげたことが彼を一躍時の人にした。「皇室の菊の御紋の前に着物姿ですわる〈天皇《エンペラー》〉ヒロミチ」の写真を一面に掲げて後、「日本の本当の天皇？」と題したリチャード・E・ローターバック通信員による論説を掲げている。その冒頭を抜き出してみよう。

> 新年の詔書の中で天皇《エンペラー》ヒロヒトは自身が王権神授的な正当性にもとづく天皇ではないことを認めた。しかし、ひょっとしたら彼は歴史的な正当性においても天皇ではないのかもしれない。焼け野原になった日本の街の場末に雑貨店を営んでみすぼらしく暮らす別の男が、ヒロヒトではなく自分こそが日本の本当の君主だと示す歴史的な主張を行っているからだ。

これが一九四六年の年頭になって発せられたいわゆる〈天皇の人間宣言〉を意識して行われた取材による記事であることは明白だが、天皇の神格放棄以後の（可能態としての）白紙還元状況《タブラ・ラサ》を受けて、ここではいわば新たに登場した偽天皇（ヒロミチ）が現天皇（ヒロヒト）の相対的な評価基軸の役割を引き受けさせられているのである。折しも極東国際軍事裁判に向けて準備が始められていた時期でもあるが、間歇的に吹き上げる天皇退位論や天皇の戦争責任論の反響もそこでは無縁ではなかったはずだ。

保阪正康が調査して作成したリストによれば、昭和二〇年代から三〇年代初めにかけて一九人の〈自称天皇〉が存在したことになっている（『天皇が十九人いた――さまざまなる戦後』角川文庫、二〇〇一）。熊沢寛道以外に〈熊沢天皇〉を呼称した人物も四人挙がっている。ローターバックによる『LIFE』の記事に見られるように、当然そこでは誰が本物《トゥルー》なのかが関心の的であったわけで、そこにはたとえば菊村到などが指摘したようにアメリカのメディアには「天皇というかれらには理解しがたい存在に対するエキゾチックな好奇心」も介在していたかもしれないが（「戦後異色人物探検　熊沢天皇」『週刊現代』一九六二・一・一／同年・一・七号）、常識的に見てもおよそ科学的とはいえない〈万世一系〉という家族史《ファミリー・ヒストリー》の虚構をもとに戦後体制を日米合作していくことに対する、占領者（アメリカ）の側からの自嘲的な意識がそこに入り込んでいなかったとはいえまい。

　ローターバックの記事に付されている写真の一つは、熊沢の家族が彼らが名古屋で経営していた雑貨店の前で『LIFE』の記者の前でポーズを取る写真だが、"HIROMICHI'S HIDEOUT during war was general store in unnamed city."と、いかにもそのみすぼらしい生活を強調するようなキャプションが付けられている。店の玄関には〈用品雑貨〉の文字が見え、よく見ると二階には家族の洗濯物が干したままになっている。羽織袴を身につけた熊沢寛道が天皇を自称する図は、その舞台を惨めなほどに民主的に見せる演出を際立たせている。

　増殖するニセ天皇、ニセ熊沢天皇たちはこのような滑稽なステージを任されることによって、ヒロヒト天皇の本物性《オリジナリティ》の単なる引き立て役を務めるだけで終わったのだろうか。おそらくそうではあるまい。熊沢寛道によって代表されたニセ天皇の身体、〈変態〉としての身体は、戦後空間において何が本物《トゥルー》なのかが誰にもわからなくなっている状況を炙り出しているのである。戦時期の〈変態〉を代表する阿部定の身体がその極限的な本物性によって時代の欲望を抽象化する役割を引き受けたことと、このことは相補的な関係にあるのである。そして人の一生の時間を超えようとする日本の長い長い〈戦後〉という時間は、これらの〈変態〉たちを風化させずにはおかなかったのだが、その風化の現実をすら、今や私たちは忘れ去りつつあるのではないだろうか。

コラム④
極北の耽美小説家——山崎俊夫

月光散人

〈美少年〉というと頽廃的なニオイがする。山崎俊夫（一八九一〜一九七九）という人は、そうした頽廃的なニオイのする美少年小説を書いた近代文学史上稀に見る存在である。

今回、本コラムを執筆するにあたって、久しぶりに『山崎俊夫作品集』（全五巻）を取り出してきた。読み直してみると、そのウェットで重苦しくも絢爛で濃密な美少年たちの紡ぎ出す世界は現代の「ボーイズラブ（BL）」と明らかに違う。儚《はかな》いのである。脆《もろ》いのである。それでいて、どこか美しいのである。まさに〈耽美小説〉なのである。

山崎俊夫は一八九一（明治二四）年盛岡で生まれ、二〇歳で慶応義塾に入学、永井荷風の知遇を得、『三田文学』を中心に少年愛を主題にした小説を何本か執筆した。当時の学生の中には佐藤春夫や堀口大学、水上滝太郎らがいた。

デビュー作は『三田文学』（一九一三年一月号）発表の『夕化粧』。腺病質に悩み、世の中から見捨てられたと悩む二人の美少年の、濃密で閉鎖的関係を江戸情緒に裏打ちされた絢爛な筆致で描いている。続いて『童貞』（同五月号）を発表。これは、半陰陽の事実を隠されたまま成長した美少年の京二が、自分の肉体について悩み、そして自分の美しさへの耽溺を、粘質の描写で書き綴った佳作である。これを機に、『三田文学』の他『秀才文壇』『とりで』などに積極的に作品を発表する。さらに一九一六年一一月、『三田文学』に『雛僧』を発表する。僧侶の男色を主題としたこの小説は、好色な悪住職の稚児の少年が、自分に対する住職の愛を確かめるため、住職に剃刀で自らの首を切らせるという衝撃の展開を見せる。この小説の持つ物語の悪魔的な魅力を、紙幅の関係ですべて紹介できないのは残念であるが、掲載直後の『三田文学』が発禁処分になった事実を見れば、その衝撃の大きさを知ることができよう。

このように山崎作品は総じて暗く、陰鬱である。そこに登場する美少年は、総じて性格が暗く、病的にまで色白であり、華奢であり、端正で女性的である。そして、世の中に対して後ろ向きであり、少数派を自覚し、消え入りそうな脆さで包まれている。つまり、彼の描く少年たちは脆く、儚く、そして美しいのである。

こうした少年像は近代社会の産物である、〈マッチョ〉な男性像とは恐ろしくかけ離れている。山崎俊夫は〈脆く、儚くも美しい〉少年の世界を構築することで、世間に対する何らかのレジスタンスを見せていたといってもいい。山崎は、彼自身が『自叙伝風年譜』でも書いているように、慶応義塾本科を一九一六年に卒業したものの定職に就けなかったらしい。当時は高学歴者の就職難が社会問題で、〈高等遊民〉と呼ばれる人間が登場した時代である。〈富国強兵〉〈殖産興業〉をスローガンにした近代日本において、男性の正しい生き方とは〈立身出世〉であった。そして、男は強く、逞《たくま》しくなくてはならなかった。山崎はそうしたマッチョな風潮の世の中に生きにくさを感じ、〈美少年〉という対極の男性像を追求し、その中に溺れていったのではなかったろうか。彼の作り上げた小説世界があまりにウェットで後ろ向きなのはそのためだ。それは作者である山崎だけではなく、彼の虜になったファンたちも共有していたはずだ。近代社会に息苦しさを感じた人たちが、山崎俊夫の作品の中に、一種の〈夢〉を見たのだ。なかでも菊池寛は、彼の作品のファンで、山崎が筆を断って役者に転向（！）した後も、彼の文才を惜しみ、文壇復帰を促していたことからもそれはうかがい知れるだろう。この他、『少年愛の美学』の稲垣足穂も彼の作品に言及しているし、日本男色研究の元祖、岩田準一の『男色文献書誌』（古典文庫、一九五六）にも、山崎作品は「稀有な小説」としてはっきりとその足跡が刻まれている。

だが、彼の作品に対する好意的な見方はごく一部であり、発表当時は彼の小説は〈変態〉的なものとしていわば〈ゲテモノ〉的な扱いをされ、文芸的な価値をまったく問われないまま黙殺されていたのであった。彼の作品は文壇の闇に葬られ、一九八六年にフランス文学者・生田耕作の手によって『山崎俊夫作品集』（奢灞都館）が編まれるまで顧みられることはなかったのである。彼が追求した「儚く、脆くも美しい」少年たちの姿は、現在この『山崎俊夫作品集』で改めて確認することができる。「幻のデカダン小説」とは作品集完結編（二〇〇二年）の腰巻きに記された文言であるが、まさに至言である。

二〇一六年の現在、文学作品だけではなく、雑誌・テレビ・ネットなどのメディアにはアイドルグループをはじめ、〈イケメン〉と称する美少年たちが絶えず登場し、もてはやされている。美少年が消費される時代なのである。そこには、山崎俊夫が紡いだウェットさは感じられない。むしろ軽快ですらある。だが、彼らも消費される側としての〈儚さ、脆さ〉はあるだろう。いま山崎俊夫作品を読み返すと、現代の美少年言説を読み解く鍵が潜んでいるようにも思える。その意味で山崎俊夫とは、忘れ去られた極北の耽美小説家といっていいだろう。

コラム⑤

酒井潔——澁澤龍彦・種村季弘が愛したエロティシズムの旗手

大橋崇行

酒井潔は本名を酒井精一といい、一八九五（明治二八）年に愛知県の名古屋市にある裕福な商家の家に生まれた。店を継いだ兄の援助を受けて上京し、画家を自称して高等遊民としての生活を送っていたが、一方で魔術や降霊術、性愛に関する本の蒐集を趣味としており、それが縁となって梅原北明が文芸市場社内に発足させていた「文芸資料研究会」に出入りすることとなった。そして、一九二六年から北明や伊藤敬次郎（竹酔）のもとで文筆業にたずさわり、魔術や〈変態〉についての著作、翻訳書を次々に発表している。

筆名である「酒井潔」が最初に使われたのは、同年九月に北明が主宰し、竹酔が編集人として刊行された雑誌『変態・資料』の創刊号に掲載された「古代東洋性慾教科書研究（一）」である。しかし、それより前に、『文芸市場』の二巻四号（一九二六・四）に「張型異聞」が、同誌二巻六号（同年六月）に「見世物冗談／江戸人種の性欲生活に於てカンニリングスは如何に取り扱はれしや？」が、また、同誌二巻八号（同年八月）に「秘画秘伝」が、「S生」という署名で発表されている。このうち特に「張型異聞」は、一九二九年三月に文芸市場社が創刊した叢書「談奇館随筆」の第一巻にあたる酒井のエッセイ集『らぶ・ひるたァ』に収められた「秘具論（張形考）」と重なる部分が少なくない。したがって、この「S生」は酒井潔のことだと考えて、ほぼ間違いないであろう。

酒井については、二〇一二年から一三年にかけて、一九三〇年に制作して当時は発売頒布禁止（いわゆる「発禁本」）となった『エロエロ草紙』（竹酔書房、一九三〇）が、インパクトのあるタイトルの助けも働いて、国立国会図書館のデジタル化資料の中で閲覧数第一位となった。このことがインターネット上を中心に話題となり、彩流社から復刻版が刊行（二〇一三・六）されたり、二〇一三年六月一四日に関東地区のテレビ朝日などで放送された『タモリ倶楽部』でとりあげられたりするなど、一躍注目を浴びたことは記憶に新しい。この本は、フランスで刊行されていたと思しい雑誌の記事などをコラージュして翻訳したと推測される、非常にモダンな本である。

この他にも、「中国愛情小説」（『変態・資料』二巻四～五号、一九二七・四～六。原著は George Soulié de Morant, *La Passion de Yang Kwé-Feï, favorite impériale d'après les anciens textes chinois*, L'Édition d'Art, 1924)、『奴隷祭』(一九三一。原著はDon Brennus Aléra, *Fêtes barbares, moeurs de l'État de Louisiane au milieu du XIXe siècle*, Select Bibliothèque, 1908)などをはじめ、酒井はフランス語に堪能だったらしく、翻訳も非常によくできている。

一方でそれ以前から、澁澤龍彦や種村季弘が、酒井の仕事を敬愛していたことが知られている。その一つの要因としては、梅原北明の周辺で出版されていたエロ・グロ・ナンセンスの書籍がどちらかというと娯楽として消費されていた傾向が強かったのに対し、酒井の翻訳やエロティシズムに関する考証が、より学問的なものとしてみなされていたことが挙げられる。たとえば「贅沢本の話――装幀と挿画」(『変態・資料』二巻三号、一九二七・三)や、「世界珍書解題(一)千一夜物語」、「中国愛情小説(二)　混線結婚」(ともに『文芸市場』三巻六号、一九二七・六)は酒井が最も得意とする本の装幀についての解説や、書誌についての解題である。また、「魔論(一)」(『グロテスク』二巻五号、一九二九・五)、単行本『降霊魔術』(春陽堂、一九三二)などの魔術に関する考証は、明治三〇年代以降の催眠術や千里眼が大正期にフロイトの心理学と接続し、あるいは、いわゆる〈大正生命主義〉が隆盛していく過程と通底している。これらの神秘主義に関する言説は一九二三年の関東大震災で収束したと指摘されることも少なくない。しかしこれらの酒井による著作は、この領域がある種の学術として受け入れられる素地が、昭和期に入っても引き継がれていたことを示している。

この他にも、『日本歓楽郷案内』(竹酔書房、一九三一)のようなエロティシズムに焦点を当てたルポルタージュや、「食人風俗考」(『変態・資料』一巻三号、一九二六・一一)のようなグロテスクなものにまつわる考証など、酒井の文筆は多様な領域に及んでいた。一九三四年を過ぎると文筆からは手を引いてしまうため活動期間は短かったものの、エロ・グロ・ナンセンスの旗手の一人として、大きな足跡を残した人物だということができる。

メタモ（変態）とは何ぞや
――あとがきに代えて

読者のみなさま方に、この論文集をつくった「メタモ研究会」の一員として最後の口上を申し上げます。ただし、わたくしはこの研究会のあくまでも一員なのであって、それを代表するものではないことをあらかじめお断りしておきます。「メタモ」とは何ぞやと、まずはその呼び名にご不審の念をいだかれる方々も少なくはありますまい。わたくしどもはメンバー同士のあいだで自らのことを「メタモイスト」「メタモ党員」などと時には運動家気取りで呼びならわしていたこともありましたが、この研究会の実態はとくにこれはという方向性を持ったものではありません。では再び、「メタモ」とは何ぞや。

もともとこの研究会が発足したのは、雑誌『変態心理』の復刻版が刊行されて話題を呼び、その解題本である小田晋・佐藤達哉・中村民男・栗原彬・曾根博義編『『変態心理』と中村古峡――大正文化への新視角』（不二出版、二〇〇一）が出てまだ数年という頃おいでした。大正期のあらゆる文化言説をごった煮にした、いわばメルティング・ポットのような雑誌『変態心理』を読んでみたいということを、誰いうともなくいい始めて、名古屋周辺のメンバーで読書会が始まったところに、その起源があります。一番最初はその名もずばり「変態研究会」という名称だったのですが、年頃の娘がいて、「変態」を冠した会の名前がその目にとまることを恐れた一会員の申し出もあり、「変態」の代わりとして「メタモ」が浮上した、とそういう次第なのであります。
さて、すでに読者の多くはお気づきかとは思いますが、「メタモ」とは変態・変身を意味するメタモルフォーゼ（Metamorphose）、メタモルフォーズ（métamorphose）の略称なのであります。とはいうものの「メタモ研究会」を名乗ってから、「メタモ」はことば本来の意味を離れて、超心理的世界からエログロまで一九一〇年代から一九二〇年代あたりの時代を中心とした近代日本文化の「名付けえぬもの」をめぐる「何でもあり」の世界を空想的に探訪しては延々とお喋りを続ける、よくいえば自由闊達、悪くいえばええかげんな会として、もうかれこれ一二年にもわたって続いてきた集まりなのです。
メンバーは発足当時は名古屋近辺の若手（当時）の研究者で文学中心、そこに人類学、それから心理学史、精神医学史の専門家が加わって、いろいろと入れ替わりはありましたが、現在のかたちができあがりました。東京、横浜から関西まで今はメンバーが所属する地域もさまざまとなり、研究会は横浜や東京でもときどき開催しています。二〇〇八年のクリスマスの日に日本大学にお邪魔して行った研究会では、『変態心理』復刻版の編纂を主導され、ちょうど雑誌『精神分析』復刻版の解説を書き終えられたばかりの曾根博義さんが秘蔵の珍しい資料をお持ちになってミニ展覧会も実現、クリスマス・ケーキまで用意して歓待して下さったときの感激は、忘れがたいものです。（この文章を書き終えて後、二〇一六年六月一九日に曾根さんは逝去されました。この本を曾根さんに読んでいただくことはかなわなくなりました。痛恨というほかありません）
佐々木亜紀子さんがずっと会の記録を取って下さっていて、それによると最初の会は二〇〇四年三月二三日、古川裕佳さんが報告されました。以降一年半ほどは月一回のペースで研究会を開いて雑誌『変態心理』とその関連本を読んできました。そして研究会としての最初の成果報告となったのが、二〇〇五年一〇月に国学院大学で開かれた日本近代文学会秋季大会でのパネル「猥雑を言語化する――『変態心理』の時代」で、古川さん、木田歩さん、小松史生子さんが報告、光石亜由美さんが司会、佐々木さんがディスカサントを務めました。これを最初の中仕切りとして、二〇〇八年頃には『変態心理』を読むという当初の研究会の目的をほぼ終了し、以後は隔月ぐらいで開かれる、よりゆるやかな研究会へと移行していきました。それと同時に、研究会の成果をまとめて論集を出そうということになり、その準備も始めたのですが、なかなかそれは実現にいたらず、それから七年ほどを経てようやく今回の論文集刊行にいたる、そんな歴史を歩んできました。

この間、研究会を開くこと五八回。細々とではあってもよくぞ続いたと、中にいる者ながら感心しています。わたくし自身は職場の変動もあって近年は実は欠席になりがちなのですが、それでも研究会に参加してメタモイストの面々と顔を合わせると、一二年もの歳月を重ねたことをすっかり忘れて、恥ずかしいばかりに若やいでしまい、アフターの酒場の議論へとなだれ込んでいく、あの瞬間から逃れられない自分を見出してしまうのです。

さて、こうして名付けえぬものとしての〈メタモ〉がその名前を刻印した書物《ぶつ》を残すことになったことは、まさに奇蹟ともいうべきことなのですが、それは論文集の編集を牽引し、年表も作って下さった竹内瑞穂さん、科研費代表者として奮闘して下さり研究会の会場提供の便宜を図って下さった小松さんをはじめ、研究会の運営に尽力して下さった皆さんのお蔭に他なりません。そして出版のきびしいこの時勢にあって私たちの論文集の刊行をこころよく引き受けて下さった六花出版の山本有紀乃さんと大野康彦さんには感謝のことばもありません。編集の実務では黒板博子さんにお世話になりました。心より御礼を申し上げたく思います。願わくば、一人でも多くの読者の手にこの書が届きますように。そして〈メタモ〉の名前を覚えて下さいますように。

いやさか、メタモ！

二〇一六年七月一日　桂にて

坪井秀人

参考文献一覧――〈変態〉を学ぶ人のために

竹内瑞穂〔編〕

- 本書で扱ったものを中心に、〈変態〉概念の歴史的研究を始めようとする人々にとって役立つであろう文献を一覧とした。また、現在でも手に取りやすい書籍を主とし、論文等はとくに重要なもののみを挙げている。
- 文献は「研究書・論文等」と「史料」とに分類し、さらに本書の欄に振り分けた。複数の部をまたぐ内容をもった文献は、便宜上いずれか一つにのみ掲載した。
- 各部内の掲載順序は、著者名／編者名の五十音順を基本とし、アルファベットの著者名／編者名はその次に並べた。また、雑誌や復刻集成等は項目の最後にまとめた。
- 「※」には、その文献に関連する追加情報を記した。

研究書・論文等

総論

秋田昌美『性の猟奇モダン――日本変態研究往来』青弓社、一九九四
小田晋・佐藤達哉・中村民男・栗原彬・曾根博義〔編〕『『変態心理』と中村古峡――大正文化への新視角』不二出版、二〇〇一
菅野聡美『〈変態〉の時代』講談社現代新書、二〇〇五
竹内瑞穂『「変態」という文化――近代日本の〈小さな革命〉』ひつじ書房、二〇一四

『発禁本——明治・大正・昭和・平成』(「別冊太陽」城市郎コレクション)平凡社、一九九九
『乱歩の時代——昭和エロ・グロ・ナンセンス』(「別冊太陽　日本のこころ88」)平凡社、一九九五
Silverberg, M. *Erotic grotesque nonsense*. Berkeley: University of California Press, 2006.
※この書の議論のエッセンスをまとめて日本語訳した論文として、シルバーバーグ、M「エロ・グロ・ナンセンスの時代——日本のモダン・タイムス」『総力戦下の知と制度(岩波講座　近代日本の文化史7)』(岩波書店、二〇〇二)がある。

第I部

井村宏次『新・霊術家の饗宴』心交社、一九九六
生方智子『精神分析以前——無意識の日本近代文学』翰林書房、二〇〇九
小俣和一郎『精神病院の起源　近代篇』太田出版、二〇〇〇
佐藤達哉・溝口元〔編著〕『通史　日本の心理学』北大路書房、一九九七
芹沢一也『〈法〉から解放される権力——犯罪、狂気、貧困、そして大正デモクラシー』新曜社、二〇〇一
曾根博義「中村古峡と『殻』」『研究紀要』五七号、一九九九・一
———、「『殻』から『変態心理』へ——中村古峡の転身」『文学』二巻四号、二〇〇一・七
———、「異端の弟子——夏目漱石と中村古峡」『語文』一一三、一一四、一一六号、二〇〇二・六、二〇〇二・一二、二〇〇三・六
寺沢龍『透視も念写も事実である——福来友吉と千里眼事件』草思社、二〇〇四
日本精神衛生会〔編〕『図説　日本の精神保健運動の歩み——精神病者慈善救治会設立100年記念』日本精神衛生会、二〇〇二
橋本明『精神病者と私宅監置——近代日本精神医療史の基礎的研究』六花出版、二〇一一
兵頭晶子『精神病の日本近代——憑く心身から病む心身へ』青弓社、二〇〇八

第Ⅱ部

赤川学『セクシュアリティの歴史社会学』勁草書房、一九九九

一柳廣孝『〈こっくりさん〉と〈千里眼〉――日本近代と心霊学』講談社、一九九四

――、『催眠術の日本近代』青弓社、一九九七

――、『無意識という物語――近代日本と「心」の行方』名古屋大学出版会、二〇一四

井上章一&関西性欲研究会『性の用語集』講談社現代新書、二〇〇四

井上章一・斎藤光・澁谷知美・三橋順子〔編〕『性的なことば』講談社現代新書、二〇一〇

川村邦光「日常性／異常性の文化と科学――脳病・変態・猟奇をめぐって」『編成されるナショナリズム』〔岩波講座近代日本の文化史5〕岩波書店、二〇〇二

――、『性家族の誕生』ちくま学芸文庫、二〇〇四

斎藤光「「色情狂」観念の発生」『創文』三八四号、一九九七・一

――、「昭和初期の性慾に関する通俗的図式の一例――羽太鋭治のキング・オブ・キングス」『京都精華大学紀要』一二号、一九九七・三

田中雅一〔編〕『フェティシズム論の系譜と展望　フェティシズム研究第一巻』京都大学学術出版会、二〇〇九

古川誠「恋愛と性欲の第三帝国――通俗性欲学の時代」『現代思想』二一巻七号、一九九三・七

――、「近代日本の同性愛認識の変遷――男色文化から「変態性欲」への転落まで」『季刊女子教育もんだい』七〇号、一九九七

矢島正見〔編著〕『戦後日本女装・同性愛研究』中央大学出版部、二〇〇六

吉永進一「太霊道と精神療法の変容」『科研費研究課題番号24520075（二〇一二～一六年）近現代日本の民間精神療法に関する宗教史的考察――身体と社会の観点から』

第Ⅲ部

風間孝・河口和也『同性愛と異性愛』岩波新書、二〇一〇
河口和也『クイア・スタディーズ』岩波書店、二〇〇三
小林洋介『〈狂気〉と〈無意識〉のモダニズム――戦間期文学の一断面』笠間書院、二〇一三
村山敏勝『(見えない)欲望へ向けて――クィア批評との対話』人文書院、二〇〇五
島村輝「エロ・グロ・ナンセンス」『エロ・グロ・ナンセンス』(コレクション・モダン都市文化15)ゆまに書房、二〇〇五

史料

総論

『カーマ・シャストラ』ソサイテイ・ド・カーマシヤストラ、一九二七・一〇〜一九二八・四、全六冊
※上海で創刊された第一号の通巻の表記は第三巻一〇号。『文芸市場』(三巻九号)からの続きになっている。№6は発禁を受け、すべて押収。
『近代庶民生活誌』三一書房、一九八四〜九八、全二〇巻
※戦前の庶民文化にかかわる各種文書史料(付録には映像史料『赤線』も)をテーマごとにまとめたもの。〈変態〉概念を育んだ近代の世相を、同時代の言説から理解するのに役立つ。なかでも一九巻『迷信・占い・心霊現象』や二〇巻『病気・衛生』などは、本書の内容と直接かかわる。
『犯罪科學』武侠社、一九三〇・六〜一九三二・一、全三八冊
※発禁のため流通しなかった三巻一五号を除き、不二出版による復刻版(二〇〇七〜〇八)がある。
『文芸市場』文芸市場社、一九二五・一一〜一九二七・一〇、全二三冊
※当初は左翼文芸誌としてスタートするが、売れ行きは芳しくなく三巻五号(一九二七・五)で一度休刊。「変態」的な内容となるのは、当局の弾圧を受けて『変態・資料』がうまくいかなくなった梅原北明が再び復刊させた三巻六号(一九二七・

六）以降である。三巻七号から終刊の三巻九号まで発禁。日本近代文学館による創刊号から三巻五号までの復刻版（一九七六）がある。

『変態十二史』文芸資料研究会、一九二六～二八、全一六冊
※第一巻：武藤直治『変態社会史』、第二巻：村山知義『変態芸術史』〔発禁〕、第三巻：藤沢衛彦『変態見世物史』、第四巻：井東憲『変態人情史』、第五巻：伊藤竹酔『変態広告史』、第六巻：沢田撫松『変態刑罰史』、第七巻：宮本良『変態商売往来』、第八巻：梅原北明『変態仇討史』、第九巻：斎藤昌三『変態崇拝史』〔発禁〕、第一〇巻：青山倭文二『変態遊里史』、第一一巻：藤沢衛彦『変態交婚史』〔発禁を受け、印刷中に没収〕、第一一巻：藤沢衛彦『変態浴場史』〔『変態交婚史』が没収のため、こちらを一一巻として出版〕、第一二巻：藤沢衛彦『変態伝説史』、付録第一巻：内藤弘蔵『変態妙文集』、付録第二巻：井東憲『変態作家史』、付録第三巻：斎藤昌三『変態蒐癖志』。『精選社会風俗資料集』第1・2・3巻（クレス出版、二〇〇六）に全巻の復刻が収録されている。

『変態・資料』文芸資料編輯部、一九二六・九～一九二八・六、全二一冊
※ゆまに書房による復刻版（二〇〇六）がある。

『グロテスク』グロテスク社／文芸市場社、一九二八・一一～一九三一・八、全二〇冊
※二巻一号より出版社が文芸市場社に変更。ゆまに書房による復刻版（二〇一五～一六）がある。なかでも補巻で刊行されている二巻六号は、製本中に発禁を受けたためほとんど流通していなかったもので、史料として大変貴重。

第Ⅰ部

小熊虎之助『心霊現象の科学』新光社、一九二四
※芙蓉書房による復刻版（一九七四、改訂版一九八三）がある。

――――、『夢と異常の世界』小熊虎之助先生満八十歳祝賀会実行委員会、一九六九

門脇真枝『狐憑病新論』博文館、一九〇二
※精神医学神経学古典刊行会（一九七三）、および創造出版（二〇〇一）による復刻版がある。

呉秀三『我邦ニ於ケル精神病ニ関スル最近ノ施設』東京医学会事務所、一九一二

※精神医学神経学古典刊行会（一九七七）による復刻版がある。現代語訳版として、〔金川英雄 訳・解説〕『わが国における精神病に関する最近の施設』（青弓社、二〇一五）がある。

呉秀三『精神病学集要　第二版』吐鳳堂書店、一九一六

※精神医学神経学古典刊行会（一九七四）による復刻版がある（創造出版による再版（二〇〇二〜〇三）もあり）。なお初版は、吐鳳堂書店から前編が一八九四年、後編が一八九五年に出されている。うち前編は「国立国会図書館デジタルコレクション」（http://dl.ndl.go.jp/）で公開。

故元良博士追悼学術講演会〔編〕『元良博士と現代の心理学』弘道館、一九一三

※大泉溥〔編・解説〕『日本の子ども研究：明治・大正・昭和1』（クレス出版、二〇〇九）に復刻が収録されている。

田中守平『太霊道及霊子術講授録』太霊道本院出版局、一九一六

※山雅房（一九八八）と八幡書店（二〇〇一）の復刻版がある。

寺田精一『ロンブローゾ犯罪人論』巌松堂書店、一九一七

※「国立国会図書館デジタルコレクション」（http://dl.ndl.go.jp/）で公開されている。

福来友吉『透視と念写』東京宝文館、一九一三

※福来出版の復刻版（一九九二）の他、『近代日本における宗教と科学の交錯』（南山宗教文化研究所、二〇一五）に復刻が収録されている。また『霊を知る　近代日本心霊文学セレクション』（蒼丘書林、二〇一四）にも第一編第一〜二章が抄録されている。

福来友吉『観念は生物なり』日本心霊学会、一九二五

※「国立国会図書館デジタルコレクション」（http://dl.ndl.go.jp/）で公開されている。

森田正馬『神経質ノ本態及療法』吐鳳堂書店、一九二八

※「国立国会図書館デジタルコレクション」（http://dl.ndl.go.jp/）で公開されている。また、白揚社による復刻版『神経質の本態と療法』（一九六〇年刊行。新版は二〇〇四年刊行）がある。

『精神障害者問題資料集成〈戦前編〉』不二出版／六花出版、二〇一〇〜一六、全一二巻

『精神分析』東京精神分析学研究所、一九三三・五〜一九七七・二

※戦時下の雑誌統制によって一九四一年三月に一時廃刊。のちの一九五二年一月に復刊。不二出版による戦前刊行七二冊分の復刻『精神分析　戦前編』（二〇〇八～〇九）がある。なお、戦後の刊行冊数の確認が編者（竹内）にはできていないため、全冊数は未詳。

『元良勇次郎著作集』クレス出版、全一四巻別巻二、二〇一三～一七（予定。二〇一六年九月現在、第一二巻まで刊行）

※元良勇次郎の著作を集成し、現代語訳したもの。本書でとりあげた元良勇次郎『心理学十回講義』（冨山房、一八九七）は、現代語訳版が第三巻に収録されている。『心理学十回講義』の原本は「国立国会図書館デジタルコレクション」（http://dl.ndl.go.jp/）で公開されている。

第Ⅱ部

ロンブロゾオ〔辻潤訳〕『天才論』植竹書院、一九一四

※「国立国会図書館デジタルコレクション」（http://dl.ndl.go.jp/）で公開され、『辻潤全集』第五巻（五月書房、一九八二）にも収録。また抄訳として、畔柳都太郎〔抄訳〕『天才論』（普及舎、一八九八）もある。

『性と生殖の人権問題資料集成』不二出版、二〇〇〇～〇三、全三五巻・別冊一

※明治期から大正期までの性・生殖にかかわる書籍・パンフレット・公文書を復刻してまとめたシリーズ。本書でとりあげた、クラフトエビング〔法医学会訳〕『色情狂編』（法医学会、一八九四）が第二七巻、羽太鋭治・沢田順次郎『変態性欲論』（春陽堂、一九一五）が第二九巻、榊保三郎『性欲研究と精神分析学』（実業之日本社、一九一九）が第三〇巻に収録されている。

『戦前期同性愛関連文献集成』不二出版、二〇〇六、全三巻

※戦前期の同性愛にかかわる書籍や新聞記事を復刻してまとめたシリーズ。本書でとりあげた、『色情狂編』（法医学会、一八九四）と、クラフト゠エビング、R・V〔黒沢良臣訳〕『変態性欲心理』（大日本文明協会、一九一三）は、この集成の第一巻にも収録されている。

『日本人の身・心・霊――近代民間精神療法叢書』クレス出版、二〇〇四、全八巻

※近代の精神療法家たちの著書を復刻してまとめたシリーズ。本書でとりあげた、渡辺藤交『心霊治療秘書』（日本心霊学会本部、一九三六年版）が第五巻に収録されている。

『日本人の身・心・霊――近代民間精神療法叢書II』クレス出版、二〇〇四、全七巻

『変態心理』日本精神医学会、一九一七・一〇～一九二六・一〇、全一〇三冊

※大空社／不二出版による復刻版（一九九八～九九）がある。

『変態心理学講義録』日本変態心理学会、一九二一

※全八篇（第一篇：中村古峡『変態心理講義』、第二篇：小熊虎之助『心霊学講義』、第三篇：森田正馬『精神療法講義』、第四篇：寺田精一『犯罪心理講義』、第五篇：葛西又次郎『群衆心理講義』、第六篇：中村古峡『催眠術講義』、第七篇：向井章『臨床催眠術講義』、第八篇：北野博美『変態性欲講義』）

『変態性欲』日本精神医学会、一九二二・五～一九二五・六、全四三冊（うち七冊は『変態心理』と合刊）

※一九二五・七からは姉妹雑誌であった『変態心理』（日本精神医学会）に合刊。その後、『変態心理』一七巻二号（一九二六・二）誌上で、廃刊が通知されている。不二出版による創刊号から六巻六号（一九二五・六）までの復刻版がある。合刊後のものは『変態心理』復刻版で見ることができる。

第Ⅲ部

和田桂子〔編〕『変態心理学』（コレクション・モダン都市文化25）ゆまに書房、二〇〇六

※中村古峡『変態心理の研究』（大同館書店、一九一九）、東京精神分析学研究所〔編〕『阿部定の精神分析的診断』（東京精神分析学研究所出版部、一九三七）を復刻してまとめている。『変態心理の研究』は「国立国会図書館デジタルコレクション」（http://dl.ndl.go.jp/）でも見ることができる。

『近代日本のセクシュアリティ』ゆまに書房、二〇〇六～〇九、全三五巻

※明治期の開化セクソロジーから戦後の純潔教育にわたる〈性〉に関する書籍を復刻してまとめたシリーズ。本書でとりあげた、クラフト＝エビング、R・V〔黒沢良臣訳〕『変態性欲心理』（大日本文明協会、一九一三）が第二巻、綿貫六助『晩秋の懊悩』と『丘の上の家』が第三五巻に収録されている。

『QUEER JAPAN』勁草書房、一九九九・一一～二〇〇一・九、全五巻

※継続シリーズとして『クィア・ジャパン・リターンズ』（ポット出版、二〇〇五～）が刊行されている。

図版出典一覧

p.1　江戸川乱歩（江戸川乱歩『探偵小説三十年』岩谷書店、1954）
p.7　梅原北明（『えろちか』42号、1973.1）
p.23　呉秀三（岡田靖雄『呉秀三――その生涯と業績』思文閣出版、1982）
p.38　森田正馬（渡辺利夫『神経症の時代　わが内なる森田正馬』TBSブリタニカ、1996）
p.49　小熊虎之助（小熊虎之助『夢と異常の世界――小熊虎之助先生鶴寿論文集』小熊虎之助先生満八十歳祝賀会実行委員会、1969）
p.69　中村古峡（小田晋・佐藤達哉・中村民男・栗原彬・曾根博義〔編〕『『変態心理』と中村古峡――大正文化への新視角』不二出版、2001）
p.72　中村古峡『回想』第二十八回（『東京朝日新聞』、1908.10.8）
p.86　谷崎潤一郎（「岡本好文園にて」［芦屋市谷崎潤一郎記念館蔵］、1927年撮影）
p.90　「羽太鋭治博士睡眠剤で自殺す」（『読売新聞』1929.9.2）
p.94　広告「谷崎潤一郎傑作自選『刺青 外九篇』」（『早稲田文学』131号、1916.10）
p.102　田中守平（『太霊道主元伝』太霊道本院出版局、1918）
p.110　渡辺藤交（『心霊治療秘書』日本心霊学会本部、1913）
p.121　綿貫六助（渡邉正彦『群馬文学全集』17巻、群馬県立土屋文明記念文学館、2002）
p.138　木々高太郎（『アサヒグラフ』57巻36号、1953.9.9）
p.151　三島由紀夫（『文芸』12巻5号、1955.4）
p.171　阿部定（『東京日日新聞』1936.5.21、毎日新聞社提供）
p.183　熊沢寛道（*LIFE*, Vol.20 No.3, 1946.1.21）

カバー　雑誌『グロテスク』（島村輝氏所蔵）

	2月	核兵器拡散防止条約に日本署名
	3月	日本万国博覧会（大阪万博）／この年　70年安保闘争
1972（昭和47）年	2月	あさま山荘事件／〃　札幌オリンピック／5月　沖縄日本復帰／9月　日中共同声明発表（日中国交正常化）
1975（昭和50）年	2月	渡辺藤交、死去。【第6章】
1976（昭和51）年	10月	大島渚の監督作『愛のコリーダ』公開。【第10章】
1978（昭和53）年	9月	小熊虎之助、死去。【第3章】
	5月	新東京国際空港（成田）開港
1979（昭和54）年	この年	山崎俊夫、死去。【コラム④】
	1月	米中国交樹立

1947（昭和22）年	12月	三島由紀夫、小説『春子』を『人間』に発表。【第9章】
	〃	坂口安吾、「阿部定さんの印象」を『座談』に発表。【第10章】
1948（昭和23）年	11月	三島由紀夫、『盗賊』刊行。【第9章】
1949（昭和24）年	4月	小熊虎之助、明治大学文学部教授に就任。【第3章】
	7月	三島由紀夫、『仮面の告白』刊行。【第9章】
	10月	中華人民共和国成立
1950（昭和25）年	10月	人文書院が『サルトル全集』の刊行を開始。【第6章】
	6月	朝鮮戦争勃発
1951（昭和26）年	4月	三島由紀夫、小説『死の島』を『改造』に発表。【第9章】
	11月	三島由紀夫、『禁色　第一部』刊行。【第9章】
	9月	サンフランシスコ講和条約調印
	〃	日米安全保障条約調印
1952（昭和27）年	5月	酒井潔、死去。【コラム⑤】
	9月	中村古峡、死去。【第4章】
	〃	三島由紀夫、『秘楽　禁色第二部』刊行。【第9章】
1953（昭和28）年	6月	三島由紀夫、小説『旅の墓碑銘』発表。【第9章】
1954（昭和29）年	7月	三島由紀夫、小説『鍵のかかる部屋』発表。【第9章】
	3月	ビキニ水爆実験（第五福竜丸事件）
1956（昭和31）年	10月	三島由紀夫、『金閣寺』刊行。【第9章】
	10月	日ソ共同宣言調印／12月　国際連合に日本加盟
1959（昭和34）年	9月	三島由紀夫、『鏡子の家』刊行。【第9章】
1960（昭和35）年	1月	日米新安保条約調印／この年　60年安保闘争
1962（昭和37）年	10月	キューバ危機
1964（昭和39）年	10月	東海道新幹線開通／〃　東京オリンピック
1965（昭和40）年	7月	谷崎潤一郎、死去。【第5章、コラム②】
	9月	三島由紀夫、「豊饒の海」第一巻となる『春の雪』連載開始（〜1971年1月、第四巻『天人五衰』完結）。【第9章】
	2月	ベトナム戦争にアメリカが本格介入を開始（北爆）
	6月	日韓基本条約署名
1966（昭和41）年	6月	熊沢寛道（熊沢天皇）、死去。【第10章】
	9月	人文書院がサルトル、ボーヴォワールを日本に招待。【第6章】
1968（昭和43）年	11月	小熊虎之助、日本超心理学会初代会長に就任。【第3章】
1969（昭和44）年	8月	石井輝男の監督作『明治大正昭和 猟奇女犯罪史』公開。【第10章】
	10月	木々高太郎、死去。【第8章】
1970（昭和45）年	11月	三島由紀夫、陸上自衛隊市ヶ谷駐屯地にて自決。【第9章】

	7月	綿貫六助、『武人の鑑 空閑大隊長――満州・上海事変美談集』刊行。【第7章】
	この年	木々高太郎、ヨーロッパに留学（～1933年）。パヴロフに師事し、条件反射の研究に入る。【第8章】
	5月	五・一五事件
1933（昭和8）年	8月	大槻憲二、『精神分析』創刊。【第8章】
	3月	日本、国際連盟に脱退通告
1934（昭和9）年	11月	木々高太郎、小説「網膜脈視症」を『新青年』に発表し、文壇デビュー。【第8章】
	12月	中村古峡、千葉市に中村古峡療養所を開所。【第4章】
	この年	酒井潔、文筆業から手を引く。【コラム⑤】
1935（昭和10）年	12月	第二次大本事件
1936（昭和11）年	5月	阿部定、愛人を扼殺し、その男性器を切り取って逃亡(阿部定事件)。【第10章】
	この年	木々高太郎、『ぷろふぃる』誌上で、甲賀三郎と探偵小説芸術論争を戦わす。【第8章】
	2月	二・二六事件
1937（昭和12）年	1月	木々高太郎、小説『折蘆』を『報知新聞』に連載（～6月)。【第8章】
	2月	木々高太郎、小説『人生の阿呆』(『新青年』1936.1～5に連載）で第四回直木賞を受賞。【第8章】
	7月	綿貫六助、『探偵将軍 明石元二郎――日露戦争諜報秘史』刊行。【第7章】
	7月	日中戦争勃発
1938（昭和13）年	4月	森田正馬、死去。【第2章】
1939（昭和14）年	9月	第二次世界大戦勃発
1941（昭和16）年	12月	アジア太平洋戦争勃発
1944（昭和19）年	8月	三島由紀夫、小説『中世に於ける一殺人常習者の遺せる哲学的日記の抜萃』発表。エッセイ「扮装狂」執筆。【第9章】
1945（昭和20）年	8月	日本、ポツダム宣言受諾（敗戦）
1946（昭和21）年	1月	熊沢寛道、『LIFE』誌に「日本の本当の天皇？」としてとりあげられる。【第10章】
	4月	梅原北明、死去。【総論】
	8月	小平義雄、連続強姦殺人事件の犯人として逮捕（小平事件)。【第10章】
	12月	綿貫六助、死去。【第7章】
	11月	日本国憲法公布

	9月	関東大震災
1924（大正13）年	5月	綿貫六助、『戦争』刊行。【第7章】
	この年	高橋新吉、『ダダ』（7月刊行）の原稿を杉田直樹経由で『変態心理』編集部に持ち込む。【コラム①】
1925（大正14）年	1月	三島由紀夫（本名：平岡公威〔きみたけ〕）、誕生。【第9章】
	4月	治安維持法公布／ 5月　普通選挙法公布
1926（大正15／昭和元）年	4月	中村古峡、東京医学専門学校（現・東京医科大学）2年に編入（1928年3月卒業）。【第4章】
	9月	梅原北明、『変態・資料』創刊。【総論、第7章】
	〃	酒井潔、「古代東洋性慾教科書研究（一）」を『変態・資料』創刊号に掲載し、文筆家としてデビュー。【コラム⑤】
	10月	梅原北明、「変態十二史」シリーズ刊行開始。その第二巻として村山知義『変態芸術史』刊行。【総論、コラム①】
	〃	中村古峡、『変態心理』休刊（事実上廃刊）。【第1・4章】
1927（昭和2）年	3月	芥川龍之介、小説『河童』を発表。この頃、遺作となった小説『歯車』を執筆。【コラム③】
	7月	芥川龍之介、睡眠薬自殺。【コラム③】
	この年	森田正馬、日本精神神経学会26回大会総会にて丸井清泰と森田療法と精神分析をめぐって論争。【第2章】
	〃	渡辺藤交、日本心霊学会出版部を人文書院に改名し、本格的に出版活動を開始。【第6章】
	5月	山東出兵（第一次出兵）
1928（昭和3）年	2～4月	綿貫六助、「男色文学」四部作を『変態・資料』に発表。【第7章】
	6月	水上呂理、小説『精神分析』を『新青年』に発表。【第8章】
	10月	梅原北明、『グロテスク』創刊。【総論】
1929（昭和4）年	1月	江戸川乱歩、小説『芋虫』を『新青年』に発表。【総論】
	4月	田中守平、太霊道を太霊教と改称し、組織も宗教教団組織に変革。【第6章】
	8月	羽太鋭治、死去。【第5章】
	12月	田中守平、死去。【第6章】
	この年	木々高太郎、慶應義塾大学医学部教授になる。【第8章】
	10月	世界大恐慌
1930（昭和5）年	11月	酒井潔『エロエロ草紙』発禁。【コラム⑤】
1931（昭和6）年	4月	酒井潔、『降霊魔術』刊行。【コラム⑤】
	9月	満州事変
1932（昭和7）年	3月	呉秀三、死去。【第1章】

	6月	羽太鋭治・沢田順次郎、共著『変態性欲論』を刊行。【第5章】
	この年	綿貫六助、早稲田大学文学部英文科入学。【第7章】
	1月	対華21か条要求
1916(大正5)年	2月	芥川龍之介、第四次『新思潮』を創刊し小説『鼻』を発表。夏目漱石の激賞を受ける。【コラム③】
	6月	田中守平、東京の麹町に太霊道本院開院。治療的霊術の施術と霊術家の養成を本格化。【第6章】
	11月	山崎俊夫、小説『雛僧』を『三田文学』に発表するが、発禁処分となる。【コラム④】
1917(大正6)年	5月	中村古峡、日本精神医学会を設立。診療部を設け治療開始。【第1、4章】
	10月	中村古峡、『変態心理』創刊。【総論、第4章、コラム①】
	11月	田中守平、太霊道の機関誌『太霊道』刊行。【第6章】
	この年	ロシア革命(二月革命、十月革命)
1918(大正7)年	この年	木々高太郎、慶應義塾大学医学部予科に入学。【第8章】
	7月	米騒動/ 8月　シベリア出兵
1919(大正8)年	2月	榊保三郎、『性欲研究と精神分析学』刊行。【第5章】
	6月	谷崎潤一郎、小説『富美子の足』を『雄弁』に連載(〜7月)。【第5章】
	8月	北野博美、「裸体画を眺めつゝ(性的現象の一観察6)」を『変態心理』に掲載。【コラム①】
	3月	三・一運動/ 5月　五・四運動
1920(大正9)年	7月	田中守平、岐阜県恵那郡武並村に太霊道恵那総本院を建設。太霊道本部を移転。【第6章】
	1月	国際連盟設立
1921(大正10)年	5月	綿貫六助、「老教師」三部作を『中学世界』に発表(5・7・10月)。【第7章】
	9月	小熊虎之助、寺田精一の急逝を受けて憲兵練習所嘱託教授に就任。【第3章】
	12月	田中守平の太霊道総本院(霊雲閣)炎上。【第6章】
	2月	第一次大本事件
1922(大正11)年	5月	田中香涯を主幹とする雑誌『変態性慾』(『変態心理』の姉妹誌)創刊(〜1926年2月)。【第5章、コラム①】
1923(大正12)年	2月	綿貫六助、『霊肉を凝視めて』刊行。「私の変態心理」を『変態心理』に掲載。【第7章】
	4月	江戸川乱歩、小説『二銭銅貨』を『新青年』に発表し、文壇デビュー。【総論】

	この年	森田正馬、巣鴨病院の医局に入る。慈恵会医学専門学校の精神病学講義を開始。【第2章】
1904（明治37）年	この年	綿貫六助、少尉として日露戦争に出征（負傷による一時帰国をはさみ、1906年まで）。【第7章】
	2月	日露戦争勃発
1905（明治38）年	5月	阿部定、誕生。【第10章】
1906（明治39）年	この年	森田正馬、根岸病院医長になる。【第2章】 中村古峡の弟・義信に精神の変調が現れ、帰郷。弟を入院させる。【第4章】
1908（明治41）年	4月	渡辺藤交、日本心霊学会を創立。【第6章】
	7月	中村古峡の弟・義信死去。【第4章】
	〃	田中守平、東京霊理学会を設立。霊子療法で治療活動を始める。【第6章】
	この年	谷崎潤一郎、クラフト＝エビング『Psychopathia Sexualis』の英訳版を読み衝撃を受ける。【第5章】
1910（明治43）年	4月	福来友吉、御船千鶴子の透視能力を認定し、物議をかもす（千里眼事件）。【第3章】
	11月	谷崎潤一郎、実質的な文壇デビュー作となる『刺青』を『新思潮』に発表。【第5章】
	8月	韓国併合／この年　大逆事件
1911（明治44）年	9月	小熊虎之助、東京帝国大学哲学科入学。福来友吉の「変態心理学」を受講。【第3章】
	〃	谷崎潤一郎、小説『幇間』を『スバル』に発表。【コラム②】
	10月	辛亥革命
1912（明治45/大正元）年	1月	山崎俊夫、小説『夕化粧』を『三田文学』に発表し、文壇デビュー。【コラム④、第5章】
	7月	中村古峡、小説『殻』を『東京朝日新聞』に連載（～12月）。【第4章】
	1月	中華民国成立
1913（大正2）年	8月	福来友吉、『透視と念写』を刊行し、東京帝国大学から追放（10月に休職、2年後に自動退職）。【第3章】
	9月	クラフト＝エビング（黒沢良臣訳）『変態性欲心理』刊行。【総論、第5章】
1914（大正3）年	9月	谷崎潤一郎、自伝的小説『饒太郎』を『中央公論』に発表。【第5章】
	6月	第一次世界大戦勃発
1915（大正4）年	2月	渡辺藤交、月刊新聞『日本心霊』刊行開始。【第6章】

関連年表

※本書に登場する人物にかかわる項目については明朝体、時代背景にかかわる項目についてはゴシック体で記した。

西暦（和暦）		出来事
1865（元治2）年	3月	呉秀三、誕生。【第1章】
1867（慶応3）年	12月	王政復古の大号令
1874（明治7）年	1月	森田正馬、誕生。【第2章】
1878（明治11）年	この年	羽太鋭治、誕生。【第5章】
1880（明治13）年	4月	綿貫六助、誕生。【第7章】
1881（明治14）年	2月	中村古峡（本名：蓊〔しげる〕）、誕生。【第4章】
1884（明治17）年	9月	田中守平、誕生。【第6章】
1885（明治18）年	7月	渡辺藤交（本名：久吉）、誕生。【第6章】
1886（明治19）年	7月	谷崎潤一郎、誕生。【第5章、コラム②】
1888（明治21）年	3月	小熊虎之助、誕生。【第3章】
1889（明治22）年	12月	熊沢寛道（熊沢天皇）、誕生。【第10章】
	2月	大日本帝国憲法発布
1890（明治23）年	11月	呉秀三、帝国大学医科大学卒業。【第1章】
1891（明治24）年	7月	山崎俊夫、誕生。【コラム④】
1892（明治25）年	3月	芥川龍之介、誕生。【コラム③】
	4月	呉秀三、帝国大学医科大学助教授に就任。【第1章】
1894（明治27）年	5月	クラフト＝エビング（日本法医学会訳述）『色情狂篇』刊行。【第5章】
	10月	江戸川乱歩（本名：平井太郎）、誕生。【総論】
	7月	日清戦争勃発
1895（明治28）年	11月	酒井潔（本名：精一）、誕生。【コラム⑤】
1897（明治30）年	5月	木々高太郎（本名：林髞〔はやしたかし〕）、誕生。【第8章】
	8月	呉秀三、欧州留学へ出発。【第1章】
	9月	森田正馬、東京帝国大学医科大学に入学。【第2章】
1901（明治34）年	1月	梅原北明（本名：貞康）、誕生。【総論】
	10月	呉秀三、欧州から帰朝。東京帝国大学医科大学教授（精神病学講座）に任ぜられる。【第1章】
1903（明治36）年	9月	中村古峡、東京帝国大学に入学。夏目漱石の講義を受ける。【第4章】
	11月	田中守平、桜田門前で天皇への上奏事件を起こす。【第6章】

ら

わ

は

ま

や

さ

た

な

人名索引

※人名は五十音順。外国人名はカタカナ表記で、姓,名の並びにして組み込んだ。
※人物についての言及が複数ページにわたっている場合は、その最初のページのみを採った。
※各章・コラムで先行研究として採り上げられた研究者は割愛した。

西元 康雅（にしもと やすまさ）
現　　在　千葉工業大学非常勤講師
主な著作　「谷崎潤一郎の〈画家小説〉――『柳湯の事件』をカリエール、甲斐庄楠音から読む」『早稲田大学大学院文学研究科紀要 第3分冊』56号、2010年

乾 英治郎（いぬい えいじろう）
現　　在　立教大学兼任講師
主な著作　「永井龍男「青電車」論〈知らない〉男・〈わからない〉女」『昭和文学研究』65集、2012年

島村 輝（しまむら てる）
現　　在　フェリス女学院大学文学部教授
主な著作　『臨界の近代日本文学』（単著）世織書房、1999年

小松 史生子（こまつ しょうこ）
現　　在　金城学院大学文学部教授
主な著作　『探偵小説のペルソナ――奇想と異常心理の言語態』（単著）双文社出版、2015年

柳瀬 善治（やなせ よしはる）
現　　在　広島大学大学院総合科学研究科准教授
主な著作　『三島由紀夫研究――「知的概観的な時代」のザインとゾルレン』（単著）創言社、2010年

坪井 秀人（つぼい ひでと）
現　　在　国際日本文化研究センター教授
主な著作　『性が語る――20世紀日本文学の性と身体』（単著）名古屋大学出版会、2012年

月光散人（げっこうさんじん）
現　　在　文芸評論家

大橋 崇行（おおはし たかゆき）
現　　在　東海学園大学人文学部講師
主な著作　『ライトノベルから見た少女／少年小説史――現代日本の物語文化を見直すために』（単著）笠間書院、2014年

執筆者紹介（掲載順）

＊は編者

竹内 瑞穂（たけうち みずほ）＊
現　在　愛知淑徳大学文学部准教授
主な著作　『「変態」という文化——近代日本の〈小さな革命〉』（単著）ひつじ書房、2014年

橋本 明（はしもと あきら）
現　在　愛知県立大学教育福祉学部教授
主な著作　『精神病者と私宅監置——近代日本精神医療史の基礎的研究』（単著）六花出版、2011年

安齊 順子（あんざい じゅんこ）
現　在　法政大学非常勤講師
主な著作　『対人関係とコミュニケーション』（共編著）北樹出版、2015年

小泉 晋一（こいずみ しんいち）
現　在　共栄大学教育学部教授
主な著作　『情動心像の鮮明性に関する実験臨床心理学的研究』（単著）風間書房、2009年

古川 裕佳（ふるかわ ゆか）
現　在　都留文科大学文学部教授
主な著作　『志賀直哉の〈家庭〉——女中・不良・主婦』（単著）森話社、2011年

佐々木 亜紀子（ささき あきこ）
現　在　愛知淑徳大学非常勤講師
主な著作　『〈介護小説〉の風景——高齢社会と文学〔増補版〕』（共編著）森話社、2015年

光石 亜由美（みついし あゆみ）
現　在　奈良大学文学部准教授
主な著作　「女装と犯罪とモダニズム——谷崎潤一郎「秘密」からピス健事件へ」『日本文学』58巻11号、2009年

一柳 廣孝（いちやなぎ ひろたか）
現　在　横浜国立大学教育人間科学部教授
主な著作　『無意識という物語——近代日本と「心」の行方』（単著）名古屋大学出版会、2014年

〈変態《へんたい》〉二十面相《にじゅうめんそう》——もうひとつの近代《きんだい》日本《にほん》精神史《せいしんし》

編者——竹内瑞穂＋「メタモ研究会」
定価——本体一、八〇〇円＋税
発行日——二〇一六年九月二〇日　初版第一刷
発行者——山本有紀乃
発行所——六花出版
〒一〇一-〇〇五一　東京都千代田区神田神保町一-二八　電話〇三-三二九三-八七八七　振替〇〇一二〇-九-三二五二六
出版プロデュース——大野康彦
組版——寺田祐司
印刷・製本所——モリモト印刷
装丁——山田英春

ISBN978-4-86617-020-6　